L'Enfant du silence

Du même auteur
dans la même collection

Le Visage de paille (n° 265)
Oiseau de lune (n° 334)
Poupées brisées (n° 435)

Abigail Padgett

L'Enfant du silence

Traduit de l'anglais (États-Unis)
par Danièle et Pierre Bondil

Collection dirigée par
François Guérif

Rivages / noir

Titre original : *Child of Silence*

106, bd Saint-Germain, 75006 Paris
ISBN : 2-86930-887-6
ISSN : 0764-7786

A Ruth Cavin
Et à la mémoire de Tarot D.

REMERCIEMENTS

A Mary Austin et Evelyn Eaton qui, dans leurs écrits, ont à des époques différentes aimé et parlé d'une vallée désertique perdue en Californie et du peuple qui y vit depuis toujours, les Paiutes.

Au docteur Dennis Agallianos de l'hôpital psychiatrique de Brattleboro, dans le Vermont, (un vrai gentleman et le plus éminent des psychiatres) pour ses conseils techniques dans le domaine de la psychiatrie.

Au docteur Tom Humphries du District de l'École technique supérieure de San Diego pour ses conseils techniques relatifs aux troubles de l'audition.

A Louise Warner, ma secrétaire et mon admiratrice numéro un, qui m'a suppliée de ne pas tuer l'un de mes personnages.

Enfin à mon agent, Sandra Dijkstra, et au directeur de collection, Sara Ann Freed.

1

Trois heures du matin. Brouillard

Des lambeaux de brouillard pénétrant par les portes du balcon de l'appartement de Bo Bradley, ouvertes sur la plage de San Diego, flottaient au gré du hasard puis s'évaporaient. Mais pas avant de déposer leur humidité sur la crinière ébouriffée de ses cheveux d'un auburn argenté.

Et pas avant de capter l'attention de la glande en forme d'amande appelée l'amygdala, nichée au plus profond du cerveau de Bo.

Plus évoluée chez les chiens que chez les humains, l'amygdala réagit aux odeurs. Chez les plus imaginatifs, elle peut créer des films entiers à partir d'une effluve de pâtisserie ou d'un soupçon de parfum. Sujette aux tendances maniaques des maniaco-dépressifs, Bo Bradley n'était jamais à court d'imagination, même pendant son sommeil.

Agacée, elle étira son corps mince de femme de quarante ans sous les draps écossais Black Watch qu'elle avait trouvés en solde dans une boutique de linge de maison la semaine précédente. Elle tira le bord du drap de dessus sur son nez. Trop tard. Les images stimulées par l'odeur de brouillard dans les tréfonds inaccessibles de sa mémoire dessinèrent d'autres paysages et cédèrent à des mutations. Bo commença à rêver.

C'était la vieille maison de Chequesset Neck dans la baie de Cape Cod où elle avait passé tous les étés de son enfance. La maison où soufflait une brise salée avec sa véranda en forme de proue de bateau où sa grand-mère racontait des histoires de sorcières des mers du temps du village de Billingsgate et de gitanes qui disaient la bonne aventure. Mais dans le rêve la maison était en ruine, son toit en bardeaux effondré dans des pièces vides jonchées de débris de verre.

Il n'y avait personne dans les pièces dévastées en dehors de sa sœur Laurie, qui poussait ce cri rauque et lugubre qui lui était particulier. Une Laurie enfant, qui criait seule dans la maison en ruine. Et elle portait la robe. En velours gris avec le col en dentelle Carrickmacross qui avait appartenu à leur grand-mère. La robe que Laurie avait dans la réalité revêtue à l'âge de vingt ans. La robe qu'elle porterait à jamais.

Bo s'éveilla en entendant la chamade de son propre cœur et l'écho d'un hurlement. Sa gorge lui faisait mal. Elle en déduisit que le cri avait dû venir de là.

– Voilà que ça recommence, marmonna-t-elle en regardant un radio-réveil à affichage digital qui annonçait en chiffres verts qu'on était en pleine nuit et que par ailleurs, on était vendredi. Je ne suis pas en état d'affronter ça. Vraiment pas.

C'était encore Laurie. Ou le souvenir de Laurie. Ou le sentiment de culpabilité envers Laurie. Ou autre chose. Bref. Mais au bout de douze ans, Bo savait exactement ce qu'elle devait faire. Douze ans après qu'on eut retrouvé le corps de Laurie sur une aire de repos de l'autoroute de New York, avec un tuyau d'arrosage qui partait du pot d'échappement de sa voiture pour finir coincé par la vitre du conducteur, Bo savait exactement ce qu'elle devait faire. Sa psy préférée entre tous, l'inimitable docteur Lois Bittner, lui avait expliqué comment surmonter ces « manifestations ».

« De l'exercice, tout de suite ! » jappait joyeusement la petite femme maigrichonne comme si l'exercice physique était l'équivalent d'un bon paquet de fudge : quelque chose qui faisait plaisir.

« C'est vous qui dirigez ! Accélérez votre rythme cardiaque. Faites bouger votre corps. Ne laissez pas cette humeur vous entraîner vers des pensées tangentielles. Souvenez-vous, der iss *rien* d'autre que la réalité. »

Lois Bittner, dont Bo se souvenait avec tendresse, retrouvait invariablement un accent qu'on n'aurait même pas pu couper avec un rayon laser de puissance industrielle lorsque son enthousiasme la portait. Ce qui était fréquent.

Enfilant un sweat-shirt taché de peinture pardessus un vieux tee-shirt de Mark tout décousu qu'elle mettait parfois pour dormir, Bo chercha ses Nike à tâtons sous le lit et respira profondément. Sa grand-mère aurait considéré le docteur Bittner d'un air sourcilleux.

« C'est une vision », expliquait Bridget Mairead O'Reilly à sa petite fille. « Un don. Ceux qui l'ont... eh bien, on dirait qu'ils *savent* des choses, qu'ils *voient* des choses qui ne sont pas accessibles aux autres. »

Ce serait amusant, pensa Bo, d'enfermer les deux matriarches dans une pièce et de les laisser, *elles*, s'affronter pour déterminer où se situe la limite entre l'intuition et la folie. La grand-mère catholique irlandaise et la psychiatre juive allemande. Peut-être alors pourrait-elle trouver le sommeil. Dommage qu'elles soient mortes toutes les deux.

Dans son panier posé au pied d'un chevalet, le vieux fox-terrier de Bo, Mildred, battit lourdement des paupières et tenta d'agiter son moignon de queue.

– Reste tranquille, lui dit Bo d'un ton rassurant, on est en pleine nuit, tu n'as pas besoin de te lever. Ça va.

Mildred soupira et s'accorda le droit de refermer ses paupières couvertes d'un pelage blanc. Sur le chevalet, un pictogramme représentant un mouton bighorn parut faire la même chose.

– Ça va, c'est vite dit, hésita Bo en ouvrant la porte de son appartement sur un mur de brouillard mouvant.

À une heure pareille, c'était difficile à déterminer.

Sous ses pieds, elle ne pouvait distinguer les marches de pierre irrégulières qui, en plein jour, décrivaient une courbe charmante vers les rochers où se juchaient les mouettes et sur lesquels déferlaient en sifflant les brisants écumants. Elle descendit les marches à tâtons, se tenant à la rambarde et refoulant les soupçons qu'elle avait sur les chemins mille fois empruntés qui ne mèneraient pas forcément où ils mènent d'habitude. Et si, tout à coup, les marches ne menaient nulle part ? Si elles l'engloutissaient dans l'oubli ? Dans un trou noir ? Le brouillard ondoyait en masses sinueuses comme une créature vivante s'efforçant de rejoindre une destination connue d'elle seule.

Des signaux de danger se déclenchèrent. Limités, seulement, mais le déclic qu'ils faisaient en s'allumant était presque audible. C'était ça. La chose à surveiller. L'accélération de l'imagination au-delà des limites du confortable.

– Ça suffit, les conneries.

Bo s'adressait ainsi à plusieurs milliers de synapses neurologiques qu'abritait son crâne.

– *Rien* n'existe en dehors de la réalité !

En général, ça marchait. Ça, et beaucoup d'exercice physique, un régime équilibré sans concessions et une élimination rigoureuse du stress. Grotesque.

Bo rit en imaginant la très probable réaction du docteur Bittner à l'annonce de ses fonction actuelles, enquêtrice chargée d'affaires d'enfants martyrs auprès du Tribunal du district de San Diego. S'il existait sur terre un travail plus lourd de stress et d'émotions destructrices, Bo n'aurait pu le citer. Bittner lui aurait dit d'élever des veaux, Bo le savait bien. Par dizaines ! Mais Lois Bittner était morte. Et ce travail payait le loyer, du moment qu'elle ne se laissait pas dévorer.

Et si tout le reste échouait, il y avait toujours cette saloperie de lithium. Elle avait déjà dû en prendre, plus d'une fois ; elle en reprendrait quand l'inévitable nécessité s'en ferait sentir.

– Mais j'aimerais mieux pas, chanta Bo sur un air entraînant en avançant dans le brouillard à l'instant où ses pieds atteignaient le chemin étroit qui partait vers la jetée d'Ocean Beach.

La dernière fois qu'elle avait pris les fameux sels pour calmer son esprit emballé, son chef, au bureau, Madge Aldenhoven, une Américaine du style puritain, lui avait fait des compliments pour cette soudaine « maturité ». Une mycose chronique, songea Bo, était préférable à la maturité telle que la concevait Madge. Ce que Madge avait en tête n'était guère qu'une bonne gestion de la paperasserie et une obéissance aveugle à la buraucratie. Bo n'avait jamais eu la réputation de bien gérer la paperasserie ni d'obéir à quoi que ce soit.

La jetée d'Ocean Beach apparut en blanc sur fond de brouillard, offrant la promesse du bonheur de courir. Bo connaissait chaque planche de la vieille jetée grinçante et pouvait y courir les yeux fermés. L'accélération régulière de son rythme cardiaque était rassurante. Cela allait atténuer sa nervosité, évacuer le délire de ses rêves. Un peu.

Un tas sombre apparut soudain sous un évier où l'on nettoyait les poissons et s'avéra être un monceau d'algues. Un pêcheur les avait sans doute ramenées et abandonnées là, avec leurs feuilles vertes élastiques aux bords brunissants. Bo s'arrêta pour les jeter par-dessus la rambarde. Elles disparurent immédiatement dans la blancheur de la brume et ne firent entendre aucun son en atteignant la surface de l'eau. Le brouillard les avait avalées.

Pourtant, derrière les volutes blanches, Bo aurait juré qu'elle sentait que quelque chose se déroulait. Quelque chose de vague et de lointain, mais en tout cas, de dramatique. Quelque chose qui concernait Laurie. Cela n'avait pas de sens et Bo savait bien que c'était justement là le danger.

Sa grand-mère aurait allumé une bougie et égrené quelques rosaires. Au lieu de cela, Bo choisit d'accélérer le rythme de sa course et se demanda vaguement si elle allait par mégarde s'élancer par-dessus la rambarde au bout de la jetée et disparaître dans le brouillard, comme les algues.

L'inquiétante sensation persistait.

Une balise placée au-delà des brisants jumeaux sur sa droite faisait entendre un son métallique qui aurait soulevé l'enthousiasme des poètes victoriens. À donner le frisson, et prophétique. Bo ne pouvait distinguer cette bouée, mais elle en connaissait la forme : une petite Tour Eiffel bleue qui pointait sur la crête des vagues.

– Ah ! la ferme, lui dit-elle.

Au bout de la jetée, elle s'accouda à la rambarde et inhala le brouillard. Hormis la bouée, il n'y avait aucun bruit. Sa gorge lui faisait toujours mal et une série de petits maux de tête envoyaient sporadiquement des douleurs aiguës derrière ses yeux. Elle prit soudain conscience de la possibilité d'une maladie physique et cette lueur lui apparut comme un soleil rose qui la réchauffa. Mal à la gorge et à la tête ? Mais bien sûr !

– Je ne suis pas folle, je suis malade, annonça Bo à la rambarde avec enthousiasme. J'ai la grippe !

Et même si la grippe vous mettait dans un état fébrile et lamentable de douloureuse décrépitude, c'était de la gnognote comparée à l'autre éventualité. Sans l'ombre d'un doute.

Reprenant sa course en sens inverse, Bo concentra son attention sur le labyrinthe de la routine avec son ennui rassurant. Elle allait essayer de trouver encore trois heures de sommeil et ensuite elle irait peut-être tôt au bureau. Elle ne pouvait pas rester chez elle ; elle avait déjà utilisé tous ses jours de congé de maladie pour se livrer à sa passion du moment : l'art primitif.

C'était un morceau de rocher exposé dans un musée qui avait déclenché cet engouement. Un simple gribouilllis en forme de spirale dénué de sens, gravé dans le rocher des siècles avant que le premier explorateur blanc ne vienne revendiquer ces terres pour y bâtir des immeubles et des centres commerciaux. Bo avait senti que ce morceau de rocher, avec cette inexplicable spirale sur sa surface, l'attirait. Elle avait senti une main venue de temps immémoriaux courber ses propres doigts. Le besoin de créer des images, le besoin de l'artiste. Elle l'avait accueilli, elle le connaissait aussi bien que sa première boîte d'aquarelles. L'art était le seul langage à sa connaissance qui pût se comprendre de quelque côté que l'on se trouve de la ligne qui délimite raison et folie.

– D'où cela vient-il ? avait-elle demandé en traînant la gardienne du musée jusqu'à la vitrine. Est-ce que ça a été fait par le Peuple des Anasazi [1], est-ce qu'on le sait ? Est-ce qu'il y a d'autres dessins ? Comment fait-on pour aller là-bas ?

La gardienne avait dû extirper un dossier d'un meuble-classeur poussiéreux.

– ... le désert de Mojave... une vallée dans la chaîne de Coso, qui fait maintenant partie de la base aéronavale de China Lake. C'est à environ cinq heures d'ici, vers le nord en montant vers la Vallée de la Mort, expliqua la femme. On ne sait rien des gens qui ont laissé ces dessins. Les tribus qui vivent maintenant dans cette région ne considèrent pas les auteurs de ces dessins comme leurs ancêtres et ne les désignent que sous le nom d' « anciens »...

Bo avait passé deux jours à tracer des spirales sur des blocs-notes du bureau avant de capituler devant cette fascination. Une bronchite fictive lui avait valu un week-end de quatre jours. Tout le temps voulu pour explorer un canyon plongé dans le silence du désert, avec ses murs qui constituaient des galeries d'art oubliées. Fascinée, Bo aspirait à arracher ces images au silence, à leur donner une nouvelle vie sur ses toiles. Elle aurait voulu ne pas être obligée de travailler. Elle aurait voulu pouvoir gagner sa vie grâce à sa peinture.

---

1. Anasazi : Les premiers habitants de l'Amérique du Nord. Venus probablement par le détroit de Bering, ils se réfugient dans les habitations troglodytiques du plateau du Colorado et parviennent à vivre de la chasse et de la culture dans ce climat semi-aride. Puis, brusquement, ils disparaissent à la fin du treizième siècle. *(N.d.T.)*

– Mais enfin quoi, déclara-t-elle à un sans-abri de San Diego d'humeur irritable qui essayait de dormir sur un banc. Franchement, ça pourrait être pire, non ?

– C'est sûr, ma petite dame, marmonna l'homme d'un air lugubre. Ça pourrait être pire, comme par exemple si vous ne foutez pas le camp d'ici !

Bo préféra ne pas lui expliquer que la jetée était un lieu public et qu'elle avait le droit d'être là malgré le brouillard et l'heure indue.

Tout allait très bien se passer. Elle allait se rendre à son travail, rester toute la journée au bureau, terminer l'inévitable paperasserie des dix affaires sur lesquelles elle avait déjà travaillé ce mois-ci. Prendre les choses en douceur. Ça allait être une bonne journée. Ça allait être sympa d'avoir la grippe.

Mildred attendait à la porte quand Bo rentra, petite boule qui n'arrêtait pas de faire des bonds et de remuer la queue. Elle prit le petit chien dans ses bras et enfouit son visage dans la chaleur rassurante du pelage.

– Oui-da, y a un esprit malin qui me court après, dit-elle en plaisantant et le chien pointa l'oreille d'un air curieux en entendant son accent irlandais. C'est Caillech Bera qui pousse sa complainte dans le brouillard.

Cette référence à l'ancienne déesse celte de la mort et de la folie n'atteignit pas le niveau de parodie que Bo avait prévu. En fait, ces mots prenaient, par un effet à la fois bizarre et empreint de bon sens, une résonance de vérité.

2

« La Corneille m'a appelé... »

Danse des Esprits Arapaho

L'aube filtrait à travers les feuilles de chênes dans la Réserve Indienne de Barona Ranch que l'on atteignait en quittant Wildcat Canyon Road à quarante-cinq kilomètres à l'est de San Diego. Le jour chassa des geais des montagnes, des cailles et une corneille paresseuse. D'un vol capricieux, la corneille fondit sur le toit d'une caravane en piteux état. Son coassement réveilla la femme qui y dormait.

– Pourquoi Petit Aigle Noir vient-il auprès d'une vieille femme ? murmura Annie Garcia, parlant toute seule.

À soixante-dix-neuf ans, elle n'avait que faire des messages des esprits, surtout avant d'avoir pris son café. Et après tout, ce n'était peut-être pas un message des esprits, mais une simple corneille. Il lui était difficile de distinguer les anciennes coutumes paiutes des coutumes modernes. La plupart du temps, elle n'essayait même pas. Parfois elle croyait être redevenue une petite fille qui dormait avec sa grand-mère sous une couverture tissée avec des peaux de lapins dans la solitude de l'immense sierra, au-delà de Yosemite. Parfois elle regrettait seulement de ne plus être cette petite fille.

Son corps la faisait souffrir en plus d'endroits qu'elle n'en pouvait citer. Elle sentait les os de toutes ses articulations frotter les uns contre les autres. Elle avait mal dans la poitrine ; elle avait le souffle court. Une Danse des Larmes allait se dérouler dans un avenir proche et Annie savait qu'elle aurait lieu pour elle, la funeste danse en cercle que les Paiutes exécutaient autour d'un feu où brûlerait tout ce qu'elle possédait.

Mais pas aujourd'hui.

Elle obligea son pied tout déformé à trouver ses chaussures sous son petit lit : des Adidas pour homme que sa fille aînée, Maria Bigger Fox, lui avait achetées dans un magasin de soldes d'El Cajon. Elles ne la serraient pas et elles étaient confortables pour la marche. Annie aimait la marche.

Après une halte dans les W.-C. chimiques, derrière la caravane, elle se mit en route. Ce n'était pas trop loin. Juste après la maison en parpaings de Maria et de Joe, en haut de Wildcat Canyon Road, sur le chemin de terre qui menait à la vieille maison.

Elle se rendait à la maison chaque fois qu'elle le pouvait. Elle lui en rappelait une autre, que Charlie et elle avaient louée à Three Rivers des années auparavant alors que les enfants étaient petits et qu'il gagnait de l'argent dans les amandaies.

Le sentier paraissait sûr ce jour-là. La voiture qui avait été garée au départ de la piste avait disparu.

Parfois, des gens venaient dormir dans la vieille maison. De jeunes Indiens qui venaient avec de la bière et s'amusaient à tirer des coups de fusil dans les murs. Des petits groupes de Mexicains affamés qui montaient vers le nord pour trouver du travail. Mais presque jamais de Blancs, comme celui qui avait la voiture.

S'appuyant contre un tremble de Frémont, Annie fit une pause pour reprendre son souffle dans l'air humide du petit matin. Son cœur trembla un instant, puis reprit ses battements douloureux qu'elle ressentait jusque dans les phalanges de ses doigts. Un crapaud fouisseur la fixait, installé dans son trou dans le fossé qui bordait le chemin. Annie le fixa à son tour puis envoya du pied une avalanche de poussière et de petits cailloux de granite qui s'abattit sur sa tête protubérante. Le crapaud était si laid qu'elle en rit tout en escaladant le chemin à grand-peine.

Mais son rire s'éteignit lorsqu'elle vit la maison. Ce n'était que quatre murs en boue séchée qui croulaient au milieu de rochers de granite et de manzanitas broussailleux avec leurs branches lisses couleur d'acajou. Annie connaissait aussi bien les murs criblés de balles et les fenêtres béantes qu'elle connaissait son propre visage, large et ridé. Or, quelque chose la troubla.

Un esprit la secoua soudain puis s'éloigna parmi les chênes sous une pluie de glands en forme de larmes qui crépitèrent sur les rochers couverts de lichen. Tout était trop calme !

Il n'y avait pas un bruit. Pas le moindre écureuil gris fouillant les feuilles sèches d'octobre. Pas le moindre geai lançant son cri strident dans les chênes. Pas la moindre corneille volant et coassant dans toute l'étendue du ciel plombé.

Un frisson remonta le long de la colonne vertébrale d'Annie comme une poignée de plumes glissant sous sa peau. L'esprit l'avait avertie.

– Tu ferais mieux de t'en aller, vieille femme, se

dit-elle. Il y a quelque chose de mauvais qui rôde par ici.

Puis elle sourit et avança malgré tout vers la maison. Ce n'était pas pour rien que les siens l'appelaient Voit-dans-la-Nuit. Incapable de décrire l'émotion connue sous le nom de crainte, Annie avait comme seconde nature l'appel irrésistible de la curiosité.

Son regard parcourant les lieux lui révéla des nuages gris se déplaçant par strates, une branche de chêne, trois marches en pierre recouvertes de mousse et l'entrée vide de la maison. En pénétrant à l'intérieur, ses narines frémirent à l'odeur de pourriture qui y régnait, ainsi qu'à d'autres odeurs plus récentes. Des odeurs de vomi, d'excréments, de peur.

Il y avait quelque chose d'étrange dans l'ombre épaisse sous ce qui restait du toit. Annie cligna des yeux, essayant d'ajuster sa vision. Quelque chose sur un vieux matelas devant la cheminée, quelque chose qui était attaché au matelas avec de la corde à linge, les yeux révulsés, blancs comme des œufs. Quelque chose d'à peine vivant.

Annie avait été mère cinq fois. Même dans les ténèbres et malgré sa vue qui faiblissait, elle vit ce que c'était. C'était un enfant.

3

« Je crie parce que je suis un oiseau »

Pa-guadal

Bo se réveilla avec un mal de tête épique et prit vaguement conscience de l'absence de ce silence caractéristique du petit matin qui ne pouvait signifier qu'une seule chose. Le radio-réveil qui diffusait doucement le succès que chantaient Danny and the Juniors en 1958, *At the Hop,* confirma ses pires craintes. Il était huit heures et quart. Elle ne s'était pas réveillée.

– Merde ! hurla-t-elle avec un enthousiasme qui lui fit mal à la gorge.

Madge Aldenhoven allait la massacrer. Pour tout arranger, chacun des vêtements qu'elle tirait de son placard avait soit une tache, soit un accroc, soit un mauvais pli qu'elle n'avait pas remarqué avant.

– Ça arrive aussi aux autres, ou juste à moi ? demanda-t-elle à Mildred. Mes vêtements ont-ils réellement fomenté un *complot* contre moi ou est-ce la manifestation du désir subconscient de ne pas aller travailler ?

L'évidence de la réponse lui arracha une grimace et

elle enfila un vieux pull marin d'où émanaient encore des effluves de pop-corn au beurre qu'elle avait dégustés la veille au soir en regardant une seconde retransmission d'un concert de Pavarotti à la télévision. Sur le ténor à l'imposante carrure, le pull aurait paru ample ; sur Bo, il ressemblait à une montgolfière. Le pantalon qu'elle dénicha au fond de son placard sous un rouleau de toile n'allait, remarqua-t-elle avec découragement, avec aucun de ses vêtements présents ou passés. Qu'est-ce qui lui avait pris, d'acheter un pantalon à chevrons rouge et noir ? La simple vue du tissu lui donna la nausée.

– Madge, souffla-t-elle dans le téléphone posé près de son lit après avoir composé le numéro qu'elle connaissait par cœur. Je suis malade, mais je vais venir quand même. Je vais rester au bureau et rattraper mon retard dans les rapports. Décomptez-moi juste une heure. J'arrive.

La voix de son supérieur avait la froideur de son efficacité professionnelle.

– Si vous êtes vraiment malade, restez chez vous. Si vous venez, vous avez un nouveau dossier...

– J'ai *quoi... !*

Bo se laissa tomber sur le lit qui n'était pas fait et goûta avec délice la chaleur qu'il retenait encore.

– Madge, j'ai la grippe, un truc comme ça. Je ne peux pas recevoir d'enfants aujourd'hui...

C'était tentant de lâcher la bombe, de dire « Madge, vous n'êtes pas au courant, mais je souffre de psychose maniaco-dépressive, et si je ne peux pas échapper à ce travail épuisant et à votre imperturbable autorité pendant quelque temps, je vais finir par venir travailler en camisole de force, alors lâchez-moi un peu ! » Très tentant. Et très bête également. Elle se retrouverait au chômage en moins de temps qu'il n'en faudrait à Aldenhoven pour remplir les papiers nécessaires. Il valait mieux jouer le jeu.

– ... trouvé l'enfant dans la Réserve de Barona, continuait Madge, mais ce n'est pas un enfant indien, donc ne vous inquiétez pas, vous n'aurez pas à contacter la Commission de protection des enfants indiens.

– Madge, je suis vraiment malade, mais je n'ai plus de jours de congé maladie. Je suis obligée de venir. Vous ne pouvez pas donner ce dossier à quelqu'un d'autre ?

La pensée de rester chez elle était terriblement séduisante. Elle glissa un doigt sur le livre ouvert sur lequel elle s'était endormie : il faisait partie de ses lectures pour ses recherches sur les peintures primitives. Elle l'avait acheté près de Lone Pine quand elle s'était enfoncée dans les hauteurs désertiques pour photographier les mystérieux dessins rupestres qu'avaient laissés des artistes depuis longtemps disparus.

– Je crie parce que je suis un oiseau, disait un vers du chant paiute imprimé sur la page. Le garçon se lèvera.

Bo regretta pour la trois millionième fois de ne pas pouvoir vivre de son art. Elle avait obtenu le diplôme de sociologie qui lui donnait ses qualifications d'enquêtrice à une époque où il ne lui était pas venu à l'idée qu'elle serait peut-être un jour obligée de subvenir à ses propres besoins. Le chant paiute scintillait curieusement sur sa page ; Bo cligna des yeux et se tâta le front pour voir si elle avait de la fièvre. Ce sentiment angoissant et irrésistible la reprenait. Il se passait quelque chose, quelque chose qui avait déjà commencé.

– C'est un cas facile, continuait son supérieur d'un

ton persuasif. Un NPG[1]. Vous pourrez probablement régler ça dans la journée.

Ni parent ni tuteur. Bo se sentit soulagée. Ces cas-là étaient les affaires les plus prisées des enquêteurs surchargés de travail. Des enfants abandonnés. Il n'y avait pas d'enquête en fait. Ils relevaient automatiquement de la juridiction du tribunal et le département des Services sociaux obtenait automatiquement la garde de ces enfants. Ils étaient automatiquement et sans délai dirigés vers des familles d'accueil. Il n'y avait ni audiences ni jugement. Pas d'histoires, pas de pétard. Un minimum de paperasses à remplir, le tout bouclé dans la journée.

– D'accord, d'accord, soupira-t-elle. Je vais m'en occuper.

Elle n'avait pas vraiment fait attention aux détails que Madge avait donnés sur l'affaire en question, mais avec les NPG, c'était facile. Donc elle n'aurait pas besoin de travailler samedi. Elle pourrait peindre tout le week-end. Le paradis !

Après avoir déposé Mildred chez sa voisine, une retraitée dont les versements mensuels de la Sécurité sociale étaient complétés par ce que lui donnait Bo pour garder son chien, celle-ci prit le volant de sa BMW en bout de course et emprunta l'autoroute. Le brouillard était encore dense et la plupart des voitures qui se dirigeaient vers l'intérieur des terres avaient allumé leurs phares. L'effet était déconcertant. De gros globes de lumière floue émergeaient et disparaissaient dans des couches de brume. La tête lui tournait, elle se sentait hypnotisée.

– Danger, dit-elle à voix haute, sur ses gardes.

Mais ce n'était pas de la circulation qu'elle parlait :

---

1. NPG : initiales de « No Parent or Guardian ». *(N.d.T.)*

il n'existe rien d'autre que la réalité, se redit-elle pour mémoire.

– Mais qu'est-ce que la réalité ?

Malheureusement elle prenait sans doute la forme de Madge Aldenhoven. De toutes les Madge du monde qui faisaient tous les règlements du monde et veillaient ensuite à ce que tout un chacun s'y conforme. Qu'ils soient valables ou non. Pourtant Madge ne s'était montrée ni discourtoise ni autoritaire. En fait, elle avait presque été gentille. Ce qui ne lui ressemblait pas du tout.

Bo comprit soudain que Madge devait lui réserver quelque surprise. Il était trop tard pour s'en soucier. Elle le saurait bien assez tôt.

Sa collègue de bureau, Estrella Benedict, était toujours là lorsque Bo arriva et alluma sa lampe.

– *Madre de dios !* s'exclama la Sud-Américaine toujours bien habillée. Qu'est-ce que tu as fabriqué hier soir, toi ? Tu as bu du *pulque* jusqu'à l'aube dans un bouge de Tijuana ? Tu ressembles à du dégueulis de perroquet et tu as une heure de retard.

Bo ne put s'empêcher d'imaginer un perroquet victime d'une cuite, avec une poche à glace sur la tête, penché au-dessus d'une petite cuvette de W.-C. dans un coin de cage à oiseau jonchée de petites bouteilles vides. Dans les yeux du perroquet il y aurait des X.

– Merci, Es, dit Bo avec une grimace. Je crois que j'ai la grippe. Qu'est-ce que c'est, du poule-quet ?

– Du jus de cactus fermenté. Ça a un goût de gazon pourri avec une consistance de mucus. Une fois distillé, ça donne de la tequila. Mais ils laissent toujours un ver dans la bouteille pour qu'on se souvienne d'où ça vient. Il paraît que tu es chargée d'une nouvelle affaire.

Bo fit un signe de tête vers le nouveau dossier posé

sur son bureau, qui portait le nom de « JOHNNY DOE »[1] tracé sur la tranche au gros feutre noir.

– Madge avait l'air de vouloir que je m'en occupe. C'est juste un NPG.

L'ombre d'une inquiétude passa sur le visage d'Estrella et disparut.

– Qu'est-ce qu'il y a ? demanda Bo dans la seconde qui suivit.

Rien ne lui échappait. Même pas la plus infime nuance de l'expression humaine. C'était « le don de la malédiction », comme disait Lois Bittner. L'acuité exacerbée qui, chez un maniaco-dépressif, pouvait avoir des distorsions bizarres, mais qui était toujours, *toujours* là. C'était pour cette raison que tant de cyclothymiques étaient écrivains, artistes, poètes, compositeurs, à cause de cette sensibilité omniprésente à la nuance. C'était pour cette raison que Bo savait tout de suite si les gens mentaient. Cela pouvait aussi être vraiment casse-pieds.

– Tu ferais bien de lire le dossier avant d'enlever tes chaussures et de te commander une pizza, répondit Estrella. Et pour commencer, regarde donc qui s'occupe *personnellement* de cette affaire, à Sainte-Marie.

Bo poussa quelques piles de dossiers, notes de service et papiers divers empilés à la va-vite pour faire de la place sur son bureau et ouvrit le dossier Johnny Doe à la page de garde.

– Andrew LaMarche ! Pourquoi ? Il l'a apporté lui-même ce matin à sept heures. Qu'est-ce qui peut amener le docteur Andrew LaMarche, personnalité mondialement connue, à travailler à sept heures du matin et à prendre le temps de s'occuper d'affaires

1. Johnny Doe : nom symbolique attribué aux individus dont on ignore l'identité. *(N.d.T.)*

concernant les Services de protection de l'enfant comme n'importe quel péon ?

– Je ne sais pas pourquoi il a choisi de l'apporter, soupira Estrella, mais il fourbit ses armes pour terrasser le département au cours de l'audience de l'affaire Martinelli. Tu ne te souviens pas ? C'est aujourd'hui.

– J'avais oublié, murmura Bo.

Il y eut un moment de silence, ce silence qu'observent invariablement ceux qui s'occupent d'enfants martyrs à la mention d'un cas où l'enfant a été tué.

Et Jennifer Martinelli, âgée tout au plus de sept ans, avait été tuée. Le petit ami de sa mère, un homme qui se droguait à la méthédrine, avait jeté l'enfant à travers le salon et elle avait atterri sur le guidon de sa moto qu'il avait garée là. Quatre côtes cassées et le sternum brisé de la petite fille lui avaient perforé les poumons.

Angela Reavey, l'assistante sociale chargée des conciliations, qui avait cru Christina Martinelli lorsqu'elle disait que Rob Pichthall ne toucherait plus jamais Jennifer, avait conseillé au juge de rendre la petite fille à sa mère. Jennifer n'avait quitté sa famille d'accueil que depuis trois jours pour rejoindre Christina lorsqu'elle était morte.

Angela Reavey n'assisterait pas à l'audience demandée par le docteur Andrew LaMarche de l'Hôpital pour enfants de Sainte-Marie le matin même. Elle serait chez elle, alitée, sous calmants, incapable de pleurer davantage. Andrew LaMarche, une autorité internationale dans le domaine des enfants martyrs, se passerait d'elle pour faire exploser sa rage à l'encontre du Service de protection de l'enfant et du Tribunal pour enfants du comté de San Diego. Il y aurait des journalistes, envoyés par tous les journaux importants de Californie, ainsi que par plusieurs organismes de presse nationaux, et toute une brochette de hauts fonctionnaires du comté qui resteraient muets. Il n'y aurait personne qui ait jamais vu Jennifer Martinelli. Ça n'allait pas être le jour idéal pour parler avec Andrew LaMarche d'un enfant abandonné.

Le bruit d'une courte respiration nasale avertit Bo de la présence de Madge Aldenhoven derrière elle.

– Bo ? Je veux que vous apportiez une attention toute particulière à ce dossier.

Comme d'habitude, son chef semblait s'être préparée pour aller déjeuner avec la reine mère. De vraies perles. Un boléro en soie bleue qui mettait ses yeux en valeur. Depuis deux ans qu'elle travaillait pour le Service de protection de l'enfant, cela ne cessait de stupéfier Bo. Madge, la seule personne de tout le service à ne jamais quitter les lieux, était la seule à être tirée à quatre épingles jour après jour.

– Sans blague, fit Bo dans un rictus. Vous ne m'aviez pas dit que c'était LaMarche qui s'occupait de ça.

– Oui, dit Madge qui continua comme si Bo venait simplement de remarquer que Halloween[1] approchait. En ce moment même, il doit tirer à boulets rouges sur nos services en parlant de l'affaire Martinelli. Donnez le meilleur de vous-même. Nous avons besoin de briller.

– Au cas où vous ne l'auriez pas remarqué, dit Bo en plissant ses grands yeux verts qui devinrent des fentes, briller ne faisait pas partie de mes priorités aujourd'hui.

– Vous me comprenez, répliqua Madge qui fit glisser un Bic dans ses cheveux aussi blancs que des plumes de cygne. Exécution.

---

1. Halloween : veille de la Toussaint, nuit des masques où les enfants se déguisent. *(N.d.T.)*

Et Bo la comprenait fort bien. Ses rapports juridiques, bien que fréquemment remis avec du retard, comportaient invariablement quantité de ces renseignements mêmes dont les juges pour enfants avaient besoin pour décider de leur sort. Bo était capable d'évaluer une situation en quelques minutes. Elle savait qui mentait, qui se droguait, qui s'arrangeait pour dissimuler une tendance à maltraiter ou à battre un enfant. Au tribunal, on l'appelait Mandrake le Magicien. Mais personne, en dehors d'Estrella, ne savait pourquoi.

Quand Bo Bradley s'occupait d'une affaire, on savait que l'enquête allait être bien menée. Et tous ceux qui travaillaient dans ce secteur, y compris Andrew LaMarche, en étaient conscients.

Le dossier commençait par une page de garde vierge en dehors du nom de la personne signataire du rapport, le docteur lui-même. On ne savait littéralement rien de l'enfant, dans cette affaire sur laquelle Bo devait se pencher.

Après cette première page, elle trouva des rapports faxés par les services du shérif du comté de San Diego et du service des ambulances.

« Appel d'ANNIE GARCIA, soixante-dix-neuf ans, une Indienne de la tribu des Paiutes vivant avec sa fille et son gendre, MARIA et JOSEPH BIGGER FOX, sur la Réserve Indienne de Barona », indiquait très correctement l'adjoint au shérif John Greenlea. « GARCIA a déclaré avoir trouvé un enfant abandonné, de race blanche, sexe masculin, dans une bâtisse inhabitée de la réserve vers cinq heures trente du matin... »

Le rapport médical était plus spécifique.

« Trouvé enfant blanc de sexe masculin attaché à un matelas à l'aide de corde à linge. L'haleine de l'enfant avait une odeur d'urée. Déshydratation probable. Le corps était froid et mou, le pouls faible et rapide. État de choc probable. L'enfant respirait. Tuyau endotrachéal pas nécessaire. Vomi et excréments très liquides séchés sur les vêtements de l'enfant et sur le matelas. Oxygène et solution de glucose à 2,5 administrés par intraveineuse dans l'ambulance. L'enfant est resté inconscient, maintenu sur le brancard par les fixations de sécurité. Arrivée aux urgences de Sainte-Marie : 6 h 42. »

Un cas à part.

Un frisson parcourut les épaules de Bo et trembla dans ses mains. Encore cette étrange impression. Il y avait quelque chose de sordide dans cette affaire !

– Rien de bien compliqué, se dit-elle avec philosophie tout en se dirigeant vers la porte. Tu vas à Sainte-Marie pendant que LaMarche est encore occupé à exposer ses conclusions sur l'affaire Martinelli, tu vois le môme et tu repars.

Rien de bien compliqué.

4

Le massacre des innocents

Dans la salle de conférence se pressait une foule de journalistes, jeunes pour la plupart. Ils mordillaient le bout des stylos que leur avait fournis l'hôpital et essayaient d'avoir l'air raisonnablement choqués sans toutefois laisser le sens fondamental de cette audience les atteindre au plus profond d'eux-mêmes.

Le chef du service relations publiques de l'hôpital terminait une description clinique expurgée des derniers instants de Jennifer Martinelli contenant des éléments qui glacèrent d'effroi ses auditeurs.

– Bien que la mort de l'enfant ait été constatée à son arrivée dans cet hôpital, à vingt-deux heures vingt-trois jeudi, le rapport du médecin légiste du comté de San Diego indique que la mort est en réalité survenue quelque trois heures auparavant.

Il marqua une pause pour poser un regard sombre sur la foule puis continua :

– Jennifer est restée par terre, morte, dans le salon de sa mère pendant plus de deux heures, avant que quelqu'un prenne la peine de se demander pourquoi elle ne bougeait pas.

Parfait.

Personne ne respirait dans la salle.

Andrew LaMarche avait lui-même écrit, à peine une heure avant, la présentation des faits lue par le type des relations publiques. Elle servait d'introduction à ses propres remarques.

Les quatre représentants du département des Services sociaux et les trois avocats du tribunal pour enfants avaient les yeux avidement fixés en tout endroit sauf sur le docteur Andrew LaMarche lorsqu'il vint remplacer au podium le type des relations publiques.

– Je me suis occupé de Jennifer Martinelli la première fois qu'on l'a amenée à l'hôpital Sainte-Marie, il y a un mois. Elle souffrait de lacérations au visage, au cou, sur les bras et sur les jambes : partout, en fait, où son corps n'était pas protégé par ses vêtements. Le concubin de sa mère avait décidé de la punir en la fouettant avec un fil électrique parce qu'elle avait cassé un objet qui faisait partie de son attirail de drogué.

Dans le miroir accroché au fond de la salle de conférences, Andrew LaMarche voyait son propre reflet, toutes les lumières accompagnant les caméras de télévision luisant sur sa moustache grisonnante et sur sa blouse blanche de médecin. Son image était parfaite. L'ange de la vengeance. Le porte-parole désapprobateur du Bien.

C'était une façade, mais ça marchait.

Presque personne ne connaissait l'homme qui se cachait derrière.

– À ce moment-là, continuait-il, j'ai dit à l'assistante sociale du Service de *protection* de l'enfant chargée de Jennifer, madame Angela Reavey...

Il marqua une pause pour que l'ironie du mot sur

lequel il avait mis l'accent soit bien perçue, puis reprit :

– ... que tant que le coupable ne serait pas mort ou sous les verrous, et que la mère n'aurait pas suivi une cure de désintoxication suivie d'un minimum de six mois de traitement contre l'alcoolisme, Jennifer ne devait pas se retrouver en compagnie de ces... gens.

La pause marquée indiquait clairement que le mot qu'il aurait personnellement choisi plus volontiers aurait été quelque chose du genre « vermines ». Plusieurs journalistes opinèrent machinalement.

– Mais comme madame Reavey a préféré ne pas faire acte de présence pour cette audience, nous sommes contraints de nous en remettre à d'autres représentants des Services sociaux pour nous expliquer *pourquoi* cette enfant a été rendue à des criminels moins d'un mois plus tard. Messieurs ?

Andrew LaMarche savait pertinemment qu'aucun des membres du DSS ne pouvait dire un seul mot sur cette affaire ni sur aucune autre, même si on leur braquait un revolver sur la tête. La loi était parfaitement claire. Le secret professionnel qui entourait le DSS et les attendus du tribunal pour enfants était si strict que Dieu lui-même n'aurait rien pu savoir. Et cela avait toujours pour résultat de donner du département une mauvaise image, comme s'il choisissait délibérément de dissimuler son manque de compétence.

L'un des représentants du DSS murmura quelques paroles exprimant de « sincères regrets » et disant qu'une « enquête approfondie était menée sur la façon dont cette affaire avait été suivie ». Certains journalistes ricanèrent ouvertement. Tous recopièrent ces citations directement sur leurs bloc-notes. Le département des Services sociaux du comté de San Diego allait avoir des allures de débile profond dans les journaux du soir.

C'était une étape.

Cela ne sauverait pas Jennifer Martinelli, mais cela sauverait peut-être un autre enfant, comme cet étrange garçon hospitalisé le matin même, abandonné dans une cabane dans la montagne. Cet enfant-là semblait être un attardé mental, ce qui augmentait les risques de mauvais traitements. Celui-là ou un autre. LaMarche n'en avait cure. Il se battait pour eux, il se battait contre la bureaucratie qui semblait accorder plus de valeur au droit d'un parent de torturer sa progéniture qu'au droit d'un enfant de grandir sans être marqué à vie. Jamais il ne pourrait comprendre en quoi une relation génétique donnait le droit à quiconque de commettre des actes pour lesquels, en d'autres circonstances, il se retrouverait en prison ou condamné à mort.

– Merci à tous d'être venus, fit-il d'un ton solennel en retirant le petit micro accroché à la cravate en soie moirée qu'il avait achetée à Paris.

– Cette vieille pédale, ce coup-là, il l'a mauvaise ! murmura un jeune journaliste en jean délavé à un collègue qui était assez près pour que le docteur l'entende parmi la foule qui quittait la salle.

– Tu l'as dit, marmonna LaMarche en se parlant tout seul.

Le fait que tout le monde considérât sa mise toujours impeccable comme un signe d'homosexualité ne le dérangeait pas le moins du monde. De même que l'accent français qu'il ne pouvait supprimer quand il était en colère, cela ne faisait qu'ajouter à la mystique qu'il avait passé des années à peaufiner. Le médecin renégat. L'excentrique. Le défenseur des démunis. Le brillant original.

Un courant d'air vint agiter les feuillets du discours dactylographié qu'il tenait encore à la main et fit gonfler les pans de sa blouse comme une cape lorsqu'il sortit par une porte latérale. Cette audience, se dit LaMarche, était un sans faute.

5

L'infirmière Voilier

L'infirmière responsable du troisième étage de l'hôpital Sainte-Marie qui était de service était une nouvelle : elle ne faisait pas partie de celles que Bo avait fini par bien connaître au cours des fréquentes visites voulues par son métier. Visites durant lesquelles les questions les plus bizarres devenaient courantes :

« Peux-tu me dire dans quelle pièce tu étais quand ton papa t'a donné un coup de pied dans le ventre ? »

« Quand est-ce que tante Margaret t'a fait manger la nourriture du chat ? C'était le jour ou la nuit ? »

Le tribunal pour enfants exigeait des renseignements bien précis. Les rapports préparés par les enquêteurs étaient acceptés quand ils apportaient des preuves de mauvais traitements « claires et concluantes ». Souvent, en l'absence de témoin, seul un rapport dactylographié venait s'interposer entre un enfant et de nouvelles blessures, peut-être même la mort.

Il avait donc fallu plusieurs mois à Bo pour se construire cette carapace protectrice qui pouvait épargner à toute personne enquêtant sur des affaires d'enfants martyrs les accès de rage, les nuits blanches et l'épuisement nerveux qui allaient de pair avec ce métier.

Elle était capable de s'asseoir par terre et de parler calmement de pratiques sexuelles perverses avec des enfants de trois ans. Elle était capable de photographier des brûlures causées par des cigarettes allumées sur les organes génitaux de bébés. Elle était même capable à l'occasion d'assister à une autopsie sans avaler du Valium ni prendre vingt-cinq kilos de chair bouffie, comme tant de ses collègues.

En dépit de nombreuses années de traitement psychiatrique, elle estimait que tout le mérite de sa sérénité revenait à Bach, à cette pureté de son hypnotisante que sa mère violoniste lui avait appris à aimer. La musique que sa sœur, Laurie, n'avait jamais pu entendre. Elle fredonnait les premières mesures de « Jésus, Joie des Désirs de l'Homme » quand l'infirmière responsable posa les yeux sur elle d'un air interrogateur.

– Oui ?

Bo réprima son envie de lui répondre « Non », et se souvint qu'elle n'avait pas épinglé sur son vêtement le badge requis du Service de protection de l'enfant qui lui ouvrait presque toutes les portes. Elle le dénicha dans son sac entre son portefeuille et un paquet de Gauloises écrasé.

– Je dois voir un certain Johnny Doe, trouvé dans la Réserve de Barona et admis ce matin, expliqua-t-elle en accrochant le badge sur son pull-over.

Il y avait quelque chose, chez cette blonde à joues roses, que Bo trouvait crispant.

– Nous prenons bien soin de ce petit bonhomme, roucoula l'infirmière. Il est dans la chambre 323.

– Je crois que j'ai la grippe, l'informa Bo.

Elle parcourut du regard le bureau des infirmières pour découvrir ce qui pouvait expliquer cette impression désagréable.

– Il me faudrait une blouse et un masque, ajouta-t-elle. Je ne m'approcherai pas trop de lui. Mais il faut que je le voie.

– Bien sûr, dit l'infirmière d'une voix chantante en sortant d'un placard une blouse et un masque propres. J'ai bien peur que cet enfant ne jouisse pas de tous les bienfaits que nous trouvons tout naturels, pauvre petit. Il se pourrait bien qu'il soit sérieusement attardé.

Les bienfaits ? Le regard vif de Bo fondit sur la réponse. Près de l'interphone se trouvait un exemplaire relié d'un bidule intitulé *La Science du Pasteur : un guide pour votre vie.* La couverture du livre arborait un voilier échoué dans les pages d'une Bible. Décidément, cette journée prometteuse n'était pas décevante. À ce rythme-là, prédit Bo, avant-midi, elle pouvait s'attendre à être détournée sur La Paz par des extra-terrestres en costumes d'Elvis.

– Avez-vous lu les travaux du docteur Hinckle ? demanda l'infirmière.

– Oh ! non. C'est un docteur en médecine ou l'auteur d'une thèse ?

Ou un charlatan avec une main dans la psyché opprimée de gens comme toi et l'autre dans un compte en banque en Suisse.

Laurie s'était fait avoir par l'un de ces individus quand elle était à l'université. Un imposteur mielleux avec un diplôme religieux obtenu par correspondance. Il avait persuadé l'impressionnable jeune femme qu'elle n'avait pas besoin des médicaments contre la dépression prescrits par son psychiatre. Il fallait seulement qu'elle lui donne tout l'argent qu'elle avait et qu'elle s'en remette à Dieu. Bo rêvait de ce qu'elle ferait si jamais elle trouvait ce type sur son chemin.

– Oh, le docteur Hinckle est tout simplement merveilleux ! renchérit l'infirmière. Si vous voulez, je vais vous envoyer un de ses livres. Je les ai tous...

– Non, vraiment, je n'ai jamais le temps de lire, mentit Bo. Le 323, c'est par là ?

Elle émit une toux pitoyable derrière le masque de chirurgien afin de maintenir l'infirmière à distance et se dirigea vers la chambre du gamin tout en enfilant sa blouse avec difficulté. Elle s'aperçut que c'était une petite taille destinée à un jeune patient. Sur son gros pull-over, le vêtement imprimé de canetons et de petits lapins ressemblait tout à fait à une camisole de force. Elle se dit qu'elle avait l'air d'une publicité pour un tranquillisant important dans un magazine médical.

L'enfant alité se dit la même chose. Un sourire, faible mais d'une causticité qui plut à Bo, passa sur ses lèvres pâles lorsqu'il la vit entrer dans la chambre. Il était blanc comme un linge et ses cheveux ressemblaient à de la laine de verre rouillée. Mais sous sa blouse d'hôpital, son corps était robuste, bien en chair. Cet enfant n'avait pas été volontairement privé de nourriture et il ne portait aucune des cicatrices, contusions et autres traces caractéristiques qui révèlent des sévices. Sous de longs cils, ses immenses yeux bruns trahissaient la peur, mais autre chose aussi. Une lueur, aussi brillante que celle du soleil sur le quartz du désert. D'après l'expérience de Bo, cette lueur était finalement la seule chose qui comptait. Mais enfin, elle n'en était pas sûre.

– Salut, fit Bo avec un sourire inutile derrière son masque. Je m'appelle Bo, comme un clown !

Cela amusait toujours les enfants mais celui-ci se contenta de la regarder, d'un regard fixe et attentif. Bo se dit que l'expression de ce garçon lui rappelait étonnamment quelque chose, sans pouvoir identifier ce dont il s'agissait. Elle remarqua le vêtement de contention écossais aux tons vifs qui empêchait le haut de son corps de bouger. Les liens, ainsi que Bo le savait par expérience personnelle, étaient fixés au cadre du lit, hors d'atteinte du petit garçon.

– Pourquoi est-il attaché ? demanda-t-elle à l'infirmière Voilier qui était sur ses talons et empestait le parfum, ce qui accentuait l'état second dans lequel était Bo.

Maintenant, toute la pièce paraissait vibrer. Quelque chose avait pris un caractère d'urgence, d'une importance primordiale. Mais sans la moindre référence à une structure rationnelle. Les objets, le petit garçon même, prenaient des aspects moirés.

Oh merde ! C'est comme ça que ça commence. Surtout pas.

– Ses petites mains s'agitaient sans cesse et il essayait tout le temps de sortir du lit, répondit doucement Voilier. Évidemment, il est tout retourné, le pauvre petit.

Bo referma la main sur le métal froid du pied de lit pour retrouver son équilibre. Le cours rationnel des choses serait simplement de prendre des renseignements sur l'état de santé actuel du petit garçon, de rapporter le dossier à Madge et de prendre aussitôt la direction du cabinet de psychiatrie de l'université où l'on pouvait venir sans rendez-vous. Cette conscience soudaine des objets qui se trouvent dans une pièce, des personnalités cachées que possèdent les meubles et des messages qu'esquisse la lumière sur les surfaces, autant de signes que Bo reconnaissait parfaitement. Les premières lames de fond de la folie.

Mais l'intensité des étranges yeux de l'enfant déchirèrent cette illusion. Leur regard brillant fixait Bo. Venait vers elle. La touchait. Une lumière, une présence. Elle n'était pas plus capable de s'en détacher que d'arrêter de respirer. C'était son talisman, cette lueur. C'était là qu'elle puisait sa force et son endurance. C'était l'intelligence ! Elle en était sûre. Elle l'aurait reconnue en toutes circonstances.

– Vous avez bien dit que vous soupçonniez un retard mental important ? s'informa-t-elle sans quitter l'enfant des yeux.

Chaque objet de la pièce était nimbé dans un halo et les vibrations continuaient, mais elle n'y prêta pas attention.

Voilier caressa les cheveux incroyablement épais et bouclés du petit garçon et susurra :

– Johnny ne parle pas, il ne comprend rien. N'est-ce pas, Johnny ?

L'enfant continuait de fixer Bo. Ses yeux pâles et dorés avec leur iris d'un roux léger exprimaient des milliers de choses. Mais des milliers de quelles choses ?

Voilier continuait :

– Tout ce qu'il sait faire, c'est agiter les mains. Nous en saurons plus quand l'étude neurologique nous sera communiquée.

Agiter les mains. Bo se redressa et regarda la main droite du petit garçon. Elle s'agitait, ça oui, mais pas n'importe comment. Il avait replié les trois doigts du milieu vers la paume, pouce et petit doigt tendus. Bo crut d'abord qu'il formait la lettre Y. Mais sa main partit brusquement vers le côté, le pouce pointant vers la bouche. C'était un geste courant parmi les étudiants, et parmi les buveurs de bière en général.

– Je crois qu'il veut une bière, fit Bo, stupéfiée.

Les vibrations diminuaient. Les moirures des images se transformaient en brume légère.

Merde, mais qu'est-ce qui se passe ?

Une impression de mystère, et aussi le sentiment d'être investie d'une mission, envahirent la conscience de Bo. L'illusion maniaco-dépressive d'avoir été amenée en ce lieu par des forces magiques était à la fois ridicule et impossible à dissiper.

– Ne dites pas n'importe quoi, répliqua Voilier d'un air offusqué, en bonne infirmière.

Bo arracha son masque. L'état de ce garçon lui paraissait évident, mais elle devait s'en assurer.

– Bo, fit-elle sans produire un son en se désignant elle-même.

– Je suis désolée, mais vous devez garder votre masque. Vous avez dit que vous aviez la grippe...

– Non, non. Il faut qu'il voie mon visage.

Bo s'approcha de la table de nuit, prit le pot à eau et remplit un gobelet en plastique. Elle fit le geste des buveurs de bière d'une main et tendit le gobelet au petit garçon. Il avala une gorgée puis jeta le gobelet au sol, sans jamais quitter Bo des yeux.

Elle en était sûre !

– Vous voyez bien, il n'a pas soif, soupira l'infirmière. Maintenant il va falloir que j'appelle une femme de ménage pour nettoyer ça. Faites attention de ne pas respirer vers lui.

Bo savait bien que ce garçon n'avait pas soif. Il ne pouvait pas avoir soif avec les deux litres d'eau sucrée enrichie d'éléments nutritifs qui s'infiltraient en perfusion dans une veine de son bras gauche. Ce n'était pas la soif qui avait motivé son geste. C'était la communication.

– Bo, refit-elle en se montrant du doigt.

Son cœur battait la chamade.

Lentement, l'enfant recourba son index dodu vers lui-même. Un son sortit de sa petite bouche, rauque, difficile à identifier. Comme l'appel d'un faucon, dans le lointain.

« Je crie parce que je suis un oiseau. »

Les paroles du chant paiute revenaient en écho aux oreilles de Bo. Elle secoua la tête.

Le garçon fit une nouvelle tentative.

– Ww-eh-po, murmura-t-il en plongeant les yeux dans ceux de Bo.

Quelqu'un avait essayé de lui apprendre à prononcer son nom. Quelqu'un, Bo le savait, s'était efforcé pendant des mois, le visage tout près du sien, les mains sur sa pomme d'Adam, de lui enseigner qu'il y avait un son qu'il pouvait faire pour s'identifier. Son visage s'illumina d'un sourire et, d'un geste spontané, elle le prit dans ses bras. Il était chaud, il sentait le savon, et il tremblait.

– Weppo ! Tu t'appelles Weppo !

Le petit garçon eut un faible sourire, le regard toujours accroché à son visage. Alors il ferma les yeux. L'effort qu'il avait fait l'avait épuisé.

– Ce gosse n'est pas attardé, il est *sourd* ! hurla Bo.

Elle sentit ses joues rougir tandis que la sensation d'étourdissement antérieure refluait sous sa joie sans toutefois disparaître totalement.

Folle ou pas, elle avait raison.

– Chut, il a besoin de repos.

L'Infirmière Voilier poussait Bo vers la porte.

– Il ne peut pas m'*entendre* ; il est *sourd* ! hurla-t-elle à nouveau.

– Eh bien, tous les enfants qui se trouvent ici ne sont pas sourds. Vous devez vous taire.

L'expression de méfiance et de malaise qu'elle ressentait maintenant, Bo la connaissait bien.

– Et d'abord, qu'est-ce qui vous fait croire qu'il est sourd ?

Bo fit un effort terrible pour contrôler le niveau de ses émotions.

– Ma sœur est née sourde, articula-t-elle doucement.

Jamais elle ne parlait de Laurie.

– Alors je *sais*.

6

Docteur Mince, le Cochon

– Qu'est-ce qui se passe ici ? s'enquit une voix de baryton tranquille empreinte d'un soupçon d'accent français qui venait de la porte.

Les yeux gris d'Andrew LaMarche trahissaient un mépris contenu pour Bo avec sa blouse trop petite :

– Vous devez être la personne du S.P.E.

– Docteur LaMarche, dit Bo en soupirant tout en essayant de retirer la blouse ce qui eut pour effet de détendre l'encolure de son pull et de dévoiler son épaule.

La bretelle de son soutien-gorge était un peu effilochée.

Bravo. Maintenant, par-dessus le marché, il va s'imaginer que toutes les employées du S.P.E. mettent leurs soutiens-gorge dans le séchoir électrique.

– Je sais que l'affaire Martinelli vous a bouleversé ; comme nous tous. Et je sais que vous détestez les S.P.E. ; comme nous tous. Mais ce gosse est *sourd* !

Andrew LaMarche fut décontenancé. Il y avait une

frénésie de logique dans ce que disait cette femme. Et un certain *feu de joie*[1] qui était plutôt intéressant.

– Un café ? suggéra-t-il. J'étais là quand on a amené ce garçon. C'est moi qui vais le suivre.

Bo considéra le médecin toujours impeccable qu'elle avait espéré éviter. Il avait une personnalité difficile à cerner ; c'était un homme qui aurait pu être mannequin ou occuper ce poste de docteur comme couverture pour qu'on ne sache pas que c'était un agent double de la guerre froide, en retraite mais ayant un intérêt malsain pour les coups d'État en Argentine. Des cheveux lisses bien coupés, les tempes grisonnantes. Une moustache également soigneusement entretenue, un sourire courtois. Une veste sur mesure coupée dans un tweed Donegal d'une qualité exceptionnelle qui avait dû coûter, d'après les estimations circonspectes de Bo, plus cher au mètre que ce qu'elle gagnait en une journée. Si le docteur Andrew LaMarche avait une passion secrète pour la sellerie médiévale ou passait ses week-ends à faire de la gelée de raisin, vivant dans la loi du silence au cœur d'un monastère perdu dans la montagne, Bo n'en aurait pas été surprise. Un homme original, raffiné. Un gentleman.

« Mince comme un fil et chemisé de soie », aurait dit sa grand-mère.

– Volontiers, répondit-elle en réprimant un sourire en se remémorant l'expression que Bridget O'Reilly utilisait invariablement pour décrire un prétendant séduisant. Un café, ce serait super.

L'expression de sa grand-mère allait comme un gant à Andrew LaMarche.

La cafétéria de l'hôpital Sainte-Marie était immense et éclairée par plusieurs rangées de lumières

1. En français dans le texte.

fluorescentes dissimulées derrière des panneaux de Plexiglas. Les quelques personnes qui n'étaient pas de service et prenaient un café en petits groupes discutaient à voix basse et avaient toutes choisi de s'asseoir face à la rangée de portes qui donnaient sur une cour en ciment. Bo était déjà venue.

– Pourrions-nous nous installer dehors ? Je fumerais volontiers une cigarette.

Dieu merci, le docteur LaMarche décida de lui épargner le sermon sur le cancer du poumon et se contenta de répondre :

– Certainement.

Bo se permit un instant de gratitude en ouvrant le dossier de Weppo sur la table en ciment.

– Qu'allez-vous faire de ce garçon ? demanda LaMarche.

Un pâle soleil d'automne essayait de brûler ce qui restait de brouillard, mais une froide humidité se faisait encore sentir dans l'air matinal. Bo rejeta la fumée âcre des cigarettes françaises qu'elle adorait et la regarda planer dans l'air humide. Elle aurait bien aimé savoir ce qu'elle allait faire de ce garçon. Elle aurait aussi aimé être restée au lit. Un enfant sourd. Intelligent en plus. Ça allait être difficile de tourner les talons, comme elle l'avait fait pour Laurie.

Ces souvenirs étaient douloureux. Elle avait été heureuse de quitter son encombrante sœur de dix ans pour aller à l'université, délivrée de l'odieuse obligation de s'exprimer par signes. Dans la petite ville universitaire d'Amherst, Bo s'était délectée de la liberté d'être normale, de faire des choses ordinaires sans attirer l'attention des inconnus. Cette petite sœur aux cheveux raides et bruns qui l'adorait, écrivait des poèmes étranges qu'elle signait avec une telle intensité que les objets fragiles devaient être placés hors d'atteinte de ses mains qui volaient en tous sens, ne lui avait pas manqué.

C'était l'intensité qu'exprimait Laurie, avait compris Bo au cours de sa thérapie, qui était effrayante. Pas la surdité de Laurie. Cette même intensité que Bo combattait intérieurement comme si c'était l'un des *Cwn Annwn*, un chien de meute infernal au plus profond d'elle-même. Plusieurs années plus tard, elle allait apprendre son nom : une maladie neurologique qu'elle partageait avec sa sœur et qu'on appelait simplement psychose maniaco-dépressive. Mais le temps que Bo comprenne pleinement ce qu'elle avait seulement senti pendant son enfance, Laurie était morte.

Et maintenant il y avait un autre enfant sourd.

Son attachement soudain pour ce petit garçon était déplacé. Personnel. Contraire à une attitude professionnelle. Elle avait conscience de ce sentiment de mission qui planait dans l'air. Illusoire. Dangereux.

– Je ne sais pas, répondit-elle au docteur, songeuse. Il est sourd. Ça va apparaître dans ses analyses, non ? Et il s'appelle Weppo ou quelque chose comme ça, quand on le prononce sans l'entendre.

Elle passa la main dans ses cheveux.

– Il est de la plus haute importance qu'il reçoive un enseignement adéquat *tout de suite*...

LaMarche leva un sourcil broussailleux.

– Un enseignement ? Je croyais que votre travail consistait à remettre ces gosses à la garde du comté puis à les flanquer dans des familles d'accueil jusqu'à ce qu'ils soient totalement foutus ou alors à les renvoyer vers des assassins sadiques.

Allez bouffer de la bave d'escargot, docteur LaMarche.

– Vous n'avez pas tort. Je ne suis pas là pour

défendre l'organisation pour laquelle je travaille. C'est une bureaucratie et par conséquent elle est infestée de bureaucrates. Je n'en fais pas partie.

Bo sentit que ses yeux verts étincelaient et riva exprès son attention sur une branche de jacaranda qui décrivait un arc au-dessus du mur en ciment du patio.

– Personne ne se félicite de ce qui est arrivé à Jennifer Martinelli, dit-elle en s'adressant aux feuilles qui ressemblaient à des frondes de fougère. Mais les gens (fit-elle en se tournant vers l'homme assis de l'autre côté de la table), agissent de manière beaucoup moins prévisible dans la vie réelle qu'ils ne le font lors d'examens médicaux. Dans la vie réelle, les gens mentent. Ils dissimulent des choses, parfois même à eux. Et un numéro bien mené peut tromper n'importe qui, au moins une fois. C'est ce qui est arrivé à Angela Reavey dans l'affaire Martinelli. Ça arrive tout le temps.

Elle souffla la fumée par un coin de la bouche en produisant un sifflement, éteignit sa cigarette puis reprit :

– Mais bien sûr vous ne pouvez pas savoir ça. Vous n'avez aucun contact avec les gens du monde réel, uniquement ici, fit-elle avec un geste en direction des cinq étages de l'hôpital, où vous contrôlez tout.

LaMarche observa le jacaranda comme s'il allait parler. L'air détaché, il entoura sa tasse des deux mains et prit l'attitude de quelqu'un qui attend patiemment.

Bo passa de nouveau la main dans ses boucles échevelées.

Du calme, Bradley.

– J'aimerais parler de ce garçon, de Weppo, articula-t-elle clairement. Je veux qu'il ait sa chance. Je veux qu'il apprenne la langue des signes avant qu'il soit trop tard. C'est mon dossier et il est possible que je puisse arranger ça. Quel âge croyez-vous qu'il a, exactement ?

LaMarche tendit vivement les bras en avant pour faire apparaître ses manchettes. Cette femme le désarçonnait. Elle n'était pas ordinaire. Elle lui avait renvoyé sa propre colère en pleine figure avec un mordant qu'il identifia à la fois comme plein de bon sens et intuitif. Il se demanda pourquoi elle venait travailler habillée comme Paul Bunyan le bûcheron.

– Nous avons fait des radios de tout son squelette, concéda-t-il. C'est difficile d'en être certain, mais d'après la maturation osseuse, je dirais environ quatre ans. Pourquoi ?

– Quatre ans, nota Bo dans son dossier en consignant la date. Il ne reste plus beaucoup de temps.

Perplexe, LaMarche se pencha vers elle pour poursuivre la conversation.

– De temps pour *quoi* ?

– La période d'acquisition du langage se situe entre la naissance et cinq ans, commença Bo, incapable de réfréner son enthousiasme. La langue des signes est une langue au même titre que l'anglais, l'espagnol ou le français. Et c'est entre la naissance et cinq ans que les enfants apprennent le mieux les langages. Ça devient franchement difficile après la puberté, aussi. Et Weppo est un garçon. Il se trouve que c'est pire pour les garçons. Dieu sait pourquoi. C'est peut-être lié à la latéralisation fonctionnelle, qui, comme vous le savez...

LaMarche sentit la moutarde lui monter au nez.

– Attendez une minute, l'interrompit-il. Qu'est-ce qui vous fait croire que vous vous y connaissez si bien que ça ? Vous rendez-vous compte que vous êtes en train de faire un *diagnostic* ?

L'enthousiasme de Bo disparut comme de l'eau dans le sable. Cet homme-là était impossible.

– Docteur LaMarche, pourquoi affectez-vous de prendre cet accent ? demanda-t-elle sans desserrer les dents. Cela porte quelque peu atteinte à votre image hitlérienne, vous savez.

Elle se mordit la langue. Que ce soit son tempérament irlandais ou son irritabilité de cyclothymique, ce n'était pas comme cela qu'elle allait aider le petit sourd sur son lit d'hôpital

– Je suis désolée, docteur, dit-elle en optant maladroitement pour la minauderie afin de le manipuler tandis qu'il consultait sa montre d'un air hargneux.

Les médecins !

– Je ne voulais pas m'emporter à ce point. C'est seulement que ce petit bonhomme a tellement besoin d'aide, et tout de suite, si on veut qu'il s'en sorte. Je suis sûre qu'une recommandation de votre part activerait les choses pour l'enseignement de la langue des signes...

Elle battit des paupières et étouffa un sourire. On aurait dit Blanche Dubois dans *Un Tramway nommé Désir*, ce qui n'était guère surprenant. C'était en jouant ce rôle vingt ans plus tôt dans une mise en scène universitaire qu'elle avait eu sa dernière occasion de minauder.

Malheureusement, le théâtre faisait partie de la culture du docteur LaMarche.

– Vous avez bien fait de choisir la carrière d'assistante sociale plutôt que celle d'actrice, laissa-t-il tomber en étirant les doigts, d'un air apparemment accablé d'ennui. Vos inepties flatteuses me laissent totalement froid. Je suis un sale *cochon* [1] d'élitiste irrécupérable, j'en ai peur. Je préfère que les diagnostics soient établis par des *médecins.*

Bo referma le dossier dans un claquement. Pour qui

1. En français dans le texte.

se prenait-il, ce poseur, ce refoulé plein d'arrogance ? Descartes ?

– Un *cochon*, c'est un porc, n'est-ce pas, docteur ?

Elle ouvrit grand les yeux et le fixa comme le font les maniaco-dépressifs. Tous ceux dont l'histoire comporte des admissions en hôpital psychiatrique savent afficher « le regard ». Effet garanti pour arrêter une conversation.

– Vous êtes davantage un *bœuf* pontifiant qu'un cochon. Vous n'avez pas entendu un seul mot de ce que j'ai dit. Et vous ne m'entendrez jamais en raison de cette tragédie mal connue qu'est la surdité des fats. Je vais demander au procureur de vous assigner à comparaître si on a besoin de votre témoignage pour le cas de Weppo. Mais je ne crois pas que cela sera nécessaire, étant donné que vous ne voulez rien savoir le concernant.

LaMarche la regarda partir en fureur, pousser la porte vitrée et traverser la cafétéria.

– Un bœuf pontifiant ? dit-il en s'adressant à sa tasse de café. *Mon Dieu* [1] !

Décidément, il l'aimait bien.

Dans sa voiture, Bo enfonça rageusement une cassette du *Troisième Concerto Brandebourgeois* dans le lecteur. Puis elle respira profondément. Ça aidait.

Mais elle allait devoir se calmer. Rien ne pouvait valoir le risque qu'elle prenait. Le risque paranoïaque qui consistait à trop s'investir dans une affaire. Un risque qui pouvait rapidement lui faire connaître le chômage, la déchéance professionnelle et personnelle. Rien ne pouvait valoir cela. Même pas un petit garçon sourd dont les grands yeux lui rappelaient tellement ceux de Laurie.

---

1. En français dans le texte.

7

Annie

Bo avait oublié le docteur LaMarche lorsque à midi moins le quart elle ressortit de l'épicerie qui se trouvait près de Sainte-Marie. Un demi-litre de lait chocolaté et une pâtisserie à la cannelle étonnamment fraîche firent prendre une tout autre tournure à cette journée. Elle allait faire un saut jusqu'à la Réserve pour interroger la femme qui avait découvert le petit garçon, et ensuite elle transmettrait le dossier à quelqu'un d'autre. Point. Pas d'héroïsme. Pas de folie.

L'affection qui l'envahissait à la pensée de cet enfant, la conviction messianique qu'elle seule avait été choisie pour le sauver, autant de manifestations des délires maniaques typiques. Des délires si attirants et si persistants qu'on ne pouvait les ignorer. Mais des délires tout de même.

Tout en ménageant sa BMW déglinguée, ayant pris l'Interstate 8 vers l'est en direction des montagnes qui protégaient San Diego de la chaleur torride du désert s'étendant au-delà, Bo réfléchissait à la condition humaine. Dans quelles proportions finirait-on par voir la comédie humaine comme le produit de la chimie du cerveau ? C'était une idée tabou et elle le resterait peut-être toujours. L'idée que tout comportement humain, spirituel ou animal, prenait son origine dans des impulsions électriques du cerveau et non dans le royaume des mythes. Un balbutiement d'idée, enfin acceptée ne serait-ce que par ceux qui n'avaient pas réussi à démontrer autre chose. Une idée pleine de réconfort, une fois qu'on l'avait acceptée. Mais tout de même, se dit Bo, il était curieux que cette affaire-là, justement, lui ait été confiée.

La voiture, dont le moteur chauffa dans la longue montée qui partait de la région côtière de San Diego pour atteindre les hauteurs plus arides de la banlieue d'El Cajon, parut soulagée lorsque Bo tourna vers le nord pour quitter l'autoroute. El Cajon, « le cercueil » en espagnol. Bo frissonna et regretta qu'Estrella lui ait dit ce que signifiait le nom de cette ville. Ce n'était jamais bon de penser aux cercueils. Bo en avait trop vus.

D'abord celui de sa grand-mère, tandis que des effluves de bon whisky irlandais flottaient dans l'air pendant la veillée. Puis celui de Laurie, trop impensable encore à ce jour. Et enfin ceux de ses parents, ensemble, quand, dans un hôtel de tourisme du Yucatan, un poêle défectueux avait rempli leurs poumons de dioxyde de carbone pendant leur sommeil. Cela faisait des mois que la mère de Bo projetait ce voyage. Elle voulait étudier la musique populaire des Mayas. À l'enterrement, vingt-trois personnes au moins avaient évoqué la funeste ressemblance de leur mort avec celle de Laurie. Pour échapper à ces pensées déstabilisantes, Bo se mit à respirer régulièrement, inhalant l'air imprégné de l'odeur des pins et le rejetant lentement.

Une fois dépassée la dernière banlieue de ces quartiers qui se suivaient en enfilade, séparés par d'anciennes fermes de montagne, la route se déroulait doucement vers une autre époque. D'après l'apparence qu'elle offrait, la route du canyon des Chats Sauvages pouvait peut-être encore se vanter de posséder des chats sauvages, des diligences, voire même un frère espagnol ramassant des pignons, vêtu d'une robe de bure marron poussiéreuse.

Les pins pignons, en bouquets dans le chaparral constitué de chênes verts, de trembles de Frémont et de manzanita, fournissaient de délicieux fruits qui étaient mélangés à de la farine de glands tamisée dans la cuisine indienne. Maintenant, ces petites denrées exquises se vendaient dix dollars la livre dans les épiceries fines à la mode de San Diego.

Dans la Réserve de Barona, Bo découvrit un groupe d'habitations sans numéros. Ici une maison en ciment construite par le gouvernement, là une caravane. Des routes sinueuses qui partaient vers les collines grises de l'automne sans la moindre indication pour spécifier qui habitait où. Bo s'arrêta à une station-service et demanda à une petite fille à la peau couleur de bronze qui mangeait une sucette jaune où habitaient Maria et Joe Bigger Fox.

– Deux maisons plus haut. Après le virage à droite, répondit l'enfant sans hésiter.

Weppo ne pouvait pas faire ça, il ne pouvait pas nommer les objets ni établir de lien entre eux. Et il n'y arriverait jamais si personne ne le lui apprenait.

Bo observa les yeux noirs de la petite fille, ses lèvres et ses belles dents blanches qui formaient des mots. Quelle complexité ! L'inimaginable réseau de réactions auxquelles font appel la compréhension d'une question par un enfant et la capacité à formuler une réponse en une fraction de seconde. Mais cette enfant entendait. Elle avait entendu la voix de sa mère quand elle était encore dans son ventre. Elle avait appris à parler naturellement en reproduisant les voix humaines qui l'entouraient. Et ceci lui avait donné accès à la réalité. Mais, tout comme Laurie, Weppo n'avait pas eu cette possibilité. Comme Laurie, il était enfermé derrière un mur de verre, spectateur de choses qui n'avaient aucun sens parce que ces choses n'avaient pas de noms. Elle frissonna. Personne ne devrait être obligé de vivre sans le langage. Les choses étaient assez difficiles *avec* lui.

– Ça va, madame ? demanda la petite fille.

– Ouais, ouais, très bien.

Bon. J'ai été envoyée ici par des forces mystérieuses pour arracher un enfant qui n'est pas le mien au silence de ma sœur. Je suis cinglée !

Les dernières traces de la brume matinale s'évaporaient au moment où Bo gara sa voiture dans l'allée de Maria et de Joe Bigger Fox, qui n'étaient pas d'humeur bavarde.

Maria, une grande femme peu avenante qui portait un tee-shirt blanc et un jean déformés, vint se placer près de son mari avec une démarche de danseuse et resta debout tandis que Bo s'effondrait dans un fauteuil relax cassé. Bo remarqua avec un intérêt mal dissimulé que la femme portait aux pieds des mules en dentelle à talons hauts pour lesquelles Carole Lombard aurait donné la prunelle de ses yeux. L'ensemble, complété par une épaisse natte de cheveux gris qui retombait sur son épaule, paraissait ingénu. Chic, même. Comme le costume d'une chanteuse de rock d'âge mûr, dure comme un diamant.

– Maman est revenue de la vieille maison vers six heures moins le quart, confirma Maria Bigger Fox sans émotion. Elle a dit qu'elle avait trouvé un gamin là-haut et qu'elle devait téléphoner de chez nous. Elle a fait le 911.

Son récit ne laissait transparaître de sa part ni agressivité ni grand intérêt. Elle relatait les faits. Bo concentra son attention sur les larges visages à la peau sombre, sur l'atmosphère générale de cette petite maison très simple, à la recherche d'indices, de nuances. Quelque chose qui serait tu et tenu secret. Il n'y avait rien. Le mari la regardait, assis sur un sofa vert tout de guingois devant une télévision, avec une expression aussi vide que l'écran gris.

– Avez-vous remarqué quelque chose d'inhabituel dans le voisinage au cours de la nuit où madame Garcia a trouvé le garçon ?

L'utilisation du terme « voisinage » semblait culturellement abusif. Ce territoire accidenté et silencieux était une communauté, mais n'avait rien d'aussi restrictif que ce que supposait un « voisinage ». Bo sentit ses joues parsemées de taches de rousseur rougir de contrariété.

Joe Bigger Fox avait une carrure de lutteur et ressemblait comme deux gouttes d'eau à Fay Silverheels dans le rôle de Tonto, à part qu'il avait les cheveux d'un blanc sans mélange.

– Non, répondit-il avec assurance, indiquant clairement qu'il n'avait rien d'autre à dire.

Bo dut reconnaître à son grand regret qu'il n'y avait que du vide dans l'espace qui la séparait de ce couple d'Indiens d'âge mûr. Comme si en réalité ils étaient ailleurs et avaient mis des hologrammes grandeur nature à leur place. Le salon tout simple aurait pu être un décor de théâtre. Bo savait que sa manière d'appréhender ce face-à-face était exacte. Elle avait déjà vu ça, cette façon qu'ont les Indiens de se dissocier de tout ce qui appartient au monde blanc. Les malentendus. L'inévitable pouvoir de la culture dominante sur celle des exploités.

Elle soupira. Les Bigger Fox ne mentaient pas et ne cachaient rien. Ils voulaient seulement qu'elle s'en aille.

– Eh bien, merci, dit-elle pour mettre poliment un terme à cet entretien. Pourrais-je voir madame Garcia maintenant ?

Par une fenêtre ouverte, Maria regarda une caravane qui se trouvait derrière la maison.

– Peut-être qu'elle dort. C'est une vieille femme. Elle dort beaucoup.

– Je pourrais revenir plus tard, proposa Bo.

L'Indienne secoua la tête.

– Elle ne sera pas là plus tard. Elle va partir, avec le car. Elle va à Lone Pine pour assister à un powwow.

– À Lone Pine ? demanda Bo, incrédule.

Elle s'y était elle-même rendue à peine quelques mois auparavant et cette coïncidence avait quelque chose de prophétique.

– Pourquoi va-t-elle à Lone Pine ?

– Ma mère et moi sommes Paiutes, expliqua patiemment Maria Bigger Fox comme si elle s'adressait à un enfant obtus. Lone Pine est une ville mais des quartiers importants font partie de la Réserve Paiute. Independence, Bishop, là-haut vers le lac Mono, et jusque dans le Névada, c'est du territoire paiute, tout ça. Notre peuple est là-bas.

Bo tenta vaguement de rassembler le peu de savoir qu'elle avait sur les Indiens de Californie et découvrit un trou noir. Les Barona étaient une tribu locale rebaptisée d'après une ville espagnole par le frère Junípero Serra ou un autre padre de la côte, mais qui étaient les Paiutes ?

Pour sa thèse à Hoyoke, elle avait travaillé tout un été sur place chez les Iroquois, au nord de l'État de

New York. Et son mari et elle avaient enseigné pendant la première année de leur mariage dans l'école d'une mission navajo près de Los Alamos. Rien de tout cela ne l'aidait pour comprendre les gens qui étaient en face d'elle.

– Allez donc lui parler, grogna Joe Bigger Fox en désignant la caravane igloo de quatre mètres cinquante de long qui datait de 1948 et était installée sur des blocs de béton délabrés.

Autrefois, elle avait été argentée, mais maintenant elle était d'un gris oxydé uniforme, comme couverte de poudre et piquetée de pointes de rouille. Un cactus s'appuyait contre l'un de ses côtés.

– Merci, répéta Bo en se demandant si la courtoisie voulait qu'elle leur fasse cadeau de tabac.

Ça aurait été le cas si ces gens avaient été Navajo mais ils ne l'étaient pas.

– Euh, voulez-vous des cigarettes ? dit-elle en prenant un paquet de Gauloises neuf dans son sac.

Les Indiens semblèrent étonnés.

– Des cigarettes françaises ? fit Joe Bigger Fox en acceptant. Ma foi, oui.

Bo posa le paquet sur la petite table en Formica et sortit, se sentant un peu idiote.

Pourquoi pas leur demander de te signer ton exemplaire de Enterre mon cœur à Wounded Knee, *espèce d'andouille !*

Deux geais des montagnes lancèrent leur cri strident et laconique, perchés dans un chêne vert qui surplombait des rochers à moitié ensevelis derrière la petite caravane. Les somptueuses branches basses de l'arbre étaient soutenues par de longues bûches. C'était Joe Bigger Fox qui avait dû faire ça, se dit Bo qui approuva sa décision. L'arbre qui mesurait plus de vingt mètres pouvait avoir cent cinquante ans. La caravane d'Annie Garcia paraissait à peine moins vénérable.

– Qu'est-ce que vous voulez ? demanda une voix rauque qui n'était pas sans rappeler celle des geais.

– Je m'appelle Bo Bradley, je travaille pour les Services de protection de l'enfant, cria Bo à la porte fermée de la caravane. Il faut que je vous parle du petit garçon que vous avez trouvé.

La porte fut ouverte par la femme la plus vieille que Bo ait jamais vue. Une des sorcières de Macbeth. Elle paraissait appartenir aux éléments, sculptée dans le cuir. En revanche elle portait des chaussures de sport et au moins quatre pull-overs sur une volumineuse jupe en velours côtelé que Bo aurait pu porter au lycée. Elle remarqua que chacun des pull-overs avait la même encolure marron. À l'intérieur de la caravane, il faisait sombre et il flottait une bonne odeur de café.

– Je vous remercie d'accepter de me voir.

Bo s'accroupit par terre et ouvrit le dossier de Weppo. Il n'y avait rien d'autre pour s'asseoir que deux bancs miniatures de chaque côté d'une table miniature fixée dans le mur. L'un des bancs disparaissait sous une pile de vêtements, et Annie Garcia allait avoir besoin de l'autre pour s'asseoir.

– Pouvez-vous me dire combien de temps ce garçon est resté dans la maison, là-haut ?

La vieille femme s'assit sur le banc libre. Ses yeux avaient le voile blanc qui trahit la cataracte.

– Les esprits, ils m'ont dit qu'il se passait quelque chose de mal, commença-t-elle. Mais je suis entrée quand même. J'ai vu l'enfant qui avait du sang dans la bouche. Ça aurait pu être un diable, mais c'en était pas un, hein ?

Annie inclina vers Bo son large crâne brun aux pommettes hautes.

– Vous croyez que ça existe, les diables ? lui demanda-t-elle dans un ricanement.

Bo marqua une pause pour réfléchir à la question et pour gagner du temps. La femme jouait avec elle, elle faisait semblant d'être folle pour voir ce qu'elle ferait. Sous le voile laiteux, les yeux âgés l'observaient avec attention. Bo lui renvoya un regard direct et lui répondit avec sincérité. C'était la seule chose à faire.

– Il y a des choses bizarres, mais je ne crois pas que les diables existent. La plupart du temps, à mon avis, on ne comprend pas ce qui se passe.

– Vous comprenez, pour ce garçon ?

Le visage vénérable prit soudain une expression avisée, comme si la femme savait quelque chose qu'elle ne disait pas.

– Vous savez mieux que moi ce qui lui est arrivé, répondit Bo. Tout ce que je sais, c'est que vous l'avez trouvé. Vous lui avez très certainement sauvé la vie. Pouvez-vous me dire *quoi que ce soit* sur la façon dont il est arrivé là, sur ceux qui l'accompagnaient ou sur ce qui s'est passé ?

– Je l'ai dit aux hommes, articula Annie Garcia. Je n'avais absolument jamais vu cet enfant avant de monter là-haut ce matin.

Les hommes ? Quels hommes ? Elle devait parler de l'officier de police et du médecin légiste.

– Ils ont dit qu'ils étaient de la police, poursuivit Annie comme si elle avait entendu les pensées de Bo. Ils sont venus après que le petit ait été emmené en ambulance.

Peut-être les services du shérif avaient-ils envoyé des hommes pour mener une enquête, et étaient-ils déjà montés jusqu'ici ? Ça ne risquait pas. Il ne pouvait y avoir une enquête policière que si Weppo était mort ou si quelque chose prouvait qu'il avait été victime de mauvais traitements ou d'abus sexuels, un crime contre un enfant relevant du droit pénal. Dans tous les autres cas de figure, c'était au S.P.E. que l'enquête incombait. Il n'y avait vraiment pas assez de personnel dans les services du shérif du comté de San Diego pour déléguer des enquêteurs qui perdraient leur temps à s'occuper d'un enfant abandonné.

– Est-ce que ces hommes ont prononcé ce mot ? « Police » ?

La réserve de Barona était en dehors des limites de la juridiction de la police de San Diego et carrément dans celle du service du shérif. Et des enquêteurs de ce service ne se présenteraient jamais comme étant des policiers.

– Ouais.

Annie Garcia en était sûre.

– Ils étaient en uniforme ? insista Bo.

Elle avait besoin de savoir qui d'autre menait une enquête sur cette affaire, si c'était le cas. Quand il s'agissait d'enfants martyrs, il n'était pas inhabituel que plusieurs instances partent à la chasse aux renseignements en même temps : écoles, infirmières, de temps à autre un détective privé dans des cas de divorce sordide, tout cela en plus de la justice et du S.P.E.

– Nan.

– En costumes et cravates ?

– Nan. Juste habillés.

Génial. Deux hommes habillés.

Bo abandonna.

– Vous avez déjà vu des gens dans cette maison ?

– Ouais. Des fois.

Elle ne faisait pas exprès de se montrer obtuse, elle était indienne, et par conséquent elle avait tendance à répondre uniquement aux questions qui lui étaient posées, au mieux. Bo savait que les Indiens affectionnent un type de réflexion allégorique, mais qu'ils sont déconcertés par les manières abruptes des Blancs.

– J'aimerais que vous me racontiez, poursuivit Bo d'une voix douce, comment c'était la dernière fois que vous avez vu quelqu'un près de cet endroit où vous avez trouvé l'enfant. C'était comment, cette fois-là ?

Cela fut plus efficace.

– Sous le tremble, là où la piste commence... ? fit Annie.

Bo acquiesça de la tête.

– Il y avait une voiture.

Bo sentit ses oreilles se dresser et attendit.

C'était une voiture jaune, raconta Annie Garcia, couleur de courge. Elle était conduite par un homme blanc et elle était là la veille, mais pas le matin même. Elle était presque sûre que la voiture n'était pas immatriculée en Californie.

Quelques glands rebondirent en tambourinant sur le toit arrondi de la caravane pendant que Bo notait ces renseignements dans le dossier de Weppo. Ce n'était pas grand-chose.

– Si vous vous souvenez du numéro de la plaque d'immatriculation, ou de l'État d'où elle vient, ou de quoi que ce soit d'autre, je vous en prie, appelez-moi, demanda-t-elle en posant sa carte sur la petite table.

Le numéro des urgences du S.P.E. était imprimé en rouge.

Annie avait le regard perdu vers une peinture accrochée au mur qui représentait des marguerites orange fluo sur fond de velours noir.

– Cet enfant vous touche ? demanda-t-elle.

Bo, prise de court, ne s'attendait pas à cette question.

– Eh bien, oui. Il est sourd, vous comprenez. À l'hôpital, ils croyaient que c'était un attardé mental. Mais pas du tout. En fait, je le crois très intelligent...

Elle se leva pour prendre congé et s'aperçut qu'elle avait des fourmis dans la jambe gauche. Annie continuait de fixer le mur et finit par parler.

– Un petit enfant qui n'entend pas, dit-elle. Qu'est-ce qu'il va devenir ?

– Il sera placé dans des familles d'accueil, expliqua Bo. À moins que j'arrive à trouver qui il est et d'où il vient et que j'arrive ensuite à sonner aux bonnes portes pour qu'on lui apprenne la langue des signes.

Elle bougea son pied gauche et se mordit les lèvres tellement c'était désagréable. Son enquête ne menait nulle part.

– Vous avez des enfants ? demanda Annie.

L'Indienne obtenait plus de renseignements qu'elle !

– Non, dit Bo.

– Pourquoi ?

La vieille femme demeurait immobile, comme une statue dans une scène que personne ne verrait jamais. Et cela faisait dix ans que Bo n'avait pas répondu à cette question. Depuis la dernière discussion amère avec l'homme qui avait été son mari et qu'elle essayait de chasser de ses pensées.

Mark David Bradley, dont les deux frères avaient choisi d'être prêtres, lui avait simplement dit : « Je veux des enfants, Bo. Nous pouvons faire annuler notre mariage. »

– Je souffre d'une maladie mentale, répondit Bo dans la pénombre silencieuse de la caravane. Et ma sœur qui était sourde avait la même. On nous appelle des maniaco-dépressifs. Ça se transmet de génération en génération dans certaines familles. Je ne pouvais pas... (elle eut un geste d'impatience et passa la main dans ses cheveux) prendre un tel risque.

Mark n'avait pas compris. Pourquoi pensait-elle que cette inconnue puisse comprendre ? L'enfer qu'elle ne voulait pas obliger quelqu'un d'autre à subir ? L'enfer qui avait tué Laurie.

– Ma sœur est morte quand elle avait vingt ans, dit Bo pour terminer son histoire. Elle s'est tuée.

La silhouette de la vieille femme assise à la table ne parla pas, mais Bo sentit quelque chose l'envelopper comme un châle. Une chaleur. Une acceptation. Elle eut également la quasi-certitude qu'elle reverrait Annie Garcia. Avant longtemps.

8

Comme un chien

En ressortant de la caravane, Bo cligna des yeux dans la lumière du soleil et regarda sa montre. Une heure. Curieusement, le monde n'était pas tombé en poussière aux paroles qu'elle avait prononcées devant la vieille femme. Tout était resté intact. Cela lui faisait du bien de l'avoir dit. Même si ça ne changeait rien.

Réconfortée, elle décida de jeter un coup d'œil alentour avant de reprendre le chemin de San Diego. De prendre quelques photos pour grossir le rapport auprès du tribunal. Elle alla chercher dans sa voiture le Polaroïd alloué par le comté que tous les enquêteurs emportaient pour photographier les coups et blessures. Puis elle se dirigea vers la piste à cinq cents mètres de la maison des Bigger Fox.

Grimper la pente la revigora. La maison était telle qu'elle se l'était imaginée. Un simple abri constitué de quatre murs, comme tant d'autres qui tombaient en ruine dans des recoins inattendus de la montagne où des pionniers avaient naguère construit une demeure le long d'une piste depuis longtemps enfouie sous des buissons de créosote, de chênes rabougris et de ronces. Un écureuil gris prit la fuite sur le toit défoncé lorsque Bo entra en préparant son Polaroïd pour prendre des photos au flash.

Le matelas était bien là. De même que le morceau de corde à linge qui avait servi à attacher Weppo dessus. Bo fit trois clichés de l'endroit sous différents angles et tira sur la corde blanche avec répulsion. Elle vint facilement mais ne lui fournit pas le moindre indice quant à son origine. Une corde à linge, reconnut-elle, valait bien du papier aluminium, des sacs en plastique et du papier machine de piètre qualité : sans l'emballage, on n'avait aucun moyen de les identifier.

Il y eut un bruissement sur un rocher dehors puis le silence. Elle songea une seconde dans quelle mesure ses Topsiders pourraient bien la protéger contre les crochets d'un serpent à sonnette et sourit. Elle toucherait une pension d'invalidité de toute façon.

Le matelas était près d'une cheminée en pierre qui devait être l'unique source de chaleur quand la maison était habitée. Elle remua machinalement les cendres avec un bâton et eut la surprise de remarquer la faible lueur orange du charbon sous la poudre grise. On avait fait un feu ici la veille au soir.

Soudain sur ses gardes, Bo examina les lieux de plus près. Une boîte de spaghettis à la tomate, ouverte maladroitement avec un couteau, semblait plus récente que les autres déchets qui jonchaient le sol. Est-ce qu'on avait fait manger des spaghettis à Weppo et allumé un feu avant de l'attacher au matelas et de l'abandonner à une mort certaine ?

Elle ramassa la boîte infestée de fourmis et l'emporta dehors. Elle avait besoin de réfléchir.

Elle grimpa sur un rocher de granite chauffé par le soleil, s'allongea sur le dos et regarda le ciel. Drôle de journée, décidément.

– Alors, cria-t-elle à un petit rapace en suspens dans un courant ascendant au-dessus d'elle, qu'est-ce qui se passe ? Je suis folle ou il y a une explication à tout cela ?

L'oiseau donna un coup d'aile et fendit l'air nonchalamment vers l'un des Monts Laguna. Bo suivit son vol du regard jusqu'à ce qu'il disparaisse. Comme porteur de message symbolique, ce rapace était nul, pensa-t-elle.

La chaleur du granite l'apaisa presque autant que la sensation de tenir un pinceau dans sa main. Madge lui expédierait une note de service si elle la voyait, se dit Bo que cette idée amusa. Les fonctionnaires du comté n'avaient pas le droit, elle en était sûre, de passer leur temps allongés sur des rochers pendant les heures de service. S'il n'y avait pas de directives à cet effet dans le code professionnel, Madge Aldenhoven se chargerait d'en écrire. Heureusement, Madge n'était pas là. En fait, personne n'était là. Et il était invraisemblable qu'il y ait qui que ce soit. Alors qui pourrait laisser ici un enfant de quatre ans sourd, attaché comme un chien ?

Comme un chien.

Bo avait déjà entendu cette expression, des années auparavant, dans la bouche de ses propres amis d'adolescence.

– Pourquoi est-ce que ta mère tient ta sœur en laisse ? C'est vrai, quoi, comme un chien !

Laurie s'était montrée insupportable jusqu'à ce que sa mère abandonne ses tentatives pour lui apprendre à parler et annonce qu'au lieu de cela toute la famille allait apprendre la langue des signes. Insupportable, frustrée, pleine de colère. En désespoir de cause, sa mère avait acheté un harnais et une laisse pour empêcher la petite fille de courir dans la rue, de démolir les étalages des épiceries ou de disparaître dans les parkings. À onze ans, Bo se sentait humiliée. Tout le monde pensait que sa petite sœur de trois ans était bizarre, et Bo le pensait aussi.

Mais maintenant elle comprenait pourquoi on pouvait être obligé d'attacher un enfant sourd qui ne signait pas pour être sûr qu'il allait rester là. C'était cruel, mais peut-être nécessaire. On n'avait aucun moyen de lui dire : « Reste ici, je vais revenir. »

Celui ou celle qui l'avait attaché avait-il l'intention de revenir ?

Parfois des parents, généralement des mères, d'enfants abandonnés se présentent au bout de quelques jours, se sentant coupables et gênés d'avoir paniqué. Parce qu'ils n'avaient pas pu faire face. En général, ils sont impatients de retrouver leur enfant et ont simplement besoin d'être un peu soutenus. Mais dans cette affaire quelque chose paraissait différent, trouvait Bo. Les parents qui ne voient pas d'autre solution abandonnent leur enfant dans des endroits où il est vraisemblable qu'une autre personne va en assumer la responsabilité. Des centres commerciaux, des églises, des arrêts de bus. Or les environs de la maison en terre délabrée étaient dénués de toute activité humaine. Déserts. Pas la moindre allée et venue. Pas le moindre indice, en particulier, que quelqu'un allait jamais revenir. Bo aurait parié son dernier salaire que celui ou celle qui avait laissé Weppo en ce lieu était parti pour de bon. Et ne reviendrait pas.

Elle frissonna en en prenant conscience et d'un coup de pied envoya la boîte de spaghettis dans les bois, puis elle redescendit la piste irrégulière. Elle s'arrêta près du tremble mort poussiéreux où une personne indéterminée, à un moment indéterminé, avait garé une voiture jaune couleur de courge qui avait peut-être amené un enfant sourd. Beaucoup de gens avaient arrêté leur voiture sur l'accotement de la Route du Canyon des Chats Sauvages. Le sol était jonché des habituels boîtes de bière, mégots, sachets de chips vides. De la pointe de sa chaussure, Bo fouilla parmi ces ordures et délogea une cartouche de fusil vide ; un journal local jauni qui n'avait pas été lu ; un sachet à sandwich plein de terre. Elle retourna vers sa voiture garée plus bas devant chez les Bigger Fox.

Mais quelque chose attira son attention à la limite de son champ de vision. Quelque chose de blanc. Un morceau de papier, plus neuf, plus blanc que tout ce qui était par terre. Sans savoir pourquoi elle rebroussa chemin et alla le ramasser. Un reçu d'épicerie. Venant d'une boutique appelée Jamail's. Parmi les articles de cette liste, il y avait trois boîtes de spaghettis à la tomate.

Bo ne connaissait pas de Jamail's à San Diego mais cela ne voulait rien dire. La ville, très étendue, était entourée de nombreuses communautés. Jamail's pouvait être une épicerie de Lakeside ou un supermarché indépendant de Rancho Bernardo. Et ça n'avait probablement rien à voir avec Weppo de toute façon. Malgré tout, elle fourra le reçu dans la poche de son pantalon et se jura de rentrer chez elle pour dormir. La grippe qu'elle avait espérée ne s'était toujours pas matérialisée, elle savait à quoi s'attendre si elle ne prenait pas toutes les précautions de rigueur. Et elle ne pouvait rien faire de plus pour Weppo ce jour-là.

De la station-service de la réserve, elle appela Madge Aldenhoven.

– Madge ? C'est Bo. Je vais quitter la réserve et...

La voix qui lui répondit avait un accent chantant bien peu caractéristique.

– Le docteur LaMarche m'a appelée tout à l'heure...

Oh, mon Dieu. Le docteur Kildare[1] *et son ego éléphantesque. Qu'est-ce qu'il a fait ? Déposé une autre plainte ?*

Bo calcula mentalement combien de temps elle pourrait vivre avec la prime de licenciement et le remboursement de ses cotisations sociales. Environ un mois et demi.

Madge continuait, elle exultait.

– Il a appelé pour vous féliciter sur la façon dont vous vous occupez de Johnny Doe. Il a dit...

– Il a *quoi ?*

– Il a dit que vous aviez très justement remarqué que ce garçon est atteint de surdité profonde et que vous aviez fait des suggestions très pertinentes. Il a aussi pensé que vous seriez intéressée par les résultats des analyses de sang et d'urine qui montrent qu'on lui a fait prendre de la Thorazine. Un infirmier a été spécialement désigné pour rester toute la nuit avec le petit garçon en attendant que les effets du médicament se dissipent.

Bo lorgnait la machine à glaçons devant la station-service et songea à s'en acheter un sac pour se le poser sur la tête.

De la Thorazine ? Une prescription neuroleptique puissante habituellement administrée en salle d'urgence pour calmer les patients les plus perturbés dans les hôpitaux psychiatriques ? Mais pourquoi donner de la Thorazine à un gamin ?

– Madge, je ne me sens vraiment pas bien...

Et je ne mens pas.

– J'ai de la fièvre. Je suis peut-être mourante. Je ne

---

1. Docteur de stature quasi divine, personnage de drames radiophoniques et de séries télévisées. *(N.d.T.)*

peux rien faire d'autre pour cette affaire aujourd'hui. Il faut que je rentre chez moi.

L'appel d'Andrew LaMarche lui avait sauvé sa journée.

– Très bien. Allez, rentrez vous soigner, dit Madge. Vous êtes-vous occupée de trouver une famille d'accueil ?

– Non, il n'est pas prêt à quitter l'hôpital. Je ferai ça lundi, d'accord ?

Bo termina sa conversation avec son supérieur, d'une humeur agréable peu coutumière, et décida de rentrer chez elle.

Elle opta pour un Coca plutôt que pour des glaçons, et reprit la route 67 pour gagner l'autoroute. Dans le rétroviseur, elle aperçut une Subaru bleue dont la plaque d'immatriculation annonçait « Surf 'n Sun Rent-a-car ». La voiture avançait lentement, émergeant de derrière la station-service.

De tous les endroits merveilleux accessibles aux touristes dans le comté de San Diego, celui-ci arrivait bon dernier, à condition même d'en faire partie. Bo ne parvenait pas à comprendre pourquoi les deux hommes qui se trouvaient dans cette voiture de location étaient venus ici, dans le chaparral poussiéreux d'une réserve indienne qui ne faisait absolument rien pour attirer les visiteurs.

Trente-cinq minutes plus tard, arrivée chez elle à Ocean Beach, elle tourna à droite dans Narragansett, quittant Sunset Cliffs Boulevard. Elle se souvint, de manière tout à fait incongrue, que sa rue portait le nom d'une tribu d'Indiens de la côte est qui avait totalement disparu. Elle aurait voulu arrêter de se souvenir de ce genre de choses. Son esprit tissait des tapisseries criardes, reliait des choses entre elles, créait des significations là où il n'y en avait pas.

Dans le coin de son rétroviseur, une petite voiture bleue avec deux hommes à l'intérieur continua de suivre le boulevard vers Sunset Cliffs et l'extrémité du continent. Impossible, dit-elle à son reflet émacié dans le miroir. Ne commence pas à imaginer des choses.

Mais une partie de son esprit refusait de se taire.

– C'étaient les mêmes hommes, insistait-elle. Tu es suivie !

9

Fossoyeurs de service

L'hôpital Sainte-Marie était plongé dans le silence lorsque l'infirmier spécialement affecté, Rudy Palachek, s'assit dans le fauteuil à bascule défectueux avec l'enfant enveloppé dans une couverture sur ses genoux. Il prit soin de coincer son pied droit sous le matelas du lit de Weppo pour compenser leur poids. Sans cette précaution, le fauteuil se renverserait vers l'arrière en les recevant. Rudy se promit d'appeler quelqu'un du service d'entretien avant toute chose le lendemain matin.

Le petit garçon, tout d'abord tendu, se laissa aller et se blottit contre le torse puissant de Rudy. Il y avait des enfants qui n'aimaient pas être dans les bras d'un homme, mais celui-là semblait y être habitué. Rudy se demanda s'il y avait un père quelque part qui aurait bercé son enfant sourd dans le noir. Et dans ce cas, où était-il ?

La respiration de Weppo se ralentit et prit le rythme du sommeil profond pendant que Rudy accordait les balancements du fauteuil aux battements de son cœur. Il avait apprit à faire cela dans le service néo-natal. Ça marchait toujours, mais Rudy n'était pas sûr du résultat cette fois... pas avec un enfant sourd de quatre ans encore sous l'effet de la Thorazine.

Il connaissait un peu le monde des sourds, grâce à une tante qui avait vécu avec sa famille il y avait des années de cela. Et il connaissait très bien les médicaments donnés en psychiatrie, à la suite d'un emploi dans le service de psychiatrie d'un hôpital de Tucson juste après avoir quitté le corps des marines. Il savait qu'il n'existait aucune raison concevable de droguer ce petit garçon pâle et robuste qui avait rapidement appris à attraper le ballon de football américain que Rudy était allé chercher dans la salle de jeu en venant prendre son service à dix-huit heures.

Weppo, Andy LaMarche avait expliqué qu'on devait l'appeler ainsi, ne manquait pas d'énergie, même après l'épreuve qu'il avait vécue dans un refuge de montagne. Rudy tenta de se souvenir s'il y avait jamais eu un quarterback célèbre et sourd. La façon dont ce gamin maniait le ballon était vraiment quelque chose d'extraordinaire. Une bonne dextérité manuelle. Une bonne vue. Et le grand sourire qu'il lui avait adressé la première fois qu'il avait attrapé le ballon valait cent fois plus que le salaire qu'allait toucher Rudy pour ce travail spécial qui consistait à enregistrer pendant toute la nuit les signes montrant que sa vie n'était pas en danger.

À vingt-trois heures trente, tout était silencieux en dehors du faible bourdonnement du système de sonorisation et, de temps à autre, des infirmières qui parlaient à voix basse. L'équipe de nuit devait être occupée à remplir des diagrammes, à consigner sur les formulaires adéquats les résultats de chaque patient au cours de la journée, les médicaments qu'ils avaient pris et comment ils y avaient réagi. Chaque équipe était censée remplir ses propres dossiers, mais pendant la journée, personne n'en avait jamais le temps. Quand l'équipe de nuit n'allait pas faire de ronde de surveillance ou de distribution de médicaments, elle s'occupait à remplir ces imprimés sauf s'il y avait une urgence. Rudy coinça son pied droit sous le matelas et décida de bercer son patient jusque vers minuit, quand les infirmières reviendraient. Si les rythmes respiratoire et cardiaque demeuraient stables, il remettrait le petit garçon dans son lit pour le reste de la nuit.

La tête appuyée contre le dossier du fauteuil, Rudy respirait régulièrement et gardait les yeux fixés sur le rectangle de lumière qui marquait l'emplacement de la porte dans le mur. Tout était tranquille. Mais il ne voulait pas dormir. Il ne s'autorisait jamais à dormir, même pendant les nuits où le travail était des plus simples. Et la position inconfortable de son pied l'aidait. C'était un bon début pour une nuit tranquille.

Presque.

Il se passait quelque chose dans le couloir, une quantité d'ombres anormale venait obscurcir les contours de la porte. Quelqu'un se tenait là. Deux personnes peut-être. Mais pourquoi ? Il n'y avait pas de famille pour venir voir cet enfant sans nom.

Après vingt-cinq ans d'armée et d'hôpital civil, Rudy connaissait bien la routine des hôpitaux, la vie normale des hôpitaux. Que ce soit une cabane de bambou ou un C.H.U. de pointe, c'était la même chose. Le personnel qui avait une raison d'entrer dans une chambre au milieu de la nuit le faisait rapidement. L'administration de médicaments, les piqûres, les prises de pouls, les changements de position, les changements de draps, tout était effectué rapidement. Personne ne s'amusait à rester derrière une porte.

Peut-être était-ce un conciliabule bien tardif entre les membres de la famille d'un autre gamin de cet étage, pensa-t-il. Mais alors, pourquoi n'allaient-ils pas au bout du couloir dans le salon réservé aux visiteurs ?

Rudy sentit des picotements parcourir les muscles bien développés de ses jambes. Son rythme cardiaque s'accéléra légèrement. Il ressentit une petite poussée d'adrénaline en réaction aux ombres qui murmuraient derrière la porte de Weppo. C'était ridicule, mais le cerveau fonctionne comme ça, surtout la nuit en réaction à des souvenirs de dangers écartés depuis longtemps. Rudy le savait bien, mais continua malgré tout de fixer la porte. Les rais de lumière s'élargirent tandis qu'elle s'ouvrait.

Par la suite, il devait décrire deux silhouettes d'hommes, un instant pris de court par l'obscurité et le lit vide. Elles étaient éclairées à contre-jour, par la lumière du couloir. De simples contours. L'une d'elles paraissait imposante, l'autre plus petite et mince. Elles se tournèrent vers Rudy et le gamin. Rudy demeura silencieux, les sens en éveil. Quelle que fût leur identité, ces deux hommes ne semblaient pas savoir ce qu'ils faisaient.

– Ah merde, fit le plus petit avec un accent traînant avant de pousser le grand sur le côté.

Il semblait nerveux, pressé. À ce moment-là il sortit quelque chose de sa veste. Quelque chose qui avait un reflet argenté patiné dans la lumière du couloir, et qui se terminait par un cylindre noir.

En moins d'une seconde, trente années d'expérience, d'innombrables nuits dans la boue de la jungle où rien n'était sûr en dehors de son champ de vision, revinrent à l'esprit de Rudy Palachek. Du pied droit, il appuya fortement contre le lit d'hôpital vide. C'était un pistolet, comprit-il juste avant que le fauteuil ne bascule vers l'arrière. Il était pointé sur l'enfant qui dormait dans ses bras !

Un petit bruit étouffé, comme celui que ferait un pneu de camion en explosant sous l'eau.

Le fauteuil se démantela sous son dos lorsqu'ils tombèrent. L'enfant commença à pousser son cri si particulier, tandis que le bruit de course des deux hommes résonnait dans le couloir.

– Hé, qu'est-ce qui se passe ?

C'était l'infirmier qui passait en courant devant la porte de la chambre 323 en direction des escaliers. Rudy remarqua que sa voix était aiguë sous l'effet de la peur, mais cela ne l'avait pas empêché de faire son devoir.

Puis un autre coup de feu.

Des enfants qui pleuraient. Une femme qui répétait en criant « Oh mon Dieu ! » dans le couloir.

Une infirmière apparut à la porte du 323 et alluma la lumière, suivie de près par un gardien de nuit effaré. L'infirmière pâlit puis reprit des couleurs lorsque Rudy se dégagea en roulant du fauteuil démoli et se releva. Il tenait toujours l'enfant qui criait, et caressait ses cheveux drus en fredonnant pour qu'il sente les vibrations.

Rudy serra les dents, en proie à une rage muette.

– Appelez LaMarche, dit-il à l'infirmière. Et interdisez l'accès de cette pièce en attendant que la police arrive.

Un cratère en dents de scie défigurait le mur derrière lui. Rudy le considéra avec dégoût puis avec une impression de peur renouvelée. Dans le cratère de près de vingt centimètres, un léger film argenté était visible. Son reflet à peine perceptible accrochait la lumière et luisait. Rudy frissonna. Ce type ne plaisantait pas. Cette espèce de salopard de merde était un authentique tueur. Ce reflet argenté, Rudy Palachek le savait bien, c'était du mercure.

Une balle à pointe creuse dont le bout était enduit d'un poison si toxique pour le système nerveux humain qu'une simple blessure sans gravité devenait mortelle. Et ce projectile fatal les avait manqués tous les deux d'à peine cinq centimètres.

10

Une autre mauvaise nuit

Quelque chose réveilla Bo, mais elle ne put immédiatement identifier ce que c'était. Une sonnerie odorante. Sa chambre sentait le colcannon, ce mélange de beurre, pommes de terre, chou, oignons et crème que sa grand-mère adorait concocter. L'odeur l'enveloppa de nostalgie. Et la sonnerie continuait.

Bo secoua la tête. Personne ne lui avait préparé de colcannon depuis quinze ans. Et la sonnerie, c'était le téléphone !

Elle était passée par la clinique psychiatrique de l'université en fin d'après-midi. S'était fait faire la prise de sang, avait obtenu le lithium. C'était un filet de sécurité et elle avait décidé qu'elle en avait besoin. Tout était trop chamboulé, comme ce bruit fleurant la pomme de terre qui avait fait naître des larmes dans ses yeux tant il était chargé de souvenirs. C'était fou. Elle ressentait la perte de sa grand-mère comme si la vieille femme alerte venait de mourir. Et ses parents. Et le docteur Bittner. Et Laurie. Et les victimes du SIDA. Les bébés phoques morts sur les côtes gelées du Canada. La Forêt Noire en Allemagne qui disparaissait sous les pluies acides. Une tristesse incommensurable. Une perte amère, insurmontable.

En milieu psychiatrique, songea-t-elle, on écrirait sur sa fiche : « Affectivité inadaptée, larmoiements dénués de raison... » Mais il y avait des tas de raisons, toujours. Et il était toujours préférable de les contenir, de les empêcher d'envahir son esprit. Si possible. Cette cochonnerie de lithium, qui coulait déjà dans son sang, allait mettre trois semaines avant de faire de l'effet.

– Il est une heure moins le quart, grogna-t-elle dans le téléphone. Ça a intérêt à être important.

– Madame Bradley ? C'est Andrew LaMarche.

Il allait lui annoncer une mauvaise nouvelle. Elle le sentait au ton sinistre de sa voix. À l'odeur de deuil dans la chambre. Au hurlement d'une vieille sorcière mythologique à qui les siens donnaient le surnom de Cally, dehors, au-dessus de la mer.

– Qu'est-ce qui s'est passé ?

Weppo était-il mort ? La lueur de ces yeux vifs s'était-elle éteinte ? Bo agrippa le bord du drap écossais et remarqua que ses phalanges étaient blanches sous la crispation.

– On a essayé de tuer le petit, articula LaMarche d'une voix hachée. Quelqu'un s'est introduit dans l'hôpital, deux hommes, armés, dans l'unique but de tuer un enfant. Et ils ont abattu un infirmier. Il s'appelait Brad Sutin. Il n'avait que vingt et un ans. Il est mort.

Deux hommes ? Peut-être qu'elle n'avait rien imaginé après tout.

– Mais Weppo... ?

Bo refoula un profond besoin de hurler.

– Il y avait un homme affecté spécialement, quelqu'un que je connais dans mon service qui s'appelle

Palachek. Il a vu les choses venir et il s'est jeté par terre. Il tenait votre petit garçon dans ses bras. Il lui a sauvé la vie.

Le cauchemar. Incompréhensible. Mais Weppo était vivant, contrairement à Laurie, à jamais immobile dans le velours et la dentelle irlandaise.

– Je serai là dans vingt minutes, répondit Bo.

Un goût salé l'avertit qu'elle s'était mordu la lèvre.

– Une balle creuse calibre 38 enduite avec *le mercure...*

Dans l'esprit du médecin fou de rage, les mots se bousculaient dans les deux langues. Bo s'interrogea sur ses origines.

– Je serai là dès que possible, répéta-t-elle avant de raccrocher.

Elle devait y aller, pour une foule de raisons.

Légalement, Weppo n'était pour le moment sous la responsabilité de personne. Personne n'avait encore d'autorité légale sur lui, un enfant qui venait de frôler la mort par deux fois dans les dernières vingt-quatre heures !

Deux fois !

– Et la troisième sera la bonne, fit-elle en roulant les R à l'écossaise.

Le souvenir de sa race, d'un millier d'ancêtres celtes, résonnait dans son crâne. C'était la raison pour laquelle les motifs celtes s'organisaient souvent par quatre : pour conjurer le sort. Weppo ne survivrait pas à une troisième épreuve contre la mort.

Et les complications légales allaient l'occuper toute la nuit.

Sainte-Marie avait dû se procurer une autorisation de soins auprès d'un juge quand on leur avait amené l'enfant. En l'absence d'un parent ou d'un tuteur légal, c'était le seul moyen de pouvoir légalement soigner le petit garçon. Mais Sainte-Marie n'avait pas pour responsabilité de protéger Weppo contre des assassins. En fait, l'hôpital avait pour réelle responsabilité de protéger les centaines d'autres enfants qui étaient sous son toit contre le danger que représentait maintenant un petit sourd de quatre ans. Un enfant de quatre ans qu'on essayait d'assassiner. Si son état de santé était stable, Sainte-Marie devrait le faire sortir immédiatement. Mais qui allait le prendre ?

C'était un week-end. Les limbes légaux. Aucun tribunal ne siégeait. Les papiers qui donneraient la garde de Weppo au comté de San Diego ne seraient pas enregistrés avant lundi, dans des circonstances normales.

Normales ?

Bo se laissa aller à un rire hystérique en sortant des vêtements propres d'un panier à linge. Lois Bittner le lui avait répété des centaines de fois : « Quand on se sent devenir fou, il vaut mieux avoir l'air équilibré. » C'était un bon conseil.

Bo rassembla son ensemble le plus équilibré : une jupe en lainage au drapé somptueux et des bottes en cuir qui, avec un chemisier en soie et un blazer, la faisaient ressembler à une vieille fille, professeur de littérature anglaise dans une université privée de la côte est. Très équilibré. Elle fouilla un peu pour trouver la mallette qui était assortie et la découvrit, inexplicablement, dans le placard de la salle de bains, derrière un paquet de filtres à chaudière. Bo n'était pas sûre que sa chaudière eût un filtre, mais elle les avait trouvés en solde. Elle essayait de faire en sorte que ses accès de folie dépensière typique se limitent à des objets utiles. Les filtres avaient ce caractère d'utilité, par leur simple présence dans ce placard. Il y avait un but. Elle se sentit mieux.

Elle allait devoir appeler un juge, une fois à l'hôpital, puis elle irait au bureau pour remplir les huit formulaires différents nécessaires pour faire en sorte que le tribunal et le département des Services sociaux obtiennent bien la garde de Weppo. Il faudrait que le juge les signe et accorde la demande. C'est alors seulement que des dispositions pourraient être prises concernant Weppo.

Bo s'empara de son téléphone.

– Madge, hurla-t-elle dans le répondeur personnel d'Aldenhoven. Je sais que vous dormez, mais réveillez-vous ! C'est une urgence ! On a essayé de tuer mon protégé à Sainte-Marie et un infirmier a été abattu. Il nous faut une demande *immédiatement*, et comment vais-je trouver une famille d'accueil qui puisse le protéger ? Quelqu'un essaye de le *tuer*, et à Sainte-Marie, il vont vouloir le faire sortir demain à la première heure. J'y vais maintenant. Levez-vous !

Mildred n'avait pas bougé de son panier à côté du lit lorsque Bo ouvrit la porte sur un brouillard en suspension moins dense que la nuit précédente. Il y avait quelque chose d'accroché sur le bouton de porte extérieur par du ruban adhésif. Une réclame, pensa Bo. Une nouvelle pizzéria qui s'ouvre. Un centre de lavage auto. Elle arracha le morceau de papier et lui jeta un regard distrait.

C'était une photo, découpée dans un magazine. Une photo de fox terrier. La tête du chien avait été déchirée. Les mots « VOUS MÊLEZ PAS DE ÇA » étaient tracés au crayon en lettres capitales dans le bas de la feuille.

Oh, merde !

Elle se précipita dans la chambre, attrapa Mildred toujours enveloppée dans sa couverture et glissa le tout sous sa veste. Tant pis pour l'air équilibré.

– Pas question ! promit-elle au chien. On est en pleine folie !

11

« Grand-mère, Persévère... »

Chant Kiowa

Annie Garcia était assise vers le milieu du bus, du côté gauche, contre la paroi. Ça n'avait pas été facile, de changer de bus à Los Angeles, mais un Mexicain l'avait aidée à porter ses sacs en plastique pleins de vêtements. Elle lui avait donné l'un des sandwiches au thon que Maria lui avait préparés pour le voyage. Annie n'aimait pas le thon, de toute manière.

Derrière les vitres teintées, la nuit se déroulait et défilait sur le sol du désert. Il n'y avait rien à voir, et elle avait déjà vu ces paysages. Pour voir le désert, avait-on bien appris à Annie quand elle était enfant, il faut le toucher. Avec les mains et les pieds, avec les yeux. Le désert ne chante pas ses histoires pour celui qui ne lui accorde qu'un regard distrait.

Maria ne voulait pas qu'Annie emporte les sacs de vêtements.

– Pourquoi veux-tu trimbaler tout ce bazar jusqu'à Lone Pine ? avait demandé Joe en mettant les sacs dans le camion qui allait emmener Annie à la petite gare routière d'El Cajon. Il va falloir que tu les ramènes.

Mais Joe était Barona, pas Paiute.

Maria s'était contentée de voir sans rien dire. « Derrière la couverture », ça s'appelait. La manière qu'ont les Paiutes de ne pas être présents dans leur esprit.

Annie changea de position sur le siège éraflé et essaya une nouvelle fois de dormir. Passer dix heures dans un bus était un vrai supplice. Elle se réjouissait de savoir que c'était la dernière fois.

Elle cala sa langue dans l'espace laissé vide par une dent cassée trente ans auparavant et fredonna doucement. Le son que cela fit dans sa tête l'aida à s'assoupir. Pas vraiment à dormir, mais elle n'était plus complètement éveillée. Elle entendait les chanteurs de la Danse des Larmes et voyait une étoile. Une étoile sombre sur fond blanc. Juste une petite étoile toute simple avec des chiffres de chaque côté, des nombres. Elle voyait un 3, et un 5, et un 1. Il y en avait d'autres mais ils étaient trop flous. L'étoile était plus petite que les nombres, et placée au-dessus. Ce n'était pas grand-chose, comme étoile.

Le bus fit une brève halte à Mojave, et la secousse qu'il fit brisa l'image comme un miroir. Mais elle s'en souvenait. Une étoile et 3, 5, 1. Un message des esprits. Annie soupira. Pourquoi les esprits choisissaient-ils de donner leurs innombrables cadeaux à de vieilles personnes qui n'aspiraient plus qu'au repos ? Pourquoi pas aux jeunes, qui étaient éveillés et qui faisaient attention ? Et que signifiait-elle, cette étoile ?

Le bus tourna un coin et faillit heurter une voiture garée dans la rue. Annie regarda la manœuvre d'un regard indifférent. Mais à cet instant le rapport s'établit. La plaque d'immatriculation ! La plaque de la voiture qui était garée là lui rappela l'autre voiture. Celle sur laquelle la femme blanche voulait des renseignements. La femme blanche qui lui avait dit qu'elle était loco[1] et dont le travail consistait à s'occuper des petits enfants qui souffraient. Loco jusqu'à quel point ? Les esprits devaient aimer la femme blanche et l'enfant qui n'entendait pas. L'étoile et les nombres étaient sur la voiture jaune !

Dans le bus plongé dans la pénombre, Annie se força à garder le tout en mémoire jusqu'à la halte de Inyokern. La carte que la femme lui avait donnée était dans son sac.

Au prix d'efforts considérables, elle s'extirpa du bus lorsqu'il s'arrêta dans la petite ville du désert plongée dans l'ombre, et trouva un téléphone.

– Urgence Enfants Battus, répondit une voix d'homme jeune. Oui, nous payons l'appel.

– Je veux parler à Barbara Bradley, dit Annie en lisant le nom sur la carte. C'est au sujet du petit garçon qui n'entend pas.

– Vous avez un message pour Bo Bradley ?

– Oui.

– Eh bien donnez-le moi et je lui ferai parvenir. C'est de la part de qui ?

Ces Blancs avec leurs façons abruptes et grossières. Qui pouvait dire de la part de qui c'était ? C'était de la part des esprits.

– La plaque d'immatriculation de la voiture jaune... essaya de dire Annie.

– Attendez une minute. Qui êtes-vous ?

– C'est moi qui ai trouvé l'enfant, dit fièrement Annie pour s'identifier. Je lui ai sauvé la vie ! Dites-lui qu'il y a un 3, un 5, un 1 et une étoile. Je me rends à Lone Pine pour le moment, je vais à un pow-wow.

---

1. Loco : fou, en espagnol. *(N.d.T.)*.

– Il faut que je sache qui...

Annie reposa doucement le récepteur. La femme blanche allait être heureuse de recevoir le message des esprits. Et Annie de boire un gobelet de café du distributeur automatique.

* * *

Le standardiste des urgences gribouilla des trois, des cinqs et des uns sur un bloc-notes et se demanda s'il devait ou non faire suivre le message destiné à Bradley dans son service. À l'évidence, il s'agissait d'une plaisanterie. Ou d'un de ces dingues dont Bradley avait l'habitude. Sans doute une schizophrène. Il avait lu quelque part qu'ils s'exprimaient par des nombres.

Il se souvint alors que Bradley travaillait dans le service de Madge Aldenhoven. « Madge le monstre », qui était capable de vous faire renvoyer pour ne pas avoir rempli un imprimé de message téléphonique DSS315 comme l'exigeait la procédure normale.

Le standardiste des urgences venait de s'acheter une voiture neuve. Avec des traites conséquentes. Il se hâta de remplir le DSS315 et le mit dans la corbeille du courrier en instance. Ensuite, afin d'être doublement efficace, il appela le bureau de Bradley. Elle ne s'y trouverait pas à deux heures du matin, mais il pouvait enregistrer la trace de son appel et se couvrir.

– Bueno, répondit Estrella Benedict en bâillant et en oubliant où elle était. Excusez-moi, Service de protection de l'enfant, bureau de Bo Bradley.

– Qu'est-ce que tu fais au bureau à une heure pareille ? demanda le standardiste stupéfait.

– Une urgence. À quoi tu crois qu'on s'amuse ? À faire des danses folkloriques ? Qu'est-ce qu'il y a ?

– J'ai un message pour Bradley. On vient de m'appeler d'un autre État. Une dingue, à mon avis. Une vieille femme. Elle a dit qu'elle allait à un pow-wow à Lone Pine. Elle a parlé d'une voiture jaune. Et d'une étoile. Elle a dit « 3, 5, 1, et une étoile ».

Le standardiste entendait un petit chien qui jappait à l'autre bout du fil. Pourquoi y aurait-il un chien dans le bureau ? Ça devait être vrai, ce que tout le monde disait sur les enquêteurs délégués auprès des tribunaux. Trop de stress.

– Wow, souffla Estrella. C'est l'Indienne ! Je vais faire passer le message à Bo à l'hôpital. Merci !

Le standardiste des urgences raccrocha en secouant la tête. Des chiens qui aboient dans les bureaux à deux heures du matin ? Des Indiennes avec des étoiles ? Il allait peut-être reprendre ses études. Peut-être dans l'informatique.

12

– Mon Dieu, c'est génial ! s'exclama Bo au téléphone dans le bureau des infirmières du deuxième étage lorsque Estrella lui fit passer le message d'Annie Garcia. Attends, je vais noter ça...

Elle fit signe à l'inspecteur de police Bill Denny, qui était avec LaMarche et Madge Aldenhoven.

– Un 3, un 5, un 1 et une étoile, c'est ça ?

Andrew LaMarche, qui avait examiné Weppo et pris ses dispositions pour qu'une armée de gardes appartenant à une société de sécurité privée patrouille dans l'hôpital jusqu'à nouvel ordre, ne pouvait se résoudre à partir. Les coups de feu lui rappelaient un passé où des gens étaient déchiquetés en mille morceaux dans les jungles asiatiques pour des raisons obscures. Il s'était engagé dans les Marines après sa première année d'université à Tulane. Maintenant, il essayait de se souvenir pourquoi. Il y avait une part d'aventure, un besoin de discipline, la faim d'un certain concept de l'honneur que peut ressentir un jeune homme. Il avait voulu apprendre ce qu'était l'honneur. Et il avait appris. L'antithèse pouvait être une intrusion armée dans un sanctuaire réservé aux enfants. Cela le plongeait dans une colère intense et le remplissait d'une profonde inquiétude à l'égard du petit garçon sourd que quelqu'un était bien décidé à tuer.

Tandis que Madge Aldenhoven orchestrait par téléphone les complexités légales relatives au statut de l'enfant, il écoutait et donnait d'un air sombre des recommandations d'ordre médical que les services sociaux allaient être obligés de suivre. Au nombre de ces recommandations il suggérait avec insistance que les arrangements concernant Weppo incluent un apprentissage extensif de la langue des signes. Aldenhoven, efficace même à deux heures du matin, nota cette recommandation. Elle serait incluse dans les décisions légales que l'on se hâtait désormais de préparer.

Bo les regardait tous les deux depuis le bureau des infirmières. LaMarche en vêtements froissés, le regard dur. Madge dans un accoutrement inhabituel, vêtue d'un sweat-shirt enfilé à la va-vite et d'un immense pantalon kaki qui devait appartenir à son mari. Tout en parlant au téléphone, Bo vit Madge retenir le pantalon de sa main libre. Pour s'empêcher de rire, elle pensa à Annie Garcia.

Comment la vieille Indienne avait-elle fait ? se demandait-elle. Comment avait-elle pu rappeler un souvenir visuel qui ne pouvait avoir aucune signification pour elle lorsqu'elle l'avait enregistré ? Elle n'avait aucune raison de se souvenir.

Tout en coinçant le récepteur sous son menton, Bo tendit le papier à Denny.

– Ce doit être une partie du numéro de la plaque d'immatriculation d'une voiture aperçue près de l'endroit où on a trouvé le gamin, lui dit-elle.

– Je vais voir si on a quelque chose, répondit Denny qui se dirigea vers un téléphone mural.

– Bo, tu vas... bien ? murmura Estrella dans le bureau vide, comme si quelqu'un pouvait la surprendre, deviner le secret. Je veux dire, ça suffirait à rendre dingue *n'importe qui*, qu'un enfant dont on s'occupe se fasse tirer dessus !

Bo posa la main sur la partie inférieure du récepteur.

– Non, ça ne va pas. Pas depuis ce matin très tôt. Mais je prends déjà mon lithium. J'assume.

Elle savait qu'elle parlait trop vite, qu'elle laissait trop voir son émotion. Estrella ne manqua pas de le remarquer.

– Ah, *mer-deu !* s'écria-t-elle. Bo, il faut que tu laisses tomber tout ça. Ne reste pas à côté de Madge sinon elle va se rendre compte qu'il y a quelque chose qui ne va pas. Elle va te massacrer.

– Je sais, convint Bo. Mais Es, j'ai seulement cette espèce de sentiment. Si tu pouvais le voir, voir Weppo... il est si... *seul.*

– Il n'est pas seul ! Il a les trois plus puissantes administrations de San Diego avec lui. Les flics, les assistantes sociales, les médecins. Tout va très bien se passer pour lui. Mais pas pour toi...

Bo voyait le garçon, éveillé dans sa chambre en face du bureau des infirmières. Un policier armé et en uniforme se tenait devant la porte. Rudy Palachek était à l'intérieur, apprenant à l'enfant les signes qui représentent les couleurs. Ils en avaient terminé avec le rouge. Weppo était toujours en vie et avait appris à désigner une couleur dans la langue des signes. Bo ne trouvait pas les mots pour expliquer ce miracle.

– Es, murmura-t-elle, je ne peux pas abandonner. Ça va aller. Ne t'inquiète pas.

– Mais *si,* je m'inquiète. Rentre chez toi dès que tu pourras. Ou viens chez nous. Je vais dire à Henry de faire le lit dans la chambre d'amis. Et ne t'en fais pas pour Mildred. Elle est ici, et je l'emmène à la maison avec moi. Personne ne lui fera de mal. Henry va y veiller. Tu sais à quel point il l'adore.

– Merci, Es, murmura Bo.

Ayant été mise au courant de la menace, Madge avait tout prévu et demandé à Estrella de venir prendre le chien à l'hôpital avant de se rendre au bureau pour aider à mettre à jour les masses de papiers requis par la situation. Un juge était en route pour venir signer la demande. Bo ressentit pour ses collègues une vague d'affection démesurée qui lui mit les larmes aux yeux.

Une petite voix l'avertit : « Arrête de délirer. Tu vas fondre sous les bons sentiments ! » Mais elle n'eut pas le temps de l'écouter. Bill Denny agitait le bout de papier qui portait une étoile et trois nombres.

– Il faut que j'y aille, Es.

Et elle raccrocha.

Madge et LaMarche semblaient en proie à un désaccord lorsque Bill Denny passa devant eux. Bo entendit son propre nom dans leur conversation.

– Gagné ! fit Denny avec un sourire sinistre. C'est une voiture volée. Immatriculée à Houston au nom d'un type nommé Barry Velk. Il a signalé le vol il y a deux semaines auprès de la police de Houston. C'est l'étoile qui a fourni le plus gros indice. Les plaques du Texas, les anciennes, ont une étoile au-dessus des nombres. Celle-là, c'est 351-687. Jaune comme une courge, exactement comme vous l'aviez dit. Une Mercury. Et...

Bo exultait.

– Et ce Velk ? Qui est-ce ? Il sait quelque chose sur Weppo ?

Bill secoua la tête.

– Nan. Quand les types qui s'occupent des vols de voiture l'ont appelé hier pour lui dire qu'on avait retrouvé sa voiture ici, il a juste dit qu'il était allé au cinéma un soir et que quand il était ressorti, sa voiture avait disparu. Mais...

– On a retrouvé sa voiture hier à San Diego ? Où ça ?

Bill Denny remonta sur son nez aquilin la trop grande monture de ses lunettes d'aviateur et soupira.

– En ville. Au petit matin. Un ivrogne se préparait à y dormir. Mais si vous vous calmiez et me laissiez finir, je vous annoncerais la grande nouvelle.

Bo se mordit la lèvre inférieure et observa le silence.

– L'ivrogne a trouvé un macchabée dans la voiture. Un Blanc. Jeune. Vingt-trois ans peut-être. Overdose avec une cochonnerie qu'il venait d'acheter dans la rue. Il avait encore l'aiguille dans la main droite. Plein de marques. Ce type-là consommait beaucoup. Le médecin légiste fera une autopsie lundi.

La mort. Partout. Bo voyait le cauchemar s'installer dans un nid fait avec les ossements des poètes. Elle voyait une peinture de la scène qu'elle pourrait représenter elle-même. La jument enfiévrée avec son éparvin. Hurlante. Installée sur un monceau d'ossements.

– Prends garde, Gormfhlaith, l'avertit la voix de sa grand-mère en gaélique.

Dans cette langue ancienne, son nom signifiait « femme étrange ». C'était approprié, admit-elle. Tout à fait.

– Ça va ? lui demanda Bill Denny.

Sous le coupe-vent en nylon rouge du policier, Bo remarqua le renflement que faisait un revolver. Et un tee-shirt froissé. Bill Denny avait été tiré du lit comme tout le monde. Elle aurait voulu être aussi calme.

– Il n'y avait rien pour identifier le... le corps, dans la voiture ?

Denny bâilla.

– Rien. Pas plus que sur un os trouvé dans le désert. Et de toute façon, il n'y a peut-être aucun rapport entre le macchabée et le gamin. On a des Indiens en ville, des types qui traînent dans les rues, des drogués. Peut-être qu'il y en a un qui a emprunté une voiture, celle de notre gars de Houston, et qu'il est allé chez lui voir sa môman. Peut-être que le type est allé sur la réserve pour livrer sa camelote. Cela n'établit toujours rien qui constitue un rapport entre lui et le gamin.

Bo savait bien que Denny avait raison. Le message d'Annie ne les avait pas fait progresser vers une solution. Elle avait envie de vomir.

C'est à ce moment-là qu'elle se souvint de quelque chose : le reçu de l'épicerie.

– Est-ce qu'il y a une épicerie à Houston qui s'appelle Jamail's ? demanda-t-elle au détective.

Il avait les paupières en berne.

– Comment voulez-vous que je le sache ? Je n'ai jamais mis les pieds à Houston. Pourquoi ?

– J'ai trouvé un reçu, fit Bo qui se dépêcha de débiter son explication. À la réserve. Et des spaghettis à la tomate. Il y en avait *sur* le reçu.

– Des spaghettis sur un reçu... ?

Bill Denny commençait à avoir l'air soupçonneux. Bo aurait voulu l'étrangler. *Pourquoi* étaient-ils tous aussi lents ?

– Si je vous donne le reçu, est-ce que la police ira vérifier ?

Elle essayait de se calmer.

– Bien sûr. Pas de problème.

– Quand ?

– Lundi, probablement. Il va falloir que quelqu'un soit chargé de cette affaire. Moi, je suis occupé pour plusieurs semaines. Le service va désigner un autre détective. Ça va prendre un petit moment.

Lundi ! Il sera mort lundi !

De l'autre côté du couloir, l'enfant pâle avec ses cheveux touffus en bataille touchait un camion en plastique rouge, un carnet rouge, un mot écrit en rouge sur le menu de l'hôpital puis il fit le signe « rouge ».

– Excusez-moi, dit Bo en souriant au détective avant de s'approcher de la porte de Weppo.

Elle allait devoir s'en occuper. En fait, elle le savait depuis le début. Le message dans le brouillard. Les cris de Caillech Bera... qui s'adressaient à elle. Tous les autres ne pouvaient pas comprendre, ils étaient trop lents, ils étaient aveugles, tout simplement. Il lui faudrait éclaircir le mystère de l'identité de Weppo rapidement, s'il devait survivre. Et il faudrait qu'elle agisse seule.

– Ce gamin adore les couleurs, commenta Palachek. Je me suis dit que j'allais l'occuper un moment en attendant que les choses se calment, voir s'il pouvait apprendre quelques signes. Il adore ça. Mais tout ce qui l'intéresse, c'est les couleurs.

– Où avez-vous appris la langue des signes ? demanda Bo à l'ancien marine corpulent.

– Ma tante était sourde, expliqua-t-il. À cause de la fièvre éruptive des Rocheuses. Elle vivait avec nous. Nous avons tous appris à parler avec nos mains.

Incroyable.

– Bo ?

C'était Madge, dont les yeux suivaient ses moindres gestes.

– J'ai décidé de vous retirer cette affaire. Nous allons laisser les autorités supérieures s'en occuper. C'est trop dangereux, après la menace sur votre porte... et pour vous, eh bien, je crois que ça vaut mieux.

Qu'est-ce que tu sais, Madge ? Qu'est-ce que tu soupçonnes ?

Le regard de sa supérieure était critique, il la jugeait.

– Le docteur LaMarche n'est pas d'accord.

– Absolument pas ! fit Andrew LaMarche qui bouillait.

Sa cravate était de travers et son menton trahissait des poils de barbe poivre et sel :

– Madame Bradley a un réel *souci* pour cet enfant, ce n'est pas comme certains de vos autres...

Madge se raidit tandis que Bo adressait au docteur un regard plein de gratitude. Ce qu'elle voyait sur le visage de cet homme la surprenait. De l'affection. De l'inquiétude. Une sincérité désarmante. Andrew LaMarche, comprit-elle avec une totale stupéfaction, l'appréciait. Ou était-elle encore en train d'imaginer ça aussi ?

L'état d'émotion intense vers lequel elle coulait pouvait spontanément générer un intérêt romantique foudroyant. Y avait-il seulement trois ans, essaya de se souvenir Bo, qu'elle avait réagi avidement à un regard de ce genre de la part d'un biologiste océanographe de dix ans plus jeune qu'elle, pour se lasser de cette liaison tout aussi brutalement au bout de trois semaines ? Le comportement d'hypersexualité des maniaco-dépressifs. À éviter à tout prix.

Andrew LaMarche, se dit-elle avec conviction, n'était qu'un pédiatre stakhanoviste qui avait un problème complexe sur les bras. Un problème complexe que le destin avait jeté sur les épaules de la seule personne qui avait suffisamment de lucidité pour en comprendre l'urgence. La seule personne mystérieusement destinée à protéger ce petit sourd. Tout de même, elle aurait aimé pouvoir dire à ce docteur tourmenté ce qu'elle allait faire pour aider ce petit garçon. Quelque chose dans ses yeux gris aux nuances changeantes, auxquels l'épuisement conférait un ton ardoise, verrait le bon sens qui se cachait derrière la folie. Bo avait confiance en son propre jugement sur ce point et s'en félicitait. Andrew LaMarche était de son côté.

– Il n'existe rien d'autre que la réalité, marmonna-t-elle à son propre usage.

– Quoi ? demanda LaMarche.

– J'ai dit, j'ai un coup de fil à passer.

En quelques minutes les renseignements téléphoniques confirmèrent ce que Bo avait compris d'après ce que lui avait signalé Bill Denny. Il y avait effectivement une épicerie à Houston appelée Jamail's. Après trois autres coups de téléphone, elle avait des réservations sur un vol exceptionnel pour Texas City qui partait dans moins de deux heures. Sur un appareil qui effectuait la liaison San Francisco-Houston via San Diego et qui s'était retrouvé coincé à San Diego parce que son train d'atterrissage refusait de rentrer. Il était en cours de réparation bien que, techniquement, l'aéroport de San Diego fût fermé jusqu'à six heures du matin. Trop beau pour être vrai. C'était un week-end, et elle allait pouvoir prendre l'avion pour Houston et revenir sans que personne ne sache où elle était allée.

– Ne vous inquiétez pas.

Elle adressa un signe de la main à Andrew LaMarche.

– Vous non plus, Madge.

Ils ressemblaient à des pantins tandis qu'elle partait, à des marionnettes accrochées au bout de fils invisibles dans un couloir d'hôpital. Déjà très loin d'elle.

« Il n'existe *rien...* », commençait l'avertissement de Lois Bittner, mais Bo l'envoya promener.

Ouais, mais ça, c'est ma réalité à moi. Qui peut affirmer que ce n'est pas la vraie ?

Il n'y eut pas de réponse.

13

Le Bayou

Deely Brasseur remuait du « riz sale » sur un réchaud au butane et cassa un œuf dans le mélange fumant de riz et de haricots. Le soleil se levait lentement dans les marais. Doucement. Comme la respiration de quelqu'un qui dort. Aucune lumière ne venait encore toucher les vilains rideaux déchirés et Deely faisait la cuisine à la lumière d'une bougie. Une seule bougie, pour ne pas attirer l'attention. Mais la lumière du soleil allait filtrer. Encore une nuit de passée.

Les marais Atchafalaya avaient leurs secrets et Deely en faisait partie, cachée parmi les souches de cyprès et les lambeaux de mousse espagnole, comme un serpent. Elle était chez son neveu Raveneau, en Louisiane, juste de l'autre côté de la frontière avec le Texas. Ce n'était qu'une cabane de pêcheur. Mais sûre comme une prière. Nul ne la trouverait là.

Deely lissa sa jupe de coton sur son ventre imposant et baissa la tête.

– Loué soit le Seigneur pour cette nourriture, récita-t-elle. Veille sur mon petit, où qu'il soit.

L'enfant aurait aussi bien pu être le sien, même

avec sa peau d'un blanc pâle. Elle seule s'était occupée du pauvre petit malade quand sa mère avait été rappelée au ciel. Elle s'était occupée de la maman, aussi. Jusqu'à la naissance de l'enfant, lorsque Julie Lynn Rowe, âgée de dix-sept ans, était morte d'une hémorragie dans son propre grenier. Mam' Rowe avait dit qu'il ne fallait pas appeler de docteur et le bébé n'arrêtait pas de pleurer.

– Wilhelm, avait murmuré Julie. Il s'appelle Wilhelm, comme notre grand-père.

Puis elle était morte. Cela faisait quatre ans.

Deely mangea en silence.

Dans la vie, il y avait des gens qui devaient faire face à une chose, d'autres gens à une autre. Elle avait fait de son mieux pour faire face à ce qui lui avait incombé : un secret enfermé dans un grenier. Mais quand elle avait vu les sacs de chaux vive cachés dans le garage, elle avait compris que son mieux ne suffirait pas. Ne suffisait plus.

Elle avait pris le téléphone quand elle avait compris ce qui allait se passer. C'était un défi à la face de *Dieu*, ce qui allait se passer !

Et ça avait marché comme elle l'avait espéré. Le frère de Julie, Kep, les yeux exorbités et tout chancelant sous l'effet de la drogue, était venu et avait emporté l'enfant.

Deely avait fait ce qui pouvait être fait.

Maintenant elle craignait pour sa vie, elle se cachait, et elle attendait que les choses se tassent. Dehors, les premières lueurs brillaient d'un éclat terne sur les eaux des marais, grises comme le métal d'une arme à feu. Deely ouvrit sa Bible là où il était question de Moïse. Là où sa maman, lorsqu'il ne lui avait plus été possible de cacher son bébé aux yeux de Pharaon, l'avait mis dans un petit bateau fait à la main parmi les joncs et espéré que quelqu'un le prendrait en pitié. Et il y avait eu quelqu'un. Le plan de la maman de Moïse avait marché. Deely pria pour que le sien marche aussi.

Marguerite allait bientôt lui donner des nouvelles, de Houston.

Ça n'allait plus tarder.

14

La chaleur de Houston

L'aéroport regorgeait de traces de mildiou, remarqua Bo en débarquant de l'avion à neuf heures trente. L'odeur vint la frapper comme un vent chargé d'eau, comme l'air qui s'échappe d'un sac de maillots de bain mouillés qu'on aurait oubliés. Pourriture, moisissure, champignons. Cette ville, décida-t-elle, devait être comme un énorme champignon qui se développait dans la vase saumâtre des marécages situés en dessous du niveau de la mer. Cette image lui fit penser aux branchies qu'elle avait eues, au même titre que tous les autres mammifères, avant la naissance. L'air de Houston lui fit regretter de ne plus les avoir.

Le petit somme agité qu'elle avait fait dans l'avion avait été troublé par un malaise croissant, une paranoïa et la sensation d'être transpercée de coups de couteau, dont le lithium ne pourrait pas venir à bout assez rapidement. À un moment, elle s'était réveillée en sentant une forte odeur de pêches pourries, bien que, évidemment, il n'y eût pas de pêches pourries immédiatement visibles dans l'avion. Il y avait assurément, seize rangs plus loin, un enfant avec une sucette ou une femme qui portait un parfum fruité. L'homme qui occupait le siège près de l'allée, sur la gauche de Bo, avait méticuleusement plié son *Los Angeles Times* de telle sorte que seule la moitié d'un titre était visible.

À Detroit

Ne lâche pas

Les mots dépourvus de sens se jetaient sur elle de façon répétée comme des éclairs de lumière intermittents. Impossible de ne pas y prêter attention.

Au moment où ils survolèrent El Paso, une passagère qui occupait le siège de devant avait déjà ajusté son dossier de si nombreuses fois que Bo pouvait seulement conclure que cette femme désirait en fait ardemment qu'un passager rendu fou furieux l'étrangle avant l'atterrissage. Le magazine fourni par la compagnie lui offrit une distraction ; elle mémorisa les noms des membres de la rédaction pour concentrer son attention sur quelque chose et se demanda vaguement pourquoi ils avaient choisi un imprimeur de Chibougamau, au Québec.

Elle fut ravie lorsque l'avion roula enfin sur les pistes pour amener ses passagers à la porte de débarquement à l'Aéroport Intercontinental de Houston, et qu'elle put bouger. Bouger, marcher, lui procuraient une expérience sensorielle qui était réelle. Diminuaient cette étrange aire d'activités que les psys se plaisent à appeler « stimuli internes » : le panorama fascinant qui devient peu à peu terrifiant composé de perceptions intenses générées dans un cerveau qui n'est plus capable de filtrer, d'organiser et de sérier les millions de messages qui lui arrivent. Un cerveau qui est prêt à s'emparer de n'importe quel stimulus, une odeur, une couleur, une bribe de conversation, pour l'amplifier de manière aléatoire.

Cela faisait du bien de marcher, mais la chaleur était invraisemblable. Surtout en jupe de lainage et en bottes.

Pourquoi est-ce que tu t'arranges toujours pour ressembler à l'agent publicitaire d'un cirque étranger, espèce d'idiote ?

Il ne lui était pas venu à l'idée qu'il pourrait faire plus chaud à Houston qu'à San Diego. Parmi la litanie des autres choses qui ne lui étaient pas venues à l'esprit, ce n'était qu'une vétille. Rien en comparaison de l'étourderie qui avait pu l'amener là. Celle en particulier qui lui avait fait oublier que cette erreur grandiose allait sans aucun doute lui coûter son travail tandis que des sommes astronomiques allaient être tirées sur sa carte de crédit. Et qu'il faudrait bien payer. Mais avec quoi ? Bo jeta un coup d'œil à sa propre image dans le miroir d'un distributeur automatique et se demanda si, après vingt ans de lutte, les complexités idiosyncratiques de son cerveau allaient finalement l'emporter. Le spectre de sa propre image en clocharde folle à lier la guettait sournoisement, effleurant le niveau de sa conscience. Une doppelgänger, une jumelle sinistre et ravagée.

Il n'y avait rien entre elle et ce fantôme omniprésent, rien d'autre que sa lucidité durement gagnée.

Tu navigues en plein délire, Bradley. Mais te voilà ici. Mange quelque chose, avale ton lithium, et vois si tu peux découvrir quoi que ce soit. Après, retourne à San Diego et fais comme si tout ça n'avait pas eu lieu.

Tout en mangeant des œufs brouillés caoutchouteux dont la couleur jaune paraissait surfaite dans une cafétéria de l'aéroport, Bo regarda autour d'elle. Beaucoup de Stetson et de bottes de cow-boy. Un accent traînant dans les conversations. Une tendance à répéter les formes verbales.

– J'y ai dit, Jack, que j'y ai dit...

Au bout de trois minutes, elle pouvait reproduire l'accent des Texans avec précision. Encore un cadeau hérité d'un désordre mental qui assurait à nombre de ses victimes un emploi dans la confrérie des acteurs. Il y avait toujours un côté positif. Elle s'accrocha à cette idée tout en négociant la location de la voiture la moins chère possible.

L'annuaire téléphonique de la ville donnait une adresse dans Shepherd Drive pour l'épicerie appelée Jamail's. Bo mordilla le bout d'un stylo à bille tout en concoctant son parcours sur la carte fournie par l'agence de location de voitures. L'aéroport était en rase campagne, à des kilomètres de la ville.

Pendant le long trajet, dans l'air humide, elle remarqua une multitude de panneaux pour la campagne électorale soutenant la candidature d'une femme appelée Rowe qui voulait siéger au sénat de l'État.

« Sauvegardez l'avenir, VOTEZ ROWE ! » proclamaient les affiches. La candidate avait l'air assez compétente. Affûtée. Intelligente. Mûre et sans concession, mais vêtue d'un chemisier en tissu souple orné d'une lavallière qui parvenait à donner une idée de chaleur, d'humour. Mais les yeux... Même avec un maquillage effectué par des professionnels et un objectif aux filtres épais, il était impossible de dissimuler le vide de ces yeux très écartés. Des yeux de caméléon qui réfléchissaient ce qu'on voulait bien y voir. Des yeux de manipulatrice, froids comme des grottes.

Bo ne vit qu'un panneau pour Bea Yannick, la rivale de Rowe. Elle avait tout l'air d'une ancienne nonne, capable, si nécessaire, d'envoyer des coups de pied au cul.

– Je voterais pour Yannick sans hésiter, fit Bo en s'adressant au tableau de bord avant d'allumer la radio.

Une version incroyablement longue de « Mamas, Don't Let Your Babies Grow Up to Be Cow-boys » dura jusqu'à la sortie Weistheimer sur la bretelle 610.

Vue de la longue route, derrière elle, la ligne de gratte-ciel de Houston ressemblait à un paysage miniature étincelant fait de Lego chromés et de briques de lait peintes en noir. La splendide architecture de la ville était ramenée à la taille de jouets par l'immensité du ciel. En fait, l'ensemble des immeubles d'acier et de verre paraissait sombrer alors même qu'ils tentaient de s'élancer vers le haut. Le ciel les écrasait.

Bo songea que les chansons du Texas parlaient toujours du ciel tout simplement parce qu'il n'y avait rien d'autre. Pas de collines, pas de monticules, pas la moindre ondulation de terrain pour venir briser le panorama étourdissant qui s'enfonçait vers l'infini. Le terme « plat », décida-t-elle, était insuffisant pour ce pays. C'était plus que ça. C'était véritablement un relief en négatif, une terre comme aspirée de l'intérieur sous un firmament si illimité qu'il pouvait menacer la raison des humains, même de ceux qui n'étaient pas déjà à la limite du déséquilibre.

Sur sa droite, sous la bretelle 610, un large tunnel de liserons épineux et de mûriers qui s'entrelaçaient dans des pins au port étalé, des noyers et des chênes, serpentait sous le toboggan. Presque étouffé par du sumac vénéneux, un petit panneau identifiait cette jungle tourmentée sous le nom de Bayou des Bisons. Impossible de ne pas se demander ce que des bisons pourraient faire dans un bayou. Elle quitta l'autoroute à Weistheimer ; une rue appelée Voie Express des Bisons lui répondit. Ils fonceraient.

Bo secoua la tête. Ça n'allait pas. Heureusement le magasin n'était qu'à un peu plus d'un kilomètre.

Le parking du magasin était plein de Mercedes et d'autres voitures trop chères pour que Bo puisse les nommer. Des garçons en chemise blanche portaient les paquets des clients bien habillés du magasin jusqu'au plus petit. Personne ne semblait affecté par la chaleur.

Il y a de l'argent, pensa Bo. Des tonnes d'argent. Jamail's n'était pas dans un quartier pourri. Elle prit le reçu souillé dans son sac et entra.

– Ça ? lui répondit une caissière qui mâchait du chewing-gum. Ouais, ça vient de chez nous. Ça se voit, non ? C'est le compte des Rowe, en plus.

Elle pointa un doigt vers un code en haut du reçu.

– M-A-C-R-O. C'est MacLaren Rowe. Les Rowe, vous savez.

Bo ne savait pas.

– Tia Rowe ? fit la caissière qui commençait à s'impatienter. Son nom est placardé dans toute la ville !

– Vous voulez parler de celle qui se présente aux...

– Ouais, c'est ça.

– Euh, est-ce que les Rowe habitent près d'ici ? demanda encore Bo.

– Ouais... dans River Oaks. Pourquoi vous me demandez ça ?

Brouille ta piste, Bradley.

– Ils nous ont têêê-llement aidés dans nos distributions de nourriture pour les sans-abri, fit Bo en imitant l'accent traînant du Texas. Evidemment, ils voulaient rester anon-yyymes, mais j'ai bien peu-eur que ce reçu les ait trahis. Des gens vraiment chaaarmants.

Et voilà !

La propriété des Rowe était de style colonial géorgien avec une façade en brique, adoucie par des mahonias à feuilles persistantes et deux magnolias placés de manière géométrique. Bo n'aurait pas été surprise de voir Scarlett et Rhett s'étreindre dans l'encadrement de l'une des fenêtres de l'étage protégée sous la saillie de l'un des avant-toits. Cependant elle fut surprise de remarquer une fenêtre de toit en aluminium installée au milieu des bardeaux. Cela gâchait le style de la maison.

En grimpant les larges marches en brique sous des piliers blancs qui supportaient un fronton géorgien, Bo fut décontenancée une seconde fois au spectacle de la porte. Dans sa boîte de crayons de couleur de petite fille, sa teinte était identifiée sous l'appellation Rouge Indien. Pour son œil d'artiste, cette couleur était une agression. Le heurtoir en cuivre avait été façonné de manière à ressembler à une grappe de raisin. Bo le saisit malgré tout et frappa.

– Oui ? demanda une domestique en uniforme.

– Puis-je parler à Tia Rowe ?

Bo ne s'attendait pas vraiment à pouvoir rencontrer la candidate dont le nom s'étalait partout.

L'entrée portait la marque flagrante du passage d'un décorateur qui avait bataillé en vain dans le but d'harmoniser l'architecture de la maison avec le désir, probablement celui de Tia Rowe, de vivre dans un décor de style français. Une reproduction d'une tenture de l'époque de Louis XIV qui figurait des paysans bretons disséminés dans un labyrinthe de vignes se trouvait à côté d'une table en merisier dont les pieds cambrés semblaient se courber sous le poids d'un crachoir en cuivre démesuré rempli de chrysanthèmes. Bo frissonna.

Tia Rowe, avec les yeux plats qu'elle présentait sur les affiches, avait également autant de sensibilité artistique qu'un rat des bois *nouveau riche*[1]. Bo chercha quelque chose à dire, une manière de se faire introduire.

Sur un mur, sous le premier palier d'un élégant escalier, une collection de photographies anciennes détonnaient et ne parvenaient pas à créer une impression de chaleur ; elles semblaient seulement minables sur le papier peint aux couleurs vives qui représentait encore des vignes entremêlées, des fleurs lavande et des tournesols. Bo crut reconnaître l'une des photos.

– Mam' Rowe veut pas de journalistes dans la maison, répétait la domestique qui commençait à refermer la porte.

– Attendez ! souffla Bo.

Ce portrait sépia tiré en studio qui représentait un petit garçon en pantalon court et veste ceinturée, elle le reconnaissait bien : c'était Weppo ! Il ne se contentait pas de ressembler à l'enfant aux cheveux drus dans son lit d'hôpital, c'*était* cet enfant lui-même ! Les mêmes cheveux, impossible de s'y tromper, les mêmes yeux immenses, les mêmes lèvres minces et pâles. Le garçon de la photo avait quelques années de plus que Weppo, il avait six ou sept ans. Mais c'était *Weppo* à six ou sept ans. Et au début du siècle !

– Je ne suis pas journaliste, s'écria Bo. Je suis ici à cause du petit garçon, à cause de Weppo.

Elle eut un geste en direction de la photo :

– Je vous en prie !

Bo vit la réaction, la contraction involontaire des muscles du crâne vers les oreilles. L'instant de la compréhension. Puis la panique. La domestique savait exactement de quoi Bo lui parlait, et elle était terrifiée.

---

1. En français dans le texte.

– Sortez d'ici, murmura-t-elle. Partez ! C'est dangereux.

Coinçant la pointe de sa botte dans la porte, Bo glissa l'une de ses cartes de visite avec son numéro de téléphone personnel dans la main de la jeune femme noire.

– On a essayé de le tuer, siffla Bo en serrant les dents. Appelez-moi !

La porte se referma sur son nez.

15

Chivas, pur

Seuls deux hommes se trouvaient dans le bar du Oak Arbor Country Club de Houston lorsqu'il ouvrit à onze heures. L'un d'eux était le barman.

– Comme d'habitude, monsieur Rowe ? demanda-t-il comme s'il pouvait y avoir la moindre possibilité pour que Mac Rowe commence sa journée par autre chose qu'un whisky, pur, accompagné d'un verre d'eau.

Il était de notoriété publique que Mac ne buvait jamais d'eau.

Il était également de notoriété publique que ce n'était pas là le premier verre que le play-boy vieillissant prenait de la journée.

MacLaren Rowe posa les coudes sur le bar massif récupéré parmi les meubles d'un grand hôtel de Galveston qui avait disparu depuis longtemps et hocha la tête, l'air absent. Il avait l'impression d'être une crotte de poulet géante. La vive douleur qu'il ressentait à l'estomac empirait. Et son apparence était aussi piteuse que son état.

Maintenant que Deely était partie, il ne trouvait plus rien. Les poignets de sa chemise tachée, dépourvus de boutons de manchettes, battaient sur ses doigts agités de tremblements. Il dut tenir le verre à deux mains.

– C'est dans trois jours, les élections, remarqua le barman sur le ton de la conversation. On dirait bien que votre dame va être notre prochain sénateur, hein ?

Les membres du personnel de l'Oak Arbor Club tout lambrissé continuaient à désigner Tia Rowe comme la « dame » de Mac. Un hommage poli rendu à quatre générations de Rowe, membres d'un club tellement enraciné dans les traditions du Sud qu'il acceptait encore la monnaie confédérée. La vérité, et Mac le savait depuis vingt ans, était que si Tia était mariée avec quoi que ce soit, c'était avec la fortune d'armateurs des Rowe, accumulée quand les esclaves chargeaient encore des balles de coton brut sur des vaisseaux en partance pour l'Europe dans le port de Galveston. Et la fortune des Rowe avait disparu, engloutie par la garde-robe de Tia, les décorateurs de Tia, les mille entreprises charitables et culturelles de Tia qui ne rapportaient jamais rien de plus tangible que quelques lignes dans les pages du carnet mondain.

Mac Rowe ne considérait plus Tia comme sa femme depuis plus longtemps qu'il ne pouvait s'en souvenir. Cette pensée l'étouffait, comme l'idée de coucher avec un sac empli de verre brisé.

– On verra, fit-il avec un rictus. Donnez-moi un autre whisky.

Tia allait peut-être gagner, reconnaissait-il en son for intérieur. Elle le voulait si ardemment, et ce que Tia voulait, elle l'obtenait. Il lui avait signé une procuration la dernière fois qu'il s'était retrouvé en cure de désintoxication dans cette station balnéaire pour pédales, à San Antonio. Avant qu'il en ressorte, Tia avait vendu à un promoteur de centres commerciaux ce qui restait des possessions des Rowe : trois bâtisses carrées, des entrepôts en briques faites à la main, sur Galveston Strand. L'argent avait servi à financer sa campagne et à payer un défilé incessant de conseillers, de collaborateurs, d'agents publicitaires. Une victoire donnerait amplement à Tia Rowe l'occasion de remplir les coffres et de mener le train de vie auquel il l'avait habituée.

Mais d'abord il fallait qu'elle gagne les élections. Et ça allait se jouer à peu de choses. Le sondage de la semaine précédente avait montré que Bea Yannick n'avait que six points de moins qu'elle. Espèce de Yankee mal dégrossie qui n'avait pour elle qu'une organisation venant de la base, Yannick était arrivée sans crier gare et donnait des sueurs froides à Tia Rowe.

Mac était secrètement heureux de voir que Yannick avait entraîné sa femme vers ces eaux profondes. Avec un peu de chance, elle allait s'y noyer. Il regrettait souvent de ne pas l'avoir tuée lui-même, des années auparavant. Elle l'avait détruit, exactement comme sa maman le lui avait dit lorsqu'il lui avait annoncé son mariage avec cette extravagante femme du Nord. Mac se demanda s'il pouvait encore tomber plus bas avant la fin, et se rendit compte qu'il s'en foutait.

Deely était partie, tout d'un coup. Et cet enfant débile que sa fille avait eu avait disparu aussi. Mac se moquait éperdument du gamin, mais Deely nettoyait les saletés qu'il faisait, elle lavait ses vêtements, s'arrangeait pour qu'il prenne un repas de temps en temps. La nouvelle bonne ne faisait pas la différence entre son cul et une boîte de conserve et tremblait comme une feuille pour un rien.

Il commanda un autre whisky, juste afin d'endormir la douleur qui lui tenaillait le ventre. Il se demanda comment Tia allait financer les derniers jours de sa campagne. Il ne restait plus rien, mais elle continuait à acheter des plages horaires à la télévision, dépensant l'argent comme si elle possédait une banque.

D'ailleurs elle en possédait peut-être une.

Il y avait, reconnut-il, un sacré paquet de choses qu'il ignorait sur sa femme.

16

Vol de retour

La voiture de location s'était mise à faire un bruit agaçant qui venait du côté de la roue arrière gauche. Pour Bo, cela évoquait des jouets. Des vieux jouets oubliés avec des roues en bois qui grincent quand on les tire sur le parquet des greniers. Elle avait envie de peindre des vieux jouets : d'anciens camions, des trains d'une autre époque, des diables qui sortent de leur boîte, des chevaux à bascule poussiéreux et des poupées aux yeux de verre et au visage fendillé. Des jouets abandonnés qui pourraient revivre en un sombre instant et murmurer des secrets trop terribles pour être prononcés par des humains. Elle voyait ces peintures dans des tons de gris. La bouche de la poupée, un chapeau de clown, l'œil effrayé du cheval à bascule, ceux-là seulement seraient faits en rouge. C'était une vision sinistre, porteuse d'un message horrifiant.

– C'est seulement moi, ou est-ce qu'il y a quelque chose d'anormal dans cette maison ? demanda-t-elle en s'adressant au volant.

« C'est toi, c'est toi... » gémissait le grincement de la roue avec monotonie.

« T'es folle, t'es folle, t'es folle... »

Bo regarda le ciel et s'aperçut qu'elle ne pouvait pas voir le soleil. Rien qu'une sphère de lumière amorphe derrière un rideau de brume. L'humidité. L'eau qui suinte. Partout.

Elle n'allait pas réussir à maintenir les morceaux collés ensemble bien longtemps. Il fallait qu'elle rentre chez elle.

– Heure de retour, douze heures quarante-cinq. Mais vous venez de la louer ce matin, cette voiture, fit remarquer l'employée derrière le comptoir de l'agence de location.

Bo fit doucement glisser sa langue sur ses dents supérieures.

– Merci, je suis au courant. Votre travail *à vous*, c'est d'être au courant du fait que je vous *rends* la voiture.

– Veuillez signer ici, lui répondit la jeune femme d'un ton brusque.

Avec son uniforme, elle ressemblait étrangement à la caissière de chez Jamail's. C'était peut-être sa sœur. Ou la même personne qui avait deux emplois ?

Cela arrivait fréquemment. Des gens qui semblaient être d'autres personnes, comme si l'individualité n'était qu'un faux-semblant tactique derrière lequel les mêmes personnalités pouvaient se cacher. N'importe où. Partout. Sans cesse. En période de surexcitation maniaque, se souvint Bo avec tristesse, une inconnue aperçue dans un parking pouvait devenir le professeur de piano qu'elle avait quand elle était à l'école primaire et dont elle se souvenait à peine. Ou un facteur chargé de livrer les paquets, le prêtre qui avait enterré sa sœur. L'important, c'était de garder ça pour soi. De ne pas courir vers de parfaits inconnus en hurlant : « Madame Doonan ? Père

Ondek ? Oh, je suis désolée, mais vous ressemblez tellement à... »

Lois Bittner n'avait pas réussi à lui expliquer ça.

« Qui sait ? » avait-elle dit avec un haussement d'épaules. « C'est peut-être un simple mécanisme psychologique. Votre psychisme déborde d'un foisonnement de stimulations et vous créez donc des visages familiers, rassurants. Ou alors, dans cet état de conscience exacerbée, vous captez chez ces inconnus des éléments réellement identiques à ceux de gens que vous avez connus et en conséquence vous les percevez comme étant identiques. Qui sait ? Souvenez-vous seulement de garder ça pour vous. La réalité, c'est que les inconnus sont des inconnus, c'est tout. Restez-en là. »

L'embarquement n'aurait pas lieu avant une demi-heure. Bo laissa aller ses pas vers une boutique de cadeaux de l'aéroport, attirée par les étalages séduisants arrangés et illuminés pour produire cet effet précis. Enfin, peut-être pas tout à fait cet effet-là, pensa-t-elle. La petite pièce rutilait. Les couleurs attiraient l'attention sur les couvertures des magazines et des livres de poche. Un présentoir de bonbons, éclairés par en haut, promettait l'extase des papilles gustatives. Bo essaya un chapeau de cow-boy à larges bords et s'admira dans un miroir placé à un endroit stratégique. Elle était formidable, on aurait dit une vraie cow-girl irlandaise. Avec son ruban et sa plume ajoutés à la main, ce chapeau ne coûtait que deux cent-trente huit dollars.

Exactement le genre de truc à porter au tribunal, espèce de folle. Sors de là avant d'acheter des taille-crayons électriques en forme de tatous pour tout le personnel du bureau.

Lois Bittner avait raconté à Bo qu'un homme,

souffrant lui aussi d'un trouble maniaco-dépressif, avait acheté des carafes à vin Waterford qui lui avaient coûté plus de la moitié de son salaire annuel pour tous les collègues de la faculté où il enseignait la comptabilité, niveau débutant. Cet homme ne connaissait même pas la plupart de ces personnes mais cela n'avait aucune importance. Bo comprenait. C'était cet incontrôlable et intense sentiment d'amour pour le monde entier qui vient juste avant que tout ne s'accélère et ne se mette à dérailler. Juste avant de glisser dans ce royaume de lucidité sinistre où des arbres empoisonnés peuvent scintiller sous les iridescences de pluies acides déversées par des organisations criminelles et leurs hommes de paille du monde politique. Où personne n'écoute et où la souffrance causée par une conscience toujours active peut rendre muet et paralysé. Paranoïaque. Catatonique. Enfin, pas tout à fait.

Bo se gardait bien de confier que pas une seule fois son *délire* n'avait été plus qu'une vérité amplifiée que les gens normaux peuvent nier, atténuer, filtrer pour la ramener à un niveau tolérable.

« Les cyclothymiques perdent la faculté de ne pas savoir », lui avait expliqué le docteur Bittner.

Le monde pourrait être très différent, avait-elle songé une fois, en regardant par la fenêtre de son bureau par un maussade après-midi de février, si tout le monde perdait un peu cette faculté.

Bo acheta une brassée de journaux de Houston et s'éloigna de la boutique comme si c'était la porte ouverte sur l'enfer, puis fit exprès de partir vers une mauvaise direction qui allait lui donner l'occasion de marcher d'un bon pas pendant un quart d'heure dans l'aéroport, en attendant qu'il soit l'heure de monter à bord. L'exercice physique allait lui faire du bien et personne ne trouverait même un tant soit peu étrange qu'une femme suive à toute allure les couloirs d'un aéroport. Tout le monde avançait à toute allure dans les aéroports. Même ceux qui ne fuyaient pas devant la folie.

– Nous vous demandons de bien vouloir regarder les écrans vidéo pendant que nous vous donnons des explications sur les dispositifs de sécurité, exhorta l'hôtesse dans les haut-parleurs répartis dans l'avion une fois que Bo fut montée à bord et qu'elle eut trouvé sa place.

Personne ne lui accorda la moindre attention, Bo y compris. Si l'avion s'écrasait, ils mourraient tous de toute manière. On s'apercevrait que les dipositifs de sécurité, les matériels flottants et les sorties de secours étaient coincés, défectueux et n'avaient pas été vérifiés depuis le vol inaugural de l'appareil en 1983. Bo entendait déjà les nouvelles au journal télévisé de onze heures : « ... l'enquête sur la tragique catastrophe aérienne du mois d'octobre qui a coûté la vie à cent cinquante-huit personnes a révélé aujourd'hui que les mécanismes de sécurité qui auraient pu sauver la moitié des malheureuses victimes n'ont pas fonctionné... » Ce n'était qu'une des données de l'existence. Bo trouvait réconfortant que, pour une fois, tous les autres connaissent aussi la vérité.

Lorsque l'avion eut réussi à s'arracher au sol, elle ouvrit le dossier de Weppo sur la tablette située devant elle. Sur une page blanche absolument vierge, elle écrivit ce qu'elle avait appris jusque-là :

« Un garçon sourd âgé de quatre ans trouvé attaché dans un refuge de montagne. Aucune notion de langue des signes, mais on lui a appris à dire son nom, qu'il prononce Weppo. Intelligent, j'en suis sûre. On lui a donné à manger, on ne l'a pas battu, mais il est très pâle. (On l'empêchait de sortir ?) La personne qui l'a amené au refuge et attaché au matelas lui a fait manger des spaghettis à la tomate et a allumé un feu pour qu'il n'ait pas froid avant de le laisser seul là-haut. C'est probablement cette personne qui l'a attaché au matelas pour l'empêcher de se sauver. Cette personne avait *l'intention* de revenir, mais ne l'a pas fait.

« Annie Garcia s'est souvenue du numéro de la plaque d'immatriculation d'une voiture qu'elle a aperçue. Une voiture volée à Houston et retrouvée à San Diego, avec un drogué mort à l'intérieur. J'ai trouvé un reçu d'épicerie provenant d'un magasin de Houston à l'endroit où la voiture s'était garée. Ça ne peut pas être une simple coïncidence. Le reçu a dû tomber de la voiture. Ce qui signifierait que le drogué qui est mort a volé la voiture à Houston, acheté les spaghettis à la tomate à Houston, a quelque chose à voir avec les Rowe puisqu'il a fait mettre sur leur compte le prix des aliments achetés chez Jamail's, et que ce serait lui la personne qui a abandonné Weppo dans le refuge, le livrant à une mort certaine. À part qu'il n'avait pas l'intention de le laisser mourir. Alors, *quelle était* son intention ? Aller à San Diego se procurer de la drogue et revenir ensuite ? Peut-être.

« Mais alors qui est ce type qui est mort ? Peut-être un domestique, un homme à tout faire, un chauffeur des Rowe ? A-t-il kidnappé Weppo pour demander une rançon à cette famille fortunée ?

« Et qui est cet enfant sur la vieille photo chez les Rowe ? Un parent à l'évidence, sauf si j'ai rêvé. Un parent dont le petit garçon est la réplique génétique. Mais pourquoi les Rowe, si puissants, n'ont-ils pas alerté la police, les média si un enfant de leur famille a été enlevé ? »

Eh là, une minute ! Ils l'avaient peut-être fait !

Elle dut s'asseoir à moitié sur les genoux d'un couple qui ressemblait à faire peur à Roy Rogers et à Dale Evans[1] pour se diriger vers le téléphone mural de l'avion, entre les compartiments. Quelquefois la police recevait l'ordre de ne rien dire aux média dans les affaires d'enlèvement d'enfants. Et n'importe quel juge aurait compris l'utilité de ce genre d'ordre dans cette affaire. Les élections sénatoriales auraient lieu dans trois jours ; un tel ordre éviterait à l'État du Texas les dépenses d'une seconde élection lorsque l'équipe de Yannick arguerait que l'intervention des média pour parler de l'enlèvement chez les Rowe avait fait gagner à Tia ce scrutin disputé.

Se remémorant les yeux sur les panneaux électoraux, Bo fut frappée par une autre idée. Et si Tia avait arrangé elle-même l'enlèvement pour avoir des tonnes de publicité gratuite dans les média juste avant les élections ? Bo savait reconnaître un psychopathe sans morale quand elle en voyait un. Ces personnages charmants, manipulateurs, incapables d'autre chose que de servir leurs propres intérêts. Tia Rowe en faisait partie, Bo en aurait mis la main au feu.

– Police de Houston, répondit d'un ton sec la voix d'un homme jeune. Sergent Tromley.

Bo fit tomber sa voix d'un octave.

– J'ai des renseignements sur l'enlèvement qui a eu lieu chez les Rowe, murmura-t-elle. Passez-moi l'inspecteur chargé de l'enquête.

Si on avait notifié à la police qu'un enlèvement avait eu lieu, les services d'enquête se tiendraient prêts à recevoir exactement ce genre d'appel.

---

1. Roy Rogers et Dale Evans : chanteurs, acteurs de westerns, vedettes de la télévision, ils forment depuis plusieurs décennies un couple célèbre. *(N.d.T.)*

– Quoi ? répondit la voix.

– Le petit Rowe qu'on a enlevé.

– Rowe ? Un instant...

Bo entendit le sergent s'adresser à quelqu'un d'autre dans le bureau.

– Il paraît qu'un enfant aurait été enlevé chez les Rowe... ?

– Encore un dingue, répondit l'autre voix plus âgée. Les enfants Rowe sont adultes. Il y en a un qui...

Bo raccrocha promptement. Quelle que soit l'identité de Weppo, son absence de Houston n'avait pas été notifiée à la police locale.

Roy et Dale étaient occupés, ce qui ne cadrait pas avec leurs habitudes, à étudier un journal de courses lorsque Bo regagna son siège.

– Bons pronostics, murmura-t-elle.

Roy parut déconcerté.

– Je crois que Bon Pronostic est dans la troisième à Belmont, expliqua Dale d'un air heureux.

– Merci pour le tuyau, fit Roy avec un sourire.

Bo se plongea dans les journaux qu'elle avait achetés à l'aéroport. Ils racontaient tous la même histoire. Tia Rowe, l'épouse de MacLaren Rowe, héritier de la compagnie de navigation, disputait âprement la course au siège sénatorial devenu vacant deux mois auparavant. L'adversaire de Rowe, Bea Yannick, était catholique, quatre fois grand-mère, et était devenue veuve lorsque son mari, cadre supérieur dans l'industrie pétrolière, avait été transféré à Houston, quittant l'enclave familiale de Pennsylvanie pendant le boom, et était mort peu après. Yannick était restée, avait élevé seule sept enfants, fait des études de droit, été choisie pour devenir la présidente de la commission à l'éducation et avait lancé une campagne afin d'introduire à Houston la notion de répartition de la population scolaire, campagne qui s'était soldée par un échec. Cette tentative, disait Yannick, était motivée par l'existence d'un salon de massages et de revente de drogue, deux activités florissantes, en face d'une école publique que fréquentaient deux de ses petits-enfants. Globalement, la presse donnait à penser que Yannick était une Yankee qui n'avait pas froid aux yeux mais qui, bien qu'étant fort appréciée, ne pouvait rivaliser avec le patronyme aristocratique des Rowe.

Un journal de la contre-culture appelé *La Bannière du Bayou* donnait une autre version. Tia Rowe, selon une journaliste nommée Gretchen Tally qui avait mené son enquête, était une intrigante égoïste dont le programme électoral était empreint de démagogie et dénué de toute substance. Sans transgresser l'éthique d'une bonne journaliste, Tally parvenait à suggérer qu'une personnalité de la haute société, aux abois financièrement et plus connue pour ses brunchs et ses réceptions que pour ses opinions avisées, pouvait trouver la tentation du pouvoir politique irrésistible. Le groupe d'industries minières Big Bend, déjà menacé par des mouvements écologistes, n'avait-il pas généreusement contribué à la campagne de Rowe ? Et que penser de la soudaine amitié qu'entretenait Tia avec la femme du président d'un groupement de presse qui dénudait méthodiquement le centre du Texas des quelques forêts qui lui restaient ? L'« avenir » dont parlaient tant les média dans le cas d'une victoire de Rowe au sénat, suggérait cette journaliste aux idées radicales, serait l'avenir de Tia Rowe, pas celui du Texas. Bo eut le sentiment que Tally touchait là à un point intéressant et elle se fraya donc de nouveau un chemin en passant devant le couple extatique pour aller passer un autre coup de téléphone.

– Tally n'est pas là, nasilla un rédacteur en chef aussi bougon que le voulait la tradition. Vous voulez laisser un message ?

– Je sais quelque chose sur Tia Rowe qui pourrait l'intéresser, annonça Bo. Il y a un enfant Rowe qui a été victime d'une tentative de meurtre hier en Californie.

Bo donna ses numéros de téléphone, à son domicile et à son bureau, et raccrocha. Son message était assez tentant pour qu'elle soit sûre que même le journaliste le plus blasé la rappellerait.

– Tentative de meurtre par deux hommes à l'hôpital, nota Bo pour compléter sa chronologie des événements concernant l'enfant.

C'était la partie qui ne collait pas avec le reste.

Pendant le vol, elle sirota des jus de fruits en boîte qui avaient davantage goût de boîte que de fruit, et regarda par la fenêtre. Pas moyen de ralentir les pensées qui se bousculaient dans sa tête maintenant. Autant regarder le défilé des nuages. Le lithium ne ferait pas d'effet avant des semaines. Il finirait par se faire sentir quand il passerait dans le sang, mais qu'est-ce qui allait se passer en attendant ?

Peut-être que Weppo était d'ores et déjà vraiment à l'abri du danger dans la famille d'accueil secrète que Madge avait dû lui choisir. Une famille recrutée pour sa discrétion, pour assurer la protection des enfants dont les parents étaient violents, prédateurs, criminels. Bo fit semblant de croire qu'une organisation comptant des milliers d'employés avec un réseau informatique accessible à sept autres agences pouvait tenir secret le lieu où se cachait Weppo. Elle devait le croire, elle devait laisser ce petit garçon lui échapper. Si elle ne le faisait pas, ce qui l'attendait comprendrait presque certainement une désintégration mentale cauchemardesque, une hospitalisation en milieu psychiatrique, la perte de son travail.

Une sorcière lui renvoya son regard par son propre reflet dans le hublot tout rayé de l'avion. Folle, ravagée, incohérente. C'était une terreur toujours présente. Qui resterait toujours.

– Pas question ! décréta-t-elle farouchement.

Elle allait rentrer chez elle, elle allait voir le psy à la clinique, prendre deux calmants, rentrer chez elle et dormir.

Un coup de fil au service de Bill Denny à la police de San Diego mettrait les flics sur la piste des Rowe, si c'était vraiment une piste. Si elle n'était pas en train d'imaginer tout cela.

Bo se mordit le poing à la base de l'index, et sentit les roues de l'avion toucher la piste. Elle était arrivée. Mais, lui disait un malaise irrépressible, ça n'allait pas être sans mal.

17

Chivas, trouble

À Houston, le barman de l'Oak Arbor appela le taxi pour faire évacuer Mac Rowe des salles lambrissées du club plus tôt que d'habitude. Les clients qui venaient jouer au tennis ne commenceraient pas à arriver avant trois heures trente environ, et il était toujours nécessaire d'enfourner Mac dans un taxi avant qu'il ne choque les dames patronnesses du club en urinant une fois de plus dans un de leurs sacs à main de chez Gucci. Mac avait l'air mal en point aujourd'hui. Ce n'était pas seulement qu'il avait les yeux hagards et qu'il était sale, il paraissait malade. Vraiment malade. Il avait le teint plombé, jaunâtre autour des yeux et sous les ongles. Le barman avait déjà vu ça. Dans ce genre de travail, on voyait ce que pouvaient faire les liquides ambrés alignés derrière le bar. Un poison qui agissait lentement. Malgré lui, le barman eut pitié de Mac Rowe.

Mac ressentit le même genre de compassion lorsqu'il rentra chez lui. Il avait réussi à émerger du taxi, à tituber jusque dans la maison pour constater que Tia était partie et pour trouver cette idiote de nouvelle domestique larmoyante qui pleurnichait en parlant de maladie. La douleur qui lui tenaillait le ventre était tel un coup de fusil, brûlante comme les feux de l'enfer.

– Donne-moi mes pilules, imbécile ! hurla-t-il à cette stupide créature.

Mais elle ne savait que trembler et renifler.

– Je comprends *pas,* M'sieur Rowe. *C'est quoi* que vous voulez ?

Deely aurait su, elle. Elle se serait tenue près de la porte avec les pilules. Mac trébucha sur le bord du tapis de l'entrée et tomba contre la table. Bon Dieu, qui avait bien pu mettre un *crachoir* plein de fleurs dans son entrée ? Il lança le récipient en cuivre contre la porte qui vola en une pluie d'éclats de verre.

– M'sieur *Rowe...* ? fit la jeune fille en pleurnichant.

Où était Deely ? Il fallait qu'il trouve Deely. Elle, elle lui donnerait ses pilules. La douleur cesserait. Elle était probablement dans le grenier avec le secret de la famille, son idiot de petit-fils.

– *Deely...* ? cria-t-il en agrippant à deux mains la rampe incurvée sur laquelle il avait glissé à califourchon quand il était petit.

Elle devait être là-haut. Elle était toujours là-haut.

– Deely, elle est plus là... reprit la pleurnicharde. Et maintenant, il faut que je parte, que j'aille chez le docteur...

– Fous le camp ! beugla Mac Rowe d'une voix rauque.

Il avait envie d'arracher un barreau de la rampe pour battre cette fille jusqu'à ce qu'elle se taise, mais le barreau résista. Derrière lui un dernier éclat de verre se détacha et se fracassa au sol lorsque la porte se referma. Cette bécasse était partie. Alors, où était Deely ?

À quatre pattes, Mac parvint à atteindre le premier palier de l'escalier incurvé que sa mère avait descendu le jour de son mariage vêtue d'une robe importée en *peau de soie*[1] et de gants en dentelle. Elle portait une ombrelle blanche. Mac revoyait la photo dans son esprit tandis que ses entrailles se tordaient avant d'exploser. La douleur fut fulgurante, lui déchirant les tripes, le prenant à la gorge. Il tomba en avant, la tête coincée entre deux barreaux. Il ne pouvait plus bouger. De sa bouche et de son nez quelque chose de chaud jaillit dans un gargouillis et goutta en minces filets rouges sur un mur couvert de photos ternies.

Le dernier mot que devait prononcer Mac Rowe fut « merde », mais personne ne l'entendit.

MacLaren Rowe était mort.

---

1. En français dans le texte.

18

Message de Houston

Deely vit la pirogue fendre la brume du bayou avant de pouvoir discerner qui était dedans. Sa main se crispa sur le fusil calibre 12 posé sur ses genoux. Les deux canons étaient chargés et elle savait tirer depuis qu'elle était assez lourde pour rester debout malgré le recul. C'était sans doute Raveneau, dans le bateau creusé dans un tronc d'arbre qu'il avait acheté à un Cajun. Sinon, un intrus s'apercevrait que l'accès à la cabane perchée sur ses pilotis au-dessus de l'eau boueuse des marais était impossible. Il n'y avait qu'un moyen de monter : une échelle de corde attachée à l'étroite entrée. Et cet accès était gardé par une femme de cent kilos dotée de croyances inébranlables et d'un fusil chargé.

– Ohé ! fit la voix de Raveneau qui pénétrait à peine l'air humide de l'après-midi. *C'est votre*[1] neveu, Raveneau ! Ne tirez pas !

Deely sourit. Raveneau fréquentait les Cajuns depuis si longtemps que la moitié du temps, il oubliait de parler anglais. La pirogue glissa silen-

1. En français dans le texte.

cieusement sous la cabane et bientôt elle vit les énormes mains couleur café du jeune homme empoigner l'échelle. Ses yeux étaient solennels.

– Qu'est-ce qui s'est passé ? Tu as eu des nouvelles de Marguerite ?

Deely avait besoin de savoir.

– Elle a appelé m'man y a à peu près deux heures, répondit-il vivement. L'a dit qu'y a une femme qu'est venue à la porte de la maison, là-bas, à Houston, et qu'elle a dit qu'on a essayé de tuer le petit, en Californie. Marguerite, elle a dit qu'elle s'est sauvée de la maison et qu'elle veut plus y retourner. Elle a dit qu'y faut que t'écoutes, qu'y faut que t'appelles cette femme qu'est en Californie, dire ce que tu sais. M'man, elle m'a envoyé, y faut que je te ramène.

La maman de Raveneau était également la maman de Marguerite. Et la sœur de Deely Brasseur. Et elle avait raison. Il fallait que Deely raconte à quelqu'un ce qu'elle savait. Le plan avait échoué.

Deely aurait voulu prier, mais au lieu de cela, elle descendit dans la pirogue. Elle prierait en chemin. Elle prierait pour qu'il ne soit pas déjà trop tard.

19

Point de croix

À Alpine, dans la banlieue de San Diego, Angela Reavey piquait une aiguille dans une toile de lin, la faisait ressortir. C'était une nappe, avec un motif de Noël au point de croix. Des guirlandes de feuilles avec des baies de houx et une bordure grecque vert forêt. C'était joli. Cela ferait une belle table pour le dîner de Noël.

Du poignet de son sweat-shirt, elle essuya les larmes qui embuaient les verres de ses lunettes d'écaille. Jennifer Martinelli ne verrait jamais d'autre Noël. N'aurait jamais d'autre joli cadeau enrubanné. Jennifer ne lirait jamais les livres de Laura Ingalls Wilder, n'essaierait jamais d'être cheerleader [1], n'aurait jamais de petit ami.

Angela cligna des yeux et regarda sa montre. C'était fini. Le petit corps brisé était maintenant enterré, les funérailles terminées, le cortège funèbre et les média étaient partis. Dans un monceau de fleurs déposé par les pompes funèbres sur la tombe

---

1. Cheerleader : jeune femme chargée d'entretenir, par la voix et le geste, l'enthousiasme des supporters d'une équipe. *(N.d.T.)*

toute récente devait se trouver un petit bouquet de boutons de roses roses. C'était Angela qui avait commandé ce petit bouquet. Celui, imaginait-elle, qu'on aurait pu lui donner le soir de son premier bal.

Dans le miroir placé au-dessus de la cheminée, Angela Reavey se considéra. Elle vit une femme ronde, avec les yeux rouges, vêtue d'un sweat-shirt appartenant à son mari. Gentille. Ordinaire. Assistante sociale. Pas le genre de femme à savourer le pouvoir de prendre des décisions dont dépendait la vie ou la mort d'enfants.

Elle avait demandé à Ben d'emmener les enfants quelque part cet après-midi-là, pour qu'elle soit seule pendant que se déroulait l'enterrement. C'était essentiel, ce moment calme et recueilli dans la solitude. Elle en avait besoin pour compléter le deuil de cette enfant qui n'était qu'un cas parmi des centaines d'autres dont les dossiers resteraient un moment sur son bureau.

Mais cette enfant-là était morte. Cette enfant-là avait été tuée.

Peut-être aurait-elle pu éviter cette tragédie. Peut-être pas. Mais elle n'oublierait jamais Jennifer Martinelli.

Le bruit d'une voiture dans l'allée vint déranger ses pensées. Ben, déjà de retour, mais où étaient les enfants ?

On frappa alors poliment à la porte.

Angela tira sur le sweat-shirt qui recouvrait ses hanches et alla répondre.

Deux hommes en chapeau de cow-boy se tenaient sur le seuil.

– Nous travaillons pour le *Dallas Times*, madame, fit le plus grand avec un accent traînant. Notre journal fait des articles sur les enfants martyrs et...

– Il faut que vous alliez voir le service des relations publiques, récita-t-elle. C'est le règlement des services sociaux. Je ne peux rien vous dire.

Il y avait eu plusieurs coups de téléphone émanant de journalistes, surtout la veille après l'audience à Sainte-Marie et les commentaires incendiaires d'Andrew LaMarche. Mais aucun journaliste n'était venu chez elle.

Le plus petit et le plus mince des deux mit délibérément la pointe de sa botte entre la porte et le chambranle. Angela remarqua que cette pointe de botte était recouverte d'un épais métal terne. Elle ne pouvait pas refermer la porte dessus, mais au moins la chaîne de sécurité était toujours en place.

– Vas-y ! ordonna le maigrichon d'un ton hargneux, et le grand donna un puissant coup d'épaule dans la porte entrouverte. La chaîne de sécurité se dégagea facilement et balança au bout d'un éclat de bois du chambranle blanc abîmé.

– Vous allez nous rendre un petit service, railla le grand en tordant le poignet d'Angela derrière son dos avant de l'envoyer dinguer à l'intérieur de la pièce contre le poste de télévision sur son pied portable.

Elle sentit l'arrière de son crâne qui brisait l'écran mais aucune douleur lorsqu'elle glissa à terre.

– Les calmants, pensa-t-elle.

Les calmants que le médecin lui avait donnés effaçaient la douleur.

– Que voulez-vous ? dit-elle en pleurant.

Ils étaient armés. Ils allaient la tuer.

– Vous connaissez quelqu'un qui s'appelle Bo Bradley ? demanda le petit maigre.

Il avait traversé la pièce et enfoncé le talon de sa botte dans son estomac. L'arme qu'il tenait à la main se terminait par un truc noir qui ressemblait à un accessoire d'aspirateur. Un silencieux. Ce devait être un silencieux. Ils pouvaient la tuer et les voisins n'entendraient pas les coups de feu.

– Elle travaille au service des enquêtes judiciaires, murmura Angela. Je ne la connais pas.

La botte plongea plus profondément dans son estomac, lui coupant la respiration. L'autre homme enveloppa son cou de sa grosse patte et la mit debout.

– Attrape ce téléphone, hurla-t-il, et trouve-nous où il est, ce Bon Dieu de môme débile. C'est Bradley qui s'en occupe. Tu travailles pour les mêmes gens. Tu peux trouver. Magne-toi !

Angela se sentit de nouveau propulsée, poussée, tirée, les bras sur le point de casser. Sans ménagement, on lui plaqua le téléphone contre l'oreille droite, une arme contre la gauche.

– Je ne peux pas... Je ne sais pas de quoi vous parlez, dit-elle dans un sanglot.

– D'un môme débile, un garçon. Il était à l'hôpital Sainte-Marie. C'était Bradley qui s'en occupait. Trouve-nous où il est, merde !

L'homme qui ressemblait à un ours se précipita dans la cuisine, s'empara du récepteur du téléphone qui s'y trouvait et tira le fil au maximum pour se planter dans l'embrasure de la porte cintrée donnant sur la salle à manger.

– Fais pas de conneries, la prévint-il. Je t'entends.

L'autre se tenait derrière elle, plaqué en maintenant l'arme contre son oreille, lui enfonçant le pouce de sa main droite sous le sternum en appuyant vers le haut. Ça lui causait une douleur atroce.

– Allez ! insista-t-il. Magne-toi !

Elle sentait sa nervosité, son impatience et sa colère. Sa haine. Sa peur. Dans le corps de cet homme, elle sentait l'absolue certitude qu'il la tuerait si elle n'obéissait pas.

Angela Reavey n'avait jamais perçu ce qui peut émaner d'un tueur. Son esprit ne fonctionnait plus, il ne restait plus qu'un faible bourdonnement à l'intérieur de son crâne. Alors une force puissante s'imposa. La survie. Ils allaient la tuer si elle ne faisait pas ce qu'ils disaient. Les doigts gourds, elle composa le numéro de l'hôpital Sainte-Marie.

– Les renseignements sur les sorties, s'il vous plaît...

La voix qu'elle entendit, aiguë et voilée, lui était inconnue : elle venait de sa propre bouche.

– Je suis Angela Reavey, du Service de protection de l'enfant...

– Oui. Mon numéro professionnel est le 17-262. Il me faut l'adresse de la famille où a été placé un enfant qui a quitté Sainte-Marie ce matin sous la responsabilité du S.P.E. C'est Bo Bradley qui a commencé l'enquête. Son nom doit être sur l'imprimé.

« Oui, je sais qu'il s'agit d'une adresse confidentielle, mais il y a eu des complications médicales et les services sociaux demandent que le dossier médical soit apporté par coursier à la famille nourricière aujourd'hui même afin d'éviter une interruption des soins quand l'enfant sera examiné par un médecin privé lundi. Le bureau de placement du S.P.E. est fermé le samedi. Il me faut l'adresse.

« 4917 Bayard dans Pacific Beach ? Les Chandler. Merci.

Angela Reavey sentit le bras gauche de l'homme se lever, perçut l'odeur âcre de sa transpiration, puis le poids de l'arme qui vint s'abattre sur la base de son crâne.

20

Une Voix sur le Répondeur

Après avoir récupéré sa voiture sur le parking de l'aéroport où se balançaient les feuilles de palmiers, Bo se força à s'arrêter à la clinique psychiatrique de l'université, ouverte vingt-quatre heures sur vingt-quatre, pour se faire délivrer des calmants assez puissants pour l'assommer. C'était difficile de rester tranquille. Elle avait fait les cent pas devant la pharmacie jusqu'à cinq heures en attendant ces stupides pilules. Mais ça irait bien. Elle allait rentrer chez elle, courir, tremper dans un bain chaud, avaler un calmant, et au lit. Il n'y avait pas d'autre solution. Rien d'autre qu'elle *puisse* faire, si elle voulait éviter des congés imprévus en enfer.

Le répondeur clignotait dans la pénombre lorsque Bo rentra chez elle, ôta ses bottes d'un coup de talon et verrouilla sa porte. Son appartement sentait le renfermé, mais il paraissait dangereux d'ouvrir les fenêtres étant donné les circonstances. Le simple fait d'allumer la lumière semblait suicidaire. Des gens armés de revolvers empoisonnés la surveillaient peut-être. Deux hommes froidement déterminés à tuer un enfant sans défense. Deux hommes qui avaient assassiné un infirmier qui se trouvait sur leur chemin. Bo regarda les pulsations de la lumière. Quels qu'ils soient, ces hommes répondraient sans doute à tous les critères courants établissant qu'ils jouissaient de leurs facultés mentales. Pas elle. Une donnée de l'existence.

Ne t'occupe pas du téléphone. Ne te mêle pas de cette histoire. Préserve-toi !

Avec une délibération exagérée, Bo se rendit pieds nus dans la salle de bains et fit couler l'eau chaude dans la baignoire. Dans la vapeur, les bulles transparentes ressemblaient à des bouches qui essayaient de crier, ne produisant que du silence. Elle fit tomber une poignée de feuilles de sauge dans l'eau et respira profondément. Cette odeur lui apporta un moment de calme tandis qu'elle se défaisait de l'ensemble enfilé il y avait quatre mille cinq cents kilomètres de ça et elle s'enfonça avec délices dans l'eau chaude.

Des tueurs, acharnés à assassiner Weppo. Qui étaient-ils ? Qu'avaient-ils à voir avec cette femme au regard froid et au goût effroyable en matière de décoration qui faisait de la politique au Texas ? LaMarche n'avait-il pas dit qu'ils avaient tiré sur Weppo avec un Smith and Wesson calibre 38 ? Mais qu'est-ce que c'était qu'un Smith and Wesson calibre 38 ? Ça faisait western. Bo imagina les armes que manipulaient Roy Rogers, Gene Autry, les cow-boys héros de ses premiers films. Des armes splendides en argent dégainées d'étuis cloutés de chrome pour abattre des méchants mal rasés portant des chapeaux noirs depuis les balcons des saloons. Les méchants (même à l'époque elle le savait déjà) étaient des cascadeurs qui tombaient sur des matelas en dehors du champ. Et où était le matelas qui devait recevoir Weppo, lui qui n'était même pas méchant ? Seulement un môme sourd, comme Laurie. Un môme sourd vivant, à l'inverse de Laurie. Par la porte ouverte de la salle de bains, Bo apercevait les faibles pulsations roses de la lumière du répondeur qui clignotait.

– Vite, vite, vite, ordonnait-elle.

Impossible de ne pas en tenir compte.

« Bo, c'est Es », annonça le premier message tandis qu'elle essuyait ses cheveux dégoulinants avec une serviette-éponge au-dessus de la machine. « Tu dois être en train de dormir. Je vais me coucher aussi. Mildred va bien ; elle perd ses poils sur le fauteuil préféré de Henry pendant que je te parle et Madge s'occupe du placement confidentiel du gamin. Appelle-moi quand tu te réveilleras, d'accord ? »

Le deuxième message était la quintessentielle Madge, l'efficacité personnifiée.

« Bo ? C'est Madge. Cette affaire est trop complexe pour être traitée à notre niveau. Je me suis occupée du placement en famille. Le S.P.E. va tout superviser, mais n'entrez pas en contact avec l'enfant tant que la police n'a pas fait son travail. C'est trop dangereux. En fait, vous ne devez plus vous occuper de cette affaire. J'espère que je me fais comprendre clairement, Bo. J'ai pris ma décision dans votre intérêt, et dans celui de l'enfant. À lundi. »

Trop tard, Madge. Le message avait dû être enregistré pendant que l'avion volait vers Houston. Il y avait un million d'années.

Dans la chambre, Bo enfila son sweat préféré, bleu sarcelle avec des symboles mayas sur les manches. Le répondeur fit un déclic suivi d'un bourdonnement pour délivrer le message suivant. Une voix étrange. Inconnue. Mêlée de pleurs. À travers la capuche humide de son sweat-shirt, la voix lui parvenait étouffée, les mots incompréhensibles. Une voix d'outre-tombe. Bo frissonna, rappela ses pensées à l'ordre.

Il n'y a pas de voix qui vienne des tombes, Bradley. Ce n'est pas Laurie. Ce n'est même pas Caillech Bera ; elle se lamenterait en gaélique, pas en anglais.

En tremblant, elle appuya sur le bouton de rembobinage puis sur play. Encore le message de Madge.

« À lundi. »

Et puis l'autre.

« Je m'appelle Delilah Brasseur », commença la mélopée délivrée par une voix de contralto. Une voix de femme, profonde et pleine de chaleur. Tremblante d'émotion.

« Jusqu'à il y a deux semaines, j'étais domestique chez les Rowe. Je suis au courant pour le bébé, le petit garçon. »

À cet endroit, la voix se brisa et céda la place à un silence si intense que la bande en plastique put le capter.

« Je sais pas qui vous êtes », dit Delilah Brasseur qui maintenant sanglotait, « mais il faut pas qu'il arrive quèque chose à mon petit ! J'ai appelé le papa pour qu'il vienne le chercher, et il est venu, mais si on a essayé de tuer l'enfant là-bas, ça veut dire qu'il est déjà arrivé malheur au papa. Il y a du danger ! Un danger si grand qu'on peut pas en parler ! Prenez le petit et mettez-le quèque part où personne saura, jusqu'à mardi. Après ça ira. J'peux pas appeler la police, j'peux rien faire de plus. Tout dépend de vous, madame, qui que vous soyez. Y faut me faire confiance, faites comme je dis ! J'vous en prie ! Tout dépend de vous ! »

Puis la bande s'arrêta dans un déclic et se rembobina automatiquement. À travers le sifflement que cela faisait, Bo entendait la phrase finale se répéter en écho.

« Tout dépend de vous... de vous... de vous... »

Elle n'entendait rien d'autre.

Dans son sac à main se trouvait un flacon de pharmacie en plastique contenant les calmants qui lui permettraient de dormir, qui la feraient dormir jusqu'au lendemain midi. Le médicament qui offrirait à son corps la possibilité de se reposer et de lutter pour redonner un certain équilibre à la bataille chimique inégale qui faisait rage dans son crâne. Forte de cette aide et grâce à quelques jours d'une vie tranquille bien disciplinée, elle pourrait s'en tirer. Pourrait échapper à l'hôpital, aux portes fermées à clef, au « jardin » entouré de murs en ciment où on pouvait marcher et fumer. Il y avait toujours un « jardin ». Il n'avait jamais de fleurs.

– La réalité, il n'y a rien d'autre que la réalité, prononça Bo solennellement.

Mais quelle était la réalité ? Elle avait peut-être imaginé le message enregistré sur la bande. Il n'existait peut-être même pas. Pas de « Delilah Brasseur ». Pas d'instructions claires et sans compromis. Seul le petit sifflement de la bande vierge qui défilait.

Bo connaissait, et c'était son catéchisme personnel, la différence entre une psychose maniaco-dépressive et une schizophrénie. Les deux étaient invivables, mais l'une pouvait comprendre des hallucinations auditives : on entendait des voix produites dans son propre cerveau, mais qui paraissaient venir de l'extérieur. Elle en avait été témoin. D'autres patients, hospitalisés, qui entendaient des voix venant de télévisions débranchées, de radios silencieuses, de bandes magnétiques vierges. Lorsqu'elle était plus jeune et qu'elle s'efforçait de comprendre le chaos psychiatrique, elle avait cru un moment que ceux qui souffraient de ces voix devaient capter les milliers d'ondes radiophoniques invisibles qui s'entrecroisaient dans l'air. Peut-être que ça venait des plombages qu'ils avaient dans les dents. Ou d'autre chose. Mais elle ne le croyait plus. On n'avait pas encore trouvé d'explication pour l'origine des voix qui tourmentaient les schizophrènes. Personne ne savait vraiment d'où elles venaient. Ni pourquoi elles venaient. Mais ce que savait Bo, c'était qu'elle n'était pas schizophrène. Qu'elle n'entendait jamais de voix. Que ça ne lui arriverait jamais. Ce qui voulait dire que le message enregistré était bien réel.

De nouveau elle appuya sur le bouton de démarrage. Estrella, Madge et Delilah Brasseur. Il était *là*.

« Prenez le petit et mettez-le quèque part où personne saura... »

Elle écouta encore. Et encore. Une Noire. D'âge mûr. Qui avait peur. Mais très courageuse. Dans sa voix, Bo entendait le timbre du courage, la tension extrême d'une décision désespérée mais définitive. Cette décision, ça avait été d'appeler Bo !

Le bourdonnement à peine perceptible recommençait. Comme deux moustiques métalliques qui auraient vécu dans ses oreilles. Le plan de travail, ses plats en terre, un sucrier mexicain acheté sur un coup de tête à cause de la fourmi à jamais prisonnière sous le verni, tout paraissait étrange. Temporel. Faux. Vaguement familier, mais pas vraiment tel qu'il semblait être. Dénué de substance, comme si tout pouvait disparaître d'un instant à l'autre ou se transformer en autre chose. Et ça n'aurait aucune importance. Rien n'avait d'importance, en dehors du message...

« ... emmenez-le quèque part où personne saura... »

Errant sans but dans son propre appartement, devenu un paysage d'objets qui fuyaient leurs définitions fonctionnelles, Bo rappela le fantôme de Lois Bittner à sa conscience. La conversation imaginaire. Le truc préféré en gestalt-thérapie, partout. Bo avait parlé à plus de fauteuils vides dans le bureau de Bittner qu'elle n'avait envie d'en compter.

Elle fixa son attention sur l'un des deux tabourets de bar malheureusement passés au blanc de chaux pendant une période Taos, et imagina la petite psychiatre perchée dessus, posant sur Bo un regard narquois.

« Vous dites qu'une parfaite inconnue a laissé un message sur votre répondeur vous enjoignant d'oublier l'instinct de préservation et de fuir afin de sauver un enfant sourd d'un danger totalement incompréhensible ? »

– Il ne s'agit pas de fuir, répondit Bo à voix haute. Il ne s'agit pas de fuir quoi que ce soit...

« Un enfant sourd ?... un danger que vous savez réel mais ne pouvez comprendre ? Est-ce que ça ne ressemble pas à Laurie ? À sa dépression dont vous vous êtes toujours sentie coupable parce que vous aviez l'impression de l'avoir abandonnée ? »

– Je sais que la dépression de Laurie n'était pas de ma faute. Elle était dépressive. C'est une autre version de l'étrange chimie du cerveau que j'ai, grand-mère O'Reilly avait la sienne, et ce grand-oncle d'Irlande qui a passé trente ans à écrire un poème racontant l'histoire du petit peuple de McGillycuddy's Reeks pour finir par se pendre à Derrynane Abbey. Je sais ! Mais ça, c'est différent...

« En quoi est-ce différent ? »

– C'est réel...

Le fantôme de Lois Bittner la regarda d'un œil perçant au-dessus de ses lunettes en demi-lunes.

« Le réel », énonça-t-elle avec précision, « n'est que ce qu'on croit réel ! »

Quelque chose n'allait pas. Lois Bittner n'avait jamais dit ça. La psychiatre, éminemment terre à terre, n'avait jamais laissé entendre que la réalité pouvait être fongible, avoir des aspects interchangeables, comme deux pièces de cinq *cents* qui peuvent en remplacer une de dix.

Bo fixait le tabouret vide. Elle le savait depuis le début. Elle avait exprimé cette affirmation avec l'accent de Bittner pour donner à cette notion une certaine autorité, une certaine crédibilité. Ses réactions dans cette affaire, concernant le petit garçon, étaient incontestablement teintées par Laurie. La vie torturée de Laurie que Bo avait fuie. Gênée. Honteuse.

Mais il y avait autre chose. Un motif tressé dans des bribes de brouillard, dessiné à l'encre invisible sur une multitude d'événements et de gens. Un simple glyphe, parfois un mot entier qui apparaissait par hasard. Un reçu d'épicerie, une femme du monde politique au Texas, un petit garçon qui apprend que le rouge a un nom.

Bo parvenait à sentir le goût de ce motif dans ses os. Tout autour d'elle, en elle.

« C'est la vision », répétait la voix de sa grand-mère.

– Quelque chose comme ça, admit Bo.

Et elle allait devoir choisir. Les instructions pressantes de Delilah Brasseur, ou les gélules correctement prescrites qui attendaient dans son sac à main. La préservation de soi ou un rôle dans un drame fatal qui ne pouvait être décrit, que ce soit au sens métaphorique ou au sens réaliste, que comme une folie.

Elle sonda son esprit pour y trouver des réponses, mais, au lieu de cela, vit des images. Laurie à Cape Cod, hurlant dans le vent. Mark tenant un bébé dont elle n'était pas la mère. Weppo, ses immenses yeux couleur caramel la suppliant depuis son monde de silence au bord d'une petite tombe.

– Non !

Le mot jaillit d'elle, comme un torrent de certitude qui vint bruire contre les meubles, renvoyant son écho au-delà des murs et sur la mer.

Elle était peut-être folle, et elle l'était assurément selon des critères courants, mais malgré tout elle était toujours Barbara Joan Bradley que sa petite sœur sourde appelait Bo. Et Bo Bradley ne tournerait plus le dos à la réalité, plus jamais. *Sa* réalité, pas celle de quelqu'un d'autre. Elle était peut-être bancale, mais c'était la seule réalité qu'elle avait. Et dans cette réalité, il y avait un petit garçon à qui il ne restait presque plus de temps.

21

« Le Tourbillon apporte la Poussière »

Chant paiute de Wovoka

À cent vingt mètres au-dessus du sol du désert, les violets de la Sierra Nevada derrière son dos, Annie Garcia se tenait, silencieuse, devant la maison de son petit-fils. Elle regardait danser le ciel. Elle regardait les couleurs prendre des nuances allant du magenta au lavande et au gris. Le soleil se couchait tôt sur la terre que son peuple réclamait. Une terre loin des villes, cachée entre la Sierra et les Monts Inyo.

Glacée, elle tourna les talons pour entrer dans la maison, mais il se passait quelque chose dans le ciel. Montant du désert au loin, des spirales de poussière alcaline s'élevaient en tourbillonnant, avec des contorsions de serpents qui essaieraient d'avancer dressés sur la queue. Une arabesque visuelle de lumière et de poussière. C'était un tourbillon !

– Grand-mère, lui lança respectueusement Charlie Garcia du seuil de la porte derrière elle, il commence à faire froid. Rentre.

Annie laissa ses yeux se poser un instant sur les

nuages de poussière. Ils montaient et retombaient, se mêlaient et s'affaissaient, déchiraient le ciel dans leur tourmente. Les esprits, encore eux. Ils surgissaient drapés de poussière pour crier des messages que personne ne pouvait comprendre hormis les chamans.

Annie n'était pas chaman. Mais elle avait une petite idée sur ce dont il s'agissait. Les esprits ne lui envoyaient-ils pas des signes depuis deux jours ? Toujours au sujet de l'enfant. Et de la femme blanche qui n'avait pas d'enfant et qui disait qu'elle était loco. Ce tourbillon était un avertissement, à leur sujet. Un avertissement lancé du désert vers le Sud, vers San Diego. Ils étaient en danger, tous les deux. Annie le savait. Mais que pouvait-elle faire, ici, à cinq cents kilomètres de distance ?

En se dirigeant vers la maison d'un air songeur, elle pointa le doigt vers le ciel.

– Le tourbillon, constata-t-elle.

Charlie hocha la tête d'un air sombre.

– Mais qu'est-ce qu'il signifie ? C'est Nu'mi/na'a ?

Annie soupira. C'était difficile, quand on était une vieille femme et qu'on avait un petit-fils qui était allé à l'université au Nouveau-Mexique et en était revenu plus « Indien » que tous les Paiutes qu'elle avait jamais connus. Charlie, à qui on avait donné le nom de son mari, était membre du conseil tribal et du conseil intertribal de la région. Il avait travaillé à Los Angeles assez longtemps pour économiser de l'argent et avait alors acheté une station-service à Lone Pine ; il avait épousé une femme shoshone et s'était installé pour de bon. Charlie ne buvait pas. Il attendait d'être assez vieux pour être chanteur. Être Paiute, c'était sa vie, disait-il. Et cela voulait dire qu'il attendait de sa grand-mère, puisqu'elle faisait partie des anciens, qu'elle sache tout.

– Il y a un enfant, commença Annie, qui n'entend pas...

– Attends, lui enjoignit Charlie en l'aidant à entrer dans la maison. Il faut que tout le monde t'écoute.

Dans la cuisine où l'air était chargé de vapeur, Annie se régala de pain frit et de miel tandis que Charlie réunissait les gens, occupés à des travaux de menuiserie. En quelques minutes, une quinzaine d'Indiens, venus pour le pow-wow célébrant la première menstruation et l'entrée dans l'âge de femme de la fille de Charlie, furent rassemblés dans la pièce où il faisait bon.

Annie considéra cette collection de chemises à carreaux, les visages de bronze aux pommettes larges, et rit sous cape. Elle se sentait bien, pas malade du tout. Elle s'était peut-être trompée pour la Danse des Larmes. Elle n'allait peut-être pas mourir après tout.

– Il y a un enfant, expliqua-t-elle lentement, qui est en grand danger.

Tout le monde écoutait. L'histoire allait être intéressante.

22

Bach, un calmant et du pain aux sept céréales

Bo choisit une cassette (la Toccata et Fugue en do de Bach) mais ensuite elle appuya sur le bouton eject. Les sons de l'orgue étaient trop religieux.

Tu n'es pas la Vierge Marie, Bradley, merde. Redescends sur terre.

L'un des concertos brandebourgeois, ce serait mieux. Il y avait moins de risque pour qu'il crée en prime le fardeau d'une auréole autour de sa tête déjà mal en point. Elle se saisit au hasard de l'un d'eux, introduisit la cassette sans ménagement et tenta de discipliner ses pensées au rythme de la musique.

« Va chercher Weppo et emmène-le quelque part », chantait-elle sur les accords baroques.

Mais où ? Et où cela allait-il la mener ?

Les cars et les trains n'allaient pas assez vite. Elle en était sûre. Mais pas assez vite pour quoi ? Un avion. Trop risqué, trop facile de retrouver leur trace même si elle utilisait un nom d'emprunt. Weppo ne passerait pas inaperçu, et par conséquent, malheureusement, elle non plus.

– Ah, vous voulez parler du sourd-muet et de la

folle aux cheveux roux ? D'accord. Ils ont pris le vol 89 à destination de Denver.

Bo entendait d'ici l'hôtesse qui vendait les billets expliquer ses allées et venues à quiconque viendrait lui poser des questions.

Et quelle peine encourait-on en Californie pour l'enlèvement d'un enfant ? Bo se vit au banc des accusés, menottes aux poignets, vêtue d'une aube blanche tandis que des juges en perruque arguaient du fait que c'était là le seul exemple dans toute l'histoire de la jurisprudence américaine où l'on pouvait justifier le recours à une défense invoquant la folie. Si ce n'est que les magistrats américains ne portent pas de perruque, et puis pourquoi avait-elle une aube ?

Un bruit résonna qui vint recouvrir la musique. Le téléphone. Le téléphone sonnait. Bo le contempla, mais ne répondit pas. Au bout de quatre sonneries, le répondeur se mit en marche.

La voix de Madge, tendue comme une corde de violon.

« Bo, il est arrivé quelque chose. »

Sans blague, Madge ! Merci de me faire partager ça.

Madge semblait choisir chacun de ses mots dans le dictionnaire avant de les prononcer. C'était un récit lent. À la mauvaise vitesse.

« Angela Reavey a été attaquée. Son mari et ses enfants sont rentrés chez eux et ils l'ont trouvée il y a quelques minutes. Elle a apparemment été frappée à la tête. Elle vit toujours, mais il n'est pas évident qu'elle s'en sorte. Ils sont en train de l'emmener à l'hôpital en ambulance en ce moment même. »

Il y eut un court silence.

« Je ne sais pas pourquoi, mais je crois qu'il y a un rapport avec votre Johnny Doe. Je vous appelle pour vous dire, ne restez pas là ! Si vous rentrez chez vous, repartez ! Allez chez Estrella, ou dans un motel. Nos services paieront. Et appelez-moi.

Madge raccrocha et Bo passa la vitesse supérieure.

Angela Reavey ? Angela Reavey n'avait rien à voir avec l'affaire Weppo, à aucun niveau. Reavey s'occupait des conciliations, en fin d'enquête, estimant à quel moment les familles étaient réhabilitées et prêtes à reprendre leurs gosses après leur séjour en famille d'accueil. Pourquoi des tueurs s'en prendraient-ils à Reavey ?

Bo laissa son regard se poser rapidement un peu partout dans la pièce tout en réfléchissant. Des tabourets de bar. Un tapis navajo. Ses bottes, qu'elle avaient envoyées valser dans la pièce dès qu'elle avait passé la porte. Le tas de journaux qu'elle avait achetés à Houston et machinalement portés de l'avion à la voiture, et de la voiture dans l'appartement.

Les journaux !

Elle avait trouvé. Le nom d'Angela Reavey était dans tous les journaux à cause de l'affaire Martinelli. N'importe qui, absolument n'importe qui, pouvait savoir que Reavey travaillait pour les services de protection de l'enfant. Et tous ceux qui ne travaillaient pas pour les services de protection de l'enfant n'avaient aucun moyen de connaître les complexités du système. Ne pouvaient pas savoir... mais une minute. Reavey avait forcément un numéro d'identification, comme n'importe quelle autre assistante sociale. Et avec ça, elle pouvait obtenir des renseignements sur n'importe quelle affaire, et n'importe quel enfant, du système.

Bo prit de profondes inspirations et laissa l'air s'échapper lentement. Puis elle se dirigea vers le téléphone.

Les tueurs étaient allés chez Angela Reavey pour

savoir où était Weppo. Ils l'avaient frappée violemment. Leur avait-elle dit ? Bo essaya de se souvenir d'Angela Reavey, en vain. La plupart des femmes qui s'occupaient des conciliations étaient du genre maternel. Elles passaient beaucoup de temps avec les gamins dans les familles d'accueil. C'étaient des femmes gentilles. Des assistantes sociales. L'une d'elles pouvait-elle résister à la violence, à la torture, à une menace de mort ?

Bo composa le numéro de l'hôpital Sainte-Marie et se dit qu'elle ne devait pas oublier de parler lentement.

– Le bureau des sorties ? Je suis Bo Bradley. Mon numéro est le 20-035. J'appelle au sujet d'un certain Johnny Doe dont le dossier m'a été confié et qui est sorti aujourd'hui...

– Oui, madame Bradley, l'interrompit l'employée. Nous sommes au courant pour le dossier médical. Madame Reavey a appelé il n'y a pas longtemps. On s'en occupe.

– Quel dossier médical ? Mais de quoi vous parlez, Bon Dieu ? Vous avez donné à Reavey l'adresse de la famille où est mon gamin ?

Bo sentait des flots de rage courir dans ses bras et dans ses mains.

– Oui, mais je ne peux pas vous donner ce renseignement...

L'employée, nerveuse, retrouvait cet accent nasal borné pour lequel est réputé chaque membre des échelons inférieurs de chacune des bureaucraties du monde occidental. Bo aurait été heureuse de casser le nez de cette femme qui continuait sa complainte.

– Il y a une note de service sur l'ordinateur. Il a été mis là par une certaine, euh, Madge Aldenhoven, pour dire qu'on ne doit communiquer aucune information à Bo Bradley...

– Vous mourrez à petit feu, emportée par une maladie des gencives rare qui vous défigurera, lui promit Bo, et personne ne viendra à votre enterrement !

Elle plaqua rageusement le récepteur sur son socle, ce qui envoya un éclat de plastique beige voler dans l'évier.

Comment allait-elle découvrir ce que les tueurs savaient déjà ? Qui allait lui dire où était Weppo ? Pas l'hôpital. Pas Madge. Et la police ? Ils pourraient être là-bas en un rien de temps, avec des sirènes. Ils pourraient sauver Weppo, eux.

– Je voudrais parler à Bill Denny, demanda Bo après avoir composé le numéro de la police de San Diego.

– Denny n'est pas là. Il a terminé son service. Est-ce que je peux vous passer une autre personne de son unité ?

– Non. Oui. Pourquoi pas. Mais dépêchez-vous !

– Service criminel, répondit une voix décontractée. Inspecteur Gottleib.

– Je suis Bo Bradley du S.P.E. Il y a quelqu'un qui va tuer un gamin, celui sur qui on a tiré hier soir à l'hôpital Sainte-Marie. Ils sont en route pour se rendre chez la famille d'accueil, les tueurs, je veux dire. *En ce moment !* Il faut envoyer des voitures de police. Utiliser des sirènes...

– Je suis au courant de cette affaire, fit Gottleib. C'est Bill Denny qui travaille là-dessus. Du moins *c'était* Denny. Je crois qu'on lui a confié autre chose...

– Je vous en prie, écoutez-moi, dit Bo en essayant de parler doucement.

Elle tremblait, elle frissonnait.

– Il n'y a pas une minute à perdre. Appelez l'hôpital Sainte-Marie et demandez-leur où habite cette famille. Ils voudront bien le dire à la police. Après il faut que vous envoyiez immédiatement un groupe de la Brigade spéciale d'intervention.

C'était sans espoir. Même si Gottleib y mettait du sien, il lui faudrait une demi-heure pour passer tous les coups de téléphone nécessaires afin de confirmer ce qu'elle lui avait dit. Et d'ici une demi-heure, Weppo pourrait bien être aussi immobile et inerte que Laurie.

« Tout dépend de vous... »

Les paroles de Delilah Brasseur résonnaient en écho dans la musique qui envahissait la pièce.

« De vous, de vous, de vous...

Bo serra les poings et fut secouée d'un sanglot. Elle avait envie de tout casser dans son appartement, d'attaquer les murs, de détruire l'immeuble tout entier et d'en projeter chaque morceau dans la mer d'un coup de pied.

Mais Bach était là, mélodieux, répétitif, précis. La musique s'infiltrait dans ses artères comme de la fumée. Apportant le calme, mais imposant sa présence.

« Soit tu te calmes », ordonnait-elle, « soit tu choisis ce que tu vas mettre pour l'enterrement de ce petit garçon. »

Bo versa les trois quarts de la poudre que contenait une des gélules dans l'évier, et avala ce qui restait en prenant quelques gorgées d'eau. Sur un estomac vide, l'effet fut quasiment immédiat.

Les tremblements s'atténuèrent. Sa rage qui bouillonnait devint un frémissement. Elle parvint à réfléchir un peu.

Tu as l'estomac vide. Mange quelque chose ou tu vas vomir.

Un sachet contenant un pain aux sept céréales acheté dans un rare moment de souci pour sa santé se trouvait sur le plan de travail. Bo s'empara d'une tranche et l'engloutit tout en faisant les cent pas.

Comment pouvait-elle découvrir où était Weppo ? Qui voudrait bien le lui dire ?

Elle passa en revue les gens qui étaient forcément au courant. Madge. L'employée qui enregistrait les sorties. Bill Denny. Inutile. Il y avait une conspiration pour l'empêcher d'approcher Weppo. Une conspiration qui lui assurait une mort certaine.

Elle voyait ses yeux immenses la supplier, comme ils l'avaient fait à l'hôpital quand il avait fait le signe des buveurs de bière avant de jeter son gobelet à terre, ce qui avait mis l'infirmière en colère.

L'infirmière !

Une dernière chance, toute petite en plus. Mais une chance tout de même.

– Je voudrais parler à l'infirmière qui était de service hier matin, dit Bo à l'infirmière stagiaire qui prit son appel au deuxième étage. Je ne me souviens plus de son nom, mais elle m'a proposé de me prêter des livres et ça m'intéresse vraiment... Euh, je suis Barbara O'Reilly. Je travaille pour le Service de protection de l'enfant. Vous savez...

En utilisant son nom de jeune fille, elle ne mentait pas et évitait d'être tout de suite reconnue.

– Ah ! oui, répondit la stagiaire. C'est Susan Cooper. Elle est toujours en train de lire ces livres religieux. Son numéro personnel, c'est le 570-5782.

– Merci, dit Bo posément avant de raccrocher.

Susan Cooper fut transportée de joie quand Bo lui annonça qu'elle avait changé d'avis.

– Les voies du Seigneur sont impénétrables, murmura-t-elle. Mais j'ai compris en vous voyant regarder le livre du docteur Hinckle hier que vous étiez quelqu'un de spécial.

Pendant le temps qu'il fallut à Susan Cooper pour prononcer « spécial », Bo aurait pu refaire le carrelage de sa cuisine.

– Eh bien, en travaillant sur cette affaire j'ai réfléchi à ce que dit le docteur Hinckle, fit Bo sur un ton chantant qui imitait les inflexions de Cooper. Vous savez, quelquefois, j'ai besoin d'être guidée, en voyant tous ces pauvres enfants...

– Oh, oui, j'en suis *sûre* ! Et cet *adorable* petit garçon sourd, comment va-t-il ?

L'infirmière Voilier ne savait pas que l'affaire avait été retirée à Bo. Attention. C'était sa seule chance.

– Il est dans une famille *merveilleuse* ! susurra Bo. Des gens pleins de *tendresse, d'attention* ! Les avez-vous rencontrés quand ils sont venus chercher Weppo ?

– Les Chandler ? Bien sûr ! Ils sont venus juste avant que je termine mon service à trois heures et demie. Ils avaient l'air tellement gentils.

Bo essaya de ne pas oublier de respirer et alla droit au but.

– Ils ont une belle maison en plus. J'étais tellement contente que Weppo puisse être si près de... vous savez...

– De la plage ? Oui, ça va être formidable pour ce petit bonhomme et puis il y a ce fabuleux marchand de glaces dans Garnet Street...

Garnet... c'était près de Pacific Beach.

Bo reposa le récepteur et vérifia le contenu de son sac. Du lithium. Des calmants. Elle fourra le pain aux sept céréales par-dessus les médicaments d'une main, chercha les C dans l'annuaire de l'autre. Richard et Caroline Chandler habitaient 49 Bayard Beach.

C'étaient des maisons proches de la plage, au nord de l'endroit où habitait Bo, à cinq minutes en voiture.

Elle se précipita vers la porte en courant. Elle allait juste pouvoir y arriver. Elle allait peut-être avoir juste assez de temps.

23

Estrella

Estrella Benedict caressait le poil doux du fox-terrier installé sur ses genoux. Mildred ne courait aucun danger. Mais que fallait-il faire pour Bo ? Elle ne dormait sûrement plus. Elle aurait déjà dû appeler.

Abandonnant au chien le fauteuil de brocart, Estrella se leva pour arpenter son salon dans toute sa longueur, une fois de plus.

– On vient d'acheter la moquette, lui fit remarquer Henry, son mari, qui était installé sur le canapé. Tu fais des marques.

– T'es vraiment drôle, répliqua-t-elle. *Muy lindo.* Je suis inquiète pour Bo. Elle n'a pas appelé.

– Alors appelle-la, suggéra Henry Benedict.

– Elle ne répondra pas, même si elle est là. Pas quand elle est, tu sais, quand elle est un peu déphasée. Elle reste dans son appartement sans sortir et elle peint ces trucs indiens, elle ne répond pas au téléphone. Elle dit que ça lui fait du bien.

– Alors c'est que ça lui fait du bien.

Henry, homme peu loquace aux idées claires, réajusta les organes de visée du fusil qu'il venait de nettoyer, et le replaça avec un bruit sec sur le râtelier à l'intérieur d'une vitrine faite sur mesure. Il ne la referma pas à clef.

– Tu veux y retourner voir ?

– Non, répondit Estrella dans un soupir. Nous y sommes allés il y a tout juste deux heures. Je n'ai pas vu sa voiture. Elle est peut-être allée dans un motel, comme Madge lui a dit. Mais Madge ne lui a pas véritablement parlé, elle lui a juste laissé un message. Je ne pense pas que Bo ait eu son message sur ce qui est arrivé à Angela Reavey. Je sais qu'elle m'aurait appelée. Et elle serait venue chercher Mildred. Jamais elle ne laisserait Mildred aussi longtemps à moins qu'il ne se soit passé quelque chose.

– Madge appellera quand ils en sauront plus en ce qui concerne Reavey, insista Henry pour la quatrième fois en moins d'une heure. En attendant, tout ce qu'on peut faire, c'est attendre.

Henry Benedict espérait que les hommes qui avaient tiré sur le garçon viendraient chez lui pour y chercher l'amie de sa femme. Il était prêt. Un peu plus tôt, il avait stupéfié deux témoins de Jéhovah, les expulsant du perron en les poussant avec la porte moustiquaire, puis leur braquant un fusil dessus alors qu'ils étaient étalés sur la pelouse. Estrella savait que cette scène la ferait rire, plus tard, quand elle pourrait la décrire à Bo. Les visiteurs avaient abandonné un tas de petites brochures et une Bible dans l'herbe dans leur hâte à battre en retraite. Henry avait cassé un cure-dent en plastique en deux entre ses mâchoires et en avait craché les morceaux sur la pelouse.

– *Bordel*, avait-il soupiré. J'aurais bien voulu que ce soit les sacs à merde qui ont tiré dans tous les coins à l'hôpital.

– Je vais appeler Madge, déclara Estrella en s'adressant directement à la nouvelle moquette bordeaux sous ses pieds.

– Madge est à l'hôpital avec le chef de Reavey, répondit Henry à la place de la moquette. Tu le sais bien.

Un miroir biseauté très travaillé placé au-dessus de la cheminée, cadeau de mariage de deux tantes habitant à Culiacan, renvoyait par tranches l'image de la pièce. Estrella caressa l'idée de le briser sur la tête de son mari. Il fallait qu'elle fasse quelque chose, qu'elle appelle quelqu'un.

– Andrew LaMarche a aimé la façon dont Bo s'est occupée de cette affaire, signala-t-elle.

– Et alors ?

– Alors je vais l'appeler.

Henry Benedict s'empara d'un livre de poche sur l'histoire de la guerre de Sécession dont il avait abandonné la lecture. Il connaissait sa femme et ses origines latino-américaines. Impulsive, et elle venait d'atteindre le point où elle allait exploser. Il n'était pas question de la faire changer d'avis. Il n'essaya donc pas.

Andrew LaMarche accepta de répondre à l'appel qui avait été filtré par ses services.

– *Bueno*, commença Estrella d'une voix excitée à l'accent plus marqué. Je suis une amie de Bo Bradley. Nous travaillons dans le même bureau. Je suis folle d'inquiétude. Je crois qu'il s'est passé quelque chose. Je ne sais pas bien comment mais je crois que Bo est entraînée dans cette histoire de garçon sourd et qu'elle est en danger.

Andrew LaMarche l'écouta avec gravité. Il avait appris ce qui était arrivé à Angela Reavey, et avait de plus en plus honte d'avoir utilisé son nom dans l'attaque en règle qu'il avait lancée contre le Service de protection de l'enfant. Le chirurgien qui s'occupait de Reavey lui avait téléphoné, sur sa propre demande, pour lui annoncer que l'état de santé de la victime était critique mais qu'elle avait une chance de s'en tirer.

Et maintenant, ça.

Bo Bradley avait disparu. LaMarche se souvint de la profonde émotion qu'elle avait témoignée pour le petit garçon sourd. Et de sa colère quand il s'était montré arrogant. Il admirait Bo Bradley. La pensée qu'il puisse lui arriver quelque chose était douloureuse.

– Que voulez-vous que je fasse ? demanda-t-il à Estrella.

– Je ne sais pas, répondit-elle désormais vidée de son énergie. Mais il y a forcément quelque chose à faire.

– Je vais y réfléchir, proposa LaMarche.

C'était le moins qu'il pouvait faire.

24

Famille d'accueil

Ne fais pas d'excès de vitesse ; suis le rythme de la circulation, dit Bo à la BMW quand elle se glissa au milieu des voitures qui se dirigeaient vers le nord sur Sunset Cliffs Boulevard.

Le paysage se traînait à côté d'elle tel un documentaire touristique défilant au ralenti. Le fleuve San Diego, plat comme un miroir. Dog Beach sur la gauche où un homme en complet veston enfonçait jusqu'aux chevilles dans le sable, regardant un teckel à poils longs qui reniflait le cadavre d'un petit requin. Mildred adorait Dog Beach. Bo espérait qu'Estrella l'y emmènerait faire des balades s'il arrivait quelque chose et qu'elle ne puisse plus le faire elle-même.

La pensée de Mildred suffit à lui faire monter les larmes aux yeux. Elle fut saisie d'une envie de se ranger au bord de la chaussée et de pleurer. Mildred était un cadeau d'anniversaire que Mark lui avait fait treize ans plus tôt. Dans une autre existence, avant qu'un chauffeur de camion qui transportait du marbre du Vermont vers un chantier de construction de Poughkeepsie n'ait découvert Mary Laurie O'Reilly, morte en bordure du New York Thruway.

Le petit fox-terrier représentait un lien avec un passé dont Bo aimait se souvenir. Une époque où Mark et elle s'apprêtaient à travailler avec des gens de race indienne. Bo avait fait un tableau représentant une mère navajo et son enfant que l'UNICEF voulait acheter pour leur série de cartes de Noël. Ça aurait marqué le début d'une carrière d'artiste témoin de sa société. Mais Laurie était morte à ce moment-là et Bo n'avait pu endiguer la marée déferlante de ses pensées, les montagnes russes en folie, endiablées, qu'empruntaient ses idées et ses sentiments en se succédant sur un tel rythme qu'elle était incapable de finir ses phrases. Finalement, elle n'avait plus été capable de parler du tout et avait été hospitalisée pendant trois mois. La seule chose qui n'avait pas changé quand elle était sortie de l'hôpital, c'était Mildred.

Loin au large, la couverture marine stagnait au-dessus de l'eau, cette bande grise de brume qui s'incurvait avec l'horizon. De ses profondeurs, Bo eut le sentiment d'entendre la plainte lointaine de Caillech Bera. La vieille sorcière qui hantait chaque carrefour balayé par le vent.

Cette image fit surgir quelque chose de profondément enfoui en elle.

– Aye, et c'est point cette fois-ci qu'tu m'auras, Cally ! s'écria-t-elle entre des lèvres tremblantes. Va encore falloir que t'attendes !

Les mots qu'avait prononcés sa grand-mère. Avec son accent du terroir familier. Une source de force quand il n'y avait plus rien d'autre.

Elle essuya ses larmes sur la manche de son sweat-shirt et négocia la succession difficile de virages prononcés qui lui ferait franchir les stations balnéaires bordant Mission Bay et pénétrer dans le vieux quartier de Pacific Beach. Les minutes s'égrenaient furtivement, glaciales. Toutes ces voitures. Les touristes, venus hors-saison avec leurs planches, qui allaient se retrouver bleus de froid après deux minutes dans le Pacifique puis qui iraient raconter à tout le monde en rentrant chez eux qu'ils avaient fait du surf.

Enfin. Un virage à droite dans Garnet, un bloc à remonter, à gauche dans Bayard... 4917.

La maison était un pavillon semblable à tous les autres dans le quartier. Structure de bois, peinte en gris et en crème. Un balcon au premier étage offrait probablement une vue sur la mer. Un vélo d'enfant avec ses petites roues stabilisatrices gisait sur le côté dans l'herbe. Les Chandler avaient eux-mêmes des enfants, ou un enfant.

Bo rangea la BMW de l'autre côté de leur allée mais laissa le moteur tourner.

Alors qu'est-ce que tu fous, maintenant, Bradley ?

Des lumières allumées. Des voitures dans l'allée. Tout paraissait normal. L'heure du dîner. Ils étaient probablement à table. Pas de voitures de police, pas de voiture de location Surf 'n' Sun. Les hommes avec leurs armes à feu n'étaient pas encore arrivés. Mais ils allaient venir, et bientôt.

Bo farfouilla sous le pain aux sept céréales dans son sac et trouva le badge à son nom. L'accrochant à son sweat-shirt, elle se hâta de remonter l'allée et frappa à la porte. L'homme qui lui ouvrit la jaugea en quelques secondes, ses yeux trahissant cette méfiance que Bo ne connaissait que trop.

Trop tard, elle se souvint que ses cheveux étaient en désordre, lavés de frais, volant autour de sa tête en un enchevêtrement électrique de boucles où le roux se mêlait d'argent. Ses yeux battus d'avoir pleuré. Pas de maquillage. Vêtue d'un sweat-shirt. Pas un beau tableau.

Richard Chandler avait tout de suite vu à qui il avait affaire. Une folle. Importune. Tout à redouter.

– Je suis juste passée déposer un carton de vêtements, dit-elle d'un ton détaché.

C'était la procédure ordinaire quand un enfant était placé dans une famille d'accueil. L'employée des services sociaux allait récupérer les affaires de l'enfant chez lui, quand c'était possible, pour faire économiser au comté de San Diego la dépense correspondant à l'achat de garde-robes pour des milliers d'enfants chaque année. Sauf que Weppo n'arrivait pas de chez lui. Il n'y avait ni habits, ni jouets, ni objets jalonnant une histoire.

Richard Chandler paraissait étonné.

– Quels vêtements ? demanda-t-il. Je ne vois pas de vêtements.

– Dans la voiture, marmonna Bo sans conviction. Je voulais m'assurer que j'avais bien la bonne adresse...

T'es en train de tout faire foirer, Bradley. Fais quelque chose.

Mais quoi ? Ce type-là n'allait pas la laisser pénétrer dans la maison. Et tout ce qu'elle dirait serait ravalé au rang de délire incompréhensible, même si Chandler était forcément au courant de l'attaque dirigée contre Weppo à l'hôpital. Elle serait incapable de s'exprimer suffisamment lentement pour être prise au sérieux, serait incapable de trouver des mots sensés.

« Il y a du danger. »

Les paroles de Delilah Brasseur vibraient dans l'air.

« Un danger si grand qu'on ne peut pas en parler. Y faut pas qu'il arrive quèque chose à mon petit... »

Bo posa un regard nerveux sur l'immense plante

couleur de jade à côté des marches. Ses épaisses feuilles vertes semblaient prêtes à se fendre sous la pression de ce qu'elles contenaient.

– Alors ? fit Richard Chandler avec un haussement de sourcils.

Puis un cri. Un cri guttural, familier, rauque au moment où un petit garçon aux immenses yeux fauve et aux cheveux ressemblant à du fil torsadé, se précipita devant l'homme qui se tenait à la porte et se jeta dans les bras de Bo.

– Weppo ! s'exclama-t-elle dans un souffle en serrant le petit corps très fort entre ses bras.

Elle avait envie de pleurer, crier, sangloter, laisser libre cours au tumulte d'émotions qui faisaient rage en elle. Et ce serait ce qu'elle pourrait faire de pire.

– Viens, on va aller chercher tes affaires dans la voiture, gazouilla-t-elle à l'oreille du garçon dans ses bras tout en jetant par-dessus son épaule ce qu'elle espérait être un gentil sourire à l'adresse de l'homme au crâne dégarni en vêtements kaki qui se tenait sur le seuil. Il n'y a pas grand-chose. On y arrivera bien tous les deux, pas vrai, champion ?

Toutes les assistantes sociales appellent les petits garçons « champion ». Bo espéra que son imitation était convaincante.

Richard Chandler avait vu son badge. Il ne voulait pas se montrer grossier vis-à-vis de l'agence qui les payait, sa femme et lui, pour s'occuper des enfants qu'ils recueillaient. Bo espérait qu'ils étaient nouveaux dans ce rôle : un pro l'aurait clouée au sol avant de l'autoriser à faire ce qu'elle s'apprêtait à faire.

Se comportant comme si la porte du côté du passager était fermée à clef, elle eut un haussement d'épaules de feinte exaspération, porta Weppo du côté du conducteur et le posa au sol. De manière prévisible, il se hâta de grimper dans la voiture dès qu'elle ouvrit la portière. Les gosses font toujours ça. Surtout un gosse habitué à être enfermé. Les voitures représentent la promesse d'un mouvement, de quelque chose d'intéressant à faire.

Le froncement de sourcils de Richard Chandler s'accentua et il commença à descendre l'allée.

– Hé !

Plus le temps.

Bo se jeta dans la voiture et enfonça le levier de vitesse en position marche avant. La portière se referma toute seule quand son pied écrasa l'accélérateur.

Fiche le camp d'ici !

Monter jusqu'au coin de Bayard et de Law. À droite sur Law pendant trois blocs jusqu'à une rue sans panneau. À droite à nouveau. Bo se sentait comme un rat dans un labyrinthe. Chandler devait être lancé à sa poursuite. Peut-être allait-il d'abord appeler les flics. En tant que chef de famille d'accueil diplômé, il avait dû être formé à le faire. C'est sûrement ça qu'il allait faire. Mais où devait-elle aller, elle ?

Weppo la regardait, yeux écarquillés, sur le siège du passager. Confiant. Intéressé.

« Faut pas qu'il arrive quèque chose à mon petit », murmura une voix de contralto par-dessus le vrombissement du moteur.

– Ne vous en faites pas, Delilah Brasseur, même si je ne vous connais même pas, répondit Bo à haute voix. Je l'ai, votre petit.

Arrête de gueuler et choisis une direction, Bradley.

Mais laquelle ? L'Insterstate 5 était la principale artère pour sortir de la ville. Au nord, vers L.A., et au sud vers le Mexique. Mais ce serait le premier endroit où les flics iraient chercher. Autant pour l'I-5.

Prenant à gauche sur Grand, Bo suivit la rue bondée, s'éloignant de la côte vers l'intérieur des terres, jusqu'à ce qu'elle se divise en deux. À gauche commençait Balboa qui s'acheminait vers les hauteurs et la communauté résidentielle de Clairemont. Maisons, appartements, copropriétés, centres commerciaux paisibles. La cité dortoir centrale de San Diego. Personne ne s'attendrait à ce qu'elle se réfugie là.

Weppo fit un large sourire et exécuta le signe du buveur de bière. La balade l'enchantait. Il voulait prendre quelque chose pour fêter ça.

Au coin de Balboa et de Genesee elle vira brusquement pour entrer dans une station-service. Si elle avait l'intention d'aller quelque part, il faudrait qu'elle ait de l'essence. Weppo faisait des bonds sur le siège avant pendant qu'elle se servait à la pompe, et il répétait sans cesse son signe de buveur de bière.

C'est l'heure de dîner, Bradley. Il a faim. Mais qui lui a appris ce signe ?

Les jeunes élèves s'en servaient beaucoup. Bo se souvint du drogué dans une voiture couleur de courge. « Blanc, sexe masculin. Jeune. Dans les vingt-trois ans », avait dit Bill Denny. L'âge correspondait. Était-ce lui qui avait appris à Weppo... ? Un autre souvenir s'imposa.

« J'ai appelé le papa pour qu'il vienne le chercher, et il est venu, mais si on a essayé de tuer le petit là-bas, ça veut dire qu'il est déjà arrivé malheur au papa. »

Le papa !

Bo frissonna, paya l'essence. Le jeune homme qui était mort d'une overdose dans une rue du centre ville, c'était le père de Weppo. Mais qui était-il ? Pourquoi la bonne des Rowe l'avait-elle appelé pour qu'il emmène Weppo ? Qu'il l'emmène loin de quoi ?

Bo pensa à des boulets de charbon chauds sous des cendres grises dans un âtre de cheminée. Une boîte de spaghettis à la tomate. Le père de Weppo avait bien eu l'intention de revenir.

Dans la voiture, le petit garçon s'impatientait.

« Manger ! Maintenant ! » exigeait le geste de la main.

– Ton père est mort, prononça Bo entre ses larmes.

Weppo se frotta l'estomac sous le tee-shirt bleu marine qui portait l'inscription « San Diego Padres », et répéta ses signes témoignant une volonté inflexible. De l'autre côté du parking qui s'étendait devant un grand magasin de la chaîne Mervyn, il y avait un petit restaurant mexicain. Bo engagea la BMW sur l'arrière et se gara.

– Nous allons manger, dit-elle en souriant et en approchant de sa bouche sa main placée en coupe dans le double geste qui, dans la langue des signes, signifie à la fois manger et nourriture.

Weppo reproduisit exactement ce signe, mais Bo était sûre qu'il n'avait pas établi le lien intellectuel entre le signe et ce qu'il représentait. Il faudrait du temps pour ça.

– Et ça, ajouta-t-elle en montrant le bâtiment, c'est un restaurant.

Elle fit le signe avec les doigts croisés sous ses lèvres. Weppo l'imita, étudia l'intérieur du bâtiment, regarda le cuisinier qui laissait tomber des tacos repliés dans des cuves d'huile chaude, refit le signe.

Leurs tacos au poulet allaient être prêts dans trois minutes.

Dans les toilettes pour femmes, Weppo fit ses ablutions de manière expéditive puis regarda Bo qui essayait de se donner un peu moins l'allure de la Folle de Chaillot. Si les flics les rattrapaient, elle voulait avoir l'air présentable avant d'aller en prison. Tandis qu'en tremblant elle mettait du rouge à ses lèvres, le petit garçon se pendit à son sweat-shirt, montra son menton et recourba son doigt vers le bas : le signe symbolisant la couleur rouge.

Le rouge à lèvres ne contribua pas beaucoup à donner l'illusion de calme et de contrôle des facultés mentales dont elle avait grand besoin. Cela faisait deux jours qu'elle n'avait pas dormi. Même avec le bâton anti-cernes couleur chair, la peau entourant ses yeux avait un aspect violet tirant sur le verdâtre. Cadavérique. Halluciné.

De retour dans la voiture elle ouvrit une autre gélule de calmant et versa un peu de poudre blanche dans son Coca. Elle allait le faire durer, le boire progressivement en route. En route pour où ?

Weppo, revigoré par son taco et son jus d'orange, sautait en l'air sur le siège avant. Il n'y avait pas moyen de le faire tenir tranquille, de l'obliger à garder sa ceinture de sécurité. Et c'était dangereux.

Dépassée, Bo posa un œil sur son Coca drogué et pensa à proposer au garçon d'en boire une petite gorgée. Pas étonnant que quelqu'un l'ait mis sous Thorazine. Il ne tenait pas en place.

Mais c'est vrai que Laurie avait été comme ça, elle aussi. Ce n'était quand même pas une excuse pour donner des calmants à un enfant.

À un grand magasin du centre commercial, Bo s'arrêta à nouveau et emmena Weppo à l'intérieur. Livres de coloriage, papier, crayons de couleur, feutres, et une lampe torche. Peut-être que ça marcherait. Du coffre de sa voiture elle sortit le sac de couchage qu'elle y gardait toujours et le déroula sur le siège arrière.

– Là ! montra-t-elle par signe en le soulevant pour le mettre dedans. Tu restes là.

Quand elle revint sur Balboa, la rue était éclairée, ainsi que les panneaux indicateurs : « 163 Nord » disait l'un d'eux.

Où cela menait-il ? Bo essaya de s'en souvenir. Est-ce que ça ne retournait pas sur la 15 ? Elle avait déjà pris la 15, pour se rendre...

C'est ça, Bradley.

La 15 allait la conduire en dehors de la ville, dans le désert. La 15 était celle qui menait vers les pictogrammes de Coso, vers Owens Valley et Lone Pine. C'est là qu'elle allait aller. Vers les représentations mystiques peintes sur la roche il y avait mille ans de ça. Elle entendait le chant qu'elles lui adressaient. Une mélopée scandant un apaisement aride et silencieux. Et Annie Garcia était bien à Lone Pine ? Pour un pow-wow ? Peut-être Bo aurait-elle la chance de trouver la vieille Indienne. Peut-être Annie, et les pictogrammes, pourraient-ils l'aider.

C'est de la folie furieuse, ça, Bradley. Tu délires. Tu sais ce que tu es en train de faire ?

Bo alluma la radio. Mozart. Ça irait.

Dès qu'elle serait arrivée quelque part, qu'elle aurait mis Weppo en sécurité, elle appellerait Estrella. Et si la police avait capturé les tueurs, elle irait se livrer avec Weppo. Mais pas avant.

Dans le crépuscule elle vit se lever la frange brillante d'une pleine lune.

Super. Il ne manquait plus que ça.

Une pleine lune n'est pas l'alliée des cerveaux soumis aux lois d'une étrange chimie. Bo en connaissait le danger comme un air à demi oublié. La genèse, en fait, du mot « lunatique ». Elle avala une gorgée de Coca et poussa un soupir. Il n'allait rien y avoir de poétique dans cette lune-ci. Pas pour elle. Il n'y aurait que du danger.

25

« La tenace morsure de la perception... »

James Joyce

Les bûches artificielles alimentées au gaz de l'âtre en terre cuite s'allumèrent dans un souffle lorsque Andrew LaMarche fit jouer l'interrupteur dissimulé sous l'un des carreaux peints à la main de la table basse.

La brise salée qui venait des portes de son balcon semblait moite. Il espérait qu'un feu propre, dépourvu de cendres, créerait une atmosphère plus chaude. Son appartement de célibataire, scrupuleusement meublé selon ses spécifications par un décorateur qu'il avait fait venir de Beverly Hills, ressemblait de plus en plus à l'intérieur d'un glacier.

Au-dessus des contours vallonnés de la réserve de Torrey Pines, au sud, il voyait la pleine lune se lever en se détachant sur le fond noir insondable d'un univers auquel il pensait rarement. Il avait son travail. Il n'avait pas le temps de penser à autre chose.

Cet appartement de la banlieue de San Diego située en bord de mer et appelée Del Mar, avait été acheté moins pour son adresse élitiste que pour la distance qui le séparait de l'hôpital Sainte-Marie. Il aurait besoin de prendre ses distances, s'était-il dit cinq années plus tôt lorsqu'il avait pris la direction du programme des enfants martyrs à Sainte-Marie. Et il avait vu juste.

Mais c'était dans Torrey Pines qu'il se sentait chez lui. La réserve, avec ses sentiers odoriférants qui traversaient les grès des mauvaises terres, les fleurs sauvages à foison et les rares pins Torrey qui se courbaient au-dessus de la mer, lui procurait tout le réconfort dont il avait besoin. Un paradis de solitude, toujours à portée de la main. Son appartement n'était qu'un endroit pour dormir.

Sauf que ce soir il ne pouvait pas dormir. Quelque chose le rongeait. Quelque chose qui concernait le petit garçon sourd, la violence débridée de l'attaque qui l'avait visé et le meurtre de Brad Sutin, un jeune infirmier qui essayait seulement de faire son travail. Et quelque chose qui était lié à l'enquêtrice du S.P.E., Bo Bradley, qui l'avait apostrophé comme un démon irlandais... un bœuf pontifiant, à moins qu'elle n'ait dit beauf ? Il se donnait l'impression d'être précisément ça. Un trouillard. À cran, en colère, sur le qui-vive.

Accoutumé à des bribes de sommeil interrompues par de sinistres urgences, il était allongé sur le lit depuis une heure et s'était retrouvé à scruter le plafond. Le coup de téléphone d'Estrella Benedict ne l'avait pas réveillé. Il était perdu dans ses pensées. Le rugissement discret des jets de gaz dans l'âtre paraissait impuissant à engendrer un semblant de chaleur. Le froid qu'il ressentait, conclut-il, était d'ordre psychique et non physique. Il ferait aussi bien d'en identifier la nature. Un froid laissé derrière lui à La Nouvelle-Orléans il y avait presque un quart de siècle.

Il n'avait pas pensé à sa fille, à sa tombe sans nom dans la fosse commune d'une paroisse, depuis des années. À quoi bon ? Sylvie était morte. Il consacrait sa vie à d'autres enfants, des enfants qui parviendraient peut-être à s'en sortir.

Sylvie ne s'en était pas sortie. Sylvie n'était plus.

Elle était morte deux mois avant qu'il ne rentre à La Nouvelle-Orléans pour une permission, pendant la guerre du Viêt-nam, et qu'il ne l'apprenne. Ce n'était pas la mère de son enfant, l'éternellement exubérante Reena DuBois, qui lui avait annoncé. C'était le frère de Reena, Joshua, qui s'en était chargé.

– Ree était pas capable de s'occuper d'la p'tite, avait-il pleuré dans une ruelle derrière un bar du quartier français où sans arrêt il jouait les mêmes airs de ragtime de Scott Joplin pour les touristes. Elle laissait la p'tite toute seule, elle sortait, faisait la fête... tu connais Ree...

Laissée à elle-même, un soir, la gamine de deux ans s'était noyée dans la profonde baignoire dont les pieds avaient la forme de griffes, dans l'appartement de sa mère qui donnait sur une rue secondaire. Elle avait rempli la baignoire, apparemment, afin d'essayer de donner un bain à ses jouets.

– Tout l'portrait d'son père, avait ajouté Josh d'une voix amère en se moquant à travers ses larmes de l'uniforme des Marines immaculé de LaMarche. Elle aimait qu' les trucs soient *propres* !

Pendant des années, LaMarche avait essayé de trouver Ree et il avait échoué. Pendant toutes ses études de médecine et après, il avait engagé des enquêteurs, des détectives privés. Mais en vain. Elle avait quitté La Nouvelle-Orléans le lendemain de l'enterrement de Sylvie. Disparue. Sans laisser de traces.

Il avait cessé de se demander si l'enfant était vraiment de lui au moment où Josh lui avait raconté comment elle était morte. Sylvie était bien sa fille. Reena DuBois n'avait pas donné à son bébé le nom de sa mère à lui par pur esprit rancunier. Et sa mère, qui était morte depuis, cela faisait sept ans, n'avait jamais connu sa petite-fille. Sa petite-fille noire, l'enfant d'une superbe jeune femme qui avait la passion de la vie, des rythmes trépidants et des lumières éblouissantes.

LaMarche n'en voulait pas à Ree, c'était à lui qu'il en voulait. Ree avait fait son possible, compte tenu de ce qu'elle était. Lui n'avait rien fait. La rage qu'il ressentait à l'encontre de tous les parents irresponsables dont les enfants transitaient par son programme de Sainte-Marie s'exprimait en réalité contre lui-même. Il l'avait toujours su. Parce qu'il avait toujours su que Sylvie était morte par sa faute.

Il aurait pu l'éviter. Il aurait pu reconnaître sa paternité et procurer argent et attention à la petite fille qui avait la peau couleur moka sur les photos que Ree lui envoyait à Da Nang. Une jolie petite fille, mais qui ne lui ressemblait pas. Pourquoi cela avait-il compté ? Elle ne ressemblait pas à Ree non plus. Ce n'était qu'un bébé. Sa famille avait plein d'argent, mais il n'avait pas voulu mettre ses parents dans une situation embarrassante, leur imposer ce que sa mère aurait nommé le déshonneur. Et Ree n'avait exprimé aucune exigence.

C'était une liaison de lycée qui avait débuté alors que Ree était une éblouissante cheerleader, la première Noire a être acceptée dans le groupe, et qu'il n'était qu'un joueur de basket remplaçant qui pouvait entrer dans le dernier quart du match si son équipe avait vingt points d'avance, et encore, uniquement parce que tout le monde à La Nouvelle-Orléans connaissait le statut social de ses parents. Ils avaient été amis plutôt qu'amants, Ree et lui. Ils avaient exploré ensemble les rites du sexe comme s'il s'agissait d'une recherche dans le cadre d'un projet d'études.

Après son départ à l'université, ils s'étaient retrouvés à l'occasion de ses visites chez lui. Parvenus à ce point, le sexe était devenu pour eux une tradition. Une façon de jeter une passerelle au-dessus d'un fossé de plus en plus large.

Ree obéissait à l'instinct du moment, elle couchait avec qui elle avait envie. Il s'en moquait jusqu'à ce qu'il reçoive ce coup de téléphone, alors qu'il était en première année de fac et qu'il s'était déjà engagé dans les Marines. Ça lui avait paru être la manière la plus opportune de mettre une distance énorme entre ses parents et lui. Il était obsédé par l'idée de partir.

– Je suis enceinte, lui avait-elle dit. Il est de toi.

– *Mon Dieu* ! avait été sa seule réaction.

Pierre et Sylvie LaMarche, qui luttaient de toute leur énergie pour se faire accepter de la noblesse historique de La Nouvelle-Orléans, parlaient encore cajun chez eux. Leur fils, Andrew, et sa sœur, Elizabeth, faisaient de même. Mais leurs noms anglais n'avaient pas le moins du monde écorché la vérité en ce qui concernait les LaMarche : c'était des roturiers cajuns.

Jamais les parents d'Andrew n'avaient figuré sur le bottin mondain.

Elizabeth, qui était devenue psychologue à Lafayette, qui était mariée et mère de trois enfants, dont l'un avait hérité du caractère maniaque d'Andrew, riait longuement et fréquemment du passé.

– Nos parents étaient pitoyables, un point c'est

tout, lui rappelait-elle régulièrement. Vis ta vie, Andy ! Libère-toi de cette carapace de nobilité et d'élégance et regarde autour de toi. La vie est chouette, et elle est courte, et tu ne rajeunis pas au fil des ans. Au cas où tu n'aurais pas remarqué.

LaMarche pénétra dans sa cuisine à grands pas et ouvrit le réfrigérateur. Il était d'une telle propreté qu'il aurait pu pratiquer une opération chirurgicale dans le compartiment à légumes. Et il était vide. Il mangeait rarement chez lui.

Mais un unique verre de vin Waterford qui était au frais dans le freezer fit déborder le vase. Qu'est-ce qu'il fichait, à rester dans un fauteuil à Del Mar tandis que des forcenés venaient tirer des coups de feu dans les hôpitaux, fracassaient le crâne de femmes de plus de quarante ans, traquaient un gosse sourd comme s'il était l'Antéchrist et avaient peut-être déjà tué une Irlandaise mal lunée qui avait eu le culot de lui dire ses quatre vérités en face ?

Rien. Il ne faisait rien.

Il ferma doucement la porte du réfrigérateur et prit une décision pondérée.

Il était temps pour lui de retourner au sein de la race humaine.

Sommé de fournir une explication, il n'aurait pu dire pourquoi il était temps de le faire, mais le défi que représentaient deux yeux verts qui jetaient des éclairs avait tenu lieu de catalyseur. Il voyait très bien Bo Bradley se donner un mal extrême pour protéger ce petit sourd qui lui importait tant. Seule, contre des tueurs professionnels. Elle ferait de son mieux dans ce scénario extravagant. Et, décida Andrew LaMarche dans son élégante cuisine brillant de l'éclat du neuf, lui aussi.

– Ici le docteur LaMarche, dit-il avec une autorité

tranquille à l'employée de Sainte-Marie qui était responsable des placements. Je voudrais savoir où on en est concernant un enfant d'identité inconnue qui a dû être affecté dans une famille d'accueil des services sociaux cet après-midi.

Le haut-parleur de son répondeur dernier cri amplifia le bruit qu'elle fit en prenant aussitôt une profonde aspiration.

– Je suis désolée mais toute information liée à ce patient est classée confidentielle, l'informa la voix. Je n'ai aucun moyen de savoir si vous êtes réellement le docteur LaMarche. Vous pouvez obtenir cette information, mais seulement si vous vous présentez en personne.

Irritant, mais nécessaire étant donné les circonstances, reconnut-il. Néanmoins, il n'avait pas l'intention de refaire toute la route pour se rendre en ville et obtenir des renseignements sur son propre patient.

– J'ai peur de ne pas avoir le temps de venir à l'hôpital en personne. Mais les docteurs Smith, Stracher, Dysinger, Cassavant, Zollner, Koblenz et Araldi sont de service. Si vous voulez bien faire venir l'un d'eux au téléphone, je suis sûr qu'il sera à même de vous confirmer mon identité.

Il entendit le bruit que faisait un autre combiné.

– Abe Zollner à l'appareil. C'est toi, Andy ? Qu'est-ce qui se passe ?

– J'ai quelques petits problèmes pour obtenir des renseignements sur un patient que les services sociaux ont catalogué comme confidentiel... le garçon sur qui on a tiré hier soir.

– C'est lui, entendit-il Zollner confirmer à l'employée.

– Le garçon a été transféré dans une famille d'accueil confidentielle à quinze heures trente aujourd'hui, annonça-t-elle à LaMarche. Le numéro est 489-6754. Je suis désolée de toutes ces précautions.

Personne ne décrocha le téléphone chez la famille d'accueil. LaMarche raccrocha et composa à nouveau le numéro au cas où il aurait fait une erreur. Deux sonneries. Quatre. Cinq. Enfin, une voix d'homme à la respiration précipitée répondit.

– Allô. Qui est à l'appareil ?

– Docteur LaMarche, de l'hôpital Sainte-Marie...

– Comment avez-vous fait pour le savoir aussi rapidement ? haleta l'homme. Ça vient de se produire. Il y a vingt minutes. La police arrive à l'instant... oh, mon Dieu, Timmy, Dieu merci...

L'homme était bouleversé, pratiquement hystérique. En arrière fond, LaMarche entendait une femme qui pleurait, qui était secouée de hoquets et qui essayait de parler.

– Que s'est-il passé ? demanda-t-il lentement.

– Ils sont venus ici, explosa l'homme. Les types aux pistolets, juste après que la folle, là, Bradley, ait emmené le petit garçon sourd. J'ai essayé de l'en empêcher. Mais elle s'est emparée de lui et elle a fichu le camp en quatrième vitesse, alors j'ai appelé les flics et avant qu'ils arrivent ici, ces types, ces espèces de putains de salauds...

– Il y a quelqu'un de blessé ? demanda doucement LaMarche.

– Non, Dieu merci, pas gravement. Ils ont jeté Caroline contre un mur, et l'un d'entre eux a appuyé un revolver contre ma tête, mais ils pensaient que notre fils, Timmy, était le petit sourd, et s'il n'avait pas crié « Maman » ils l'auraient descendu...

Il sanglotait.

– Je vous rappellerai plus tard, dit LaMarche qui raccrocha.

Estrella Benedict répondit à la première sonnerie.

– Bo a apparemment kidnappé le garçon à son foyer d'accueil, lui expliqua-t-il posément. Elle l'en a sorti quelques minutes à peine avant l'arrivée des tueurs. Le père adoptif a dit qu'elle avait l'air d'une folle. Où a-t-elle pu aller ? Vous avez une idée ?

– *Madre de Dios* ! s'étrangla Estrella. Bo a le gamin ! Elle lui a sauvé la vie !

LaMarche eut le sentiment qu'Estrella faisait passer cette information à quelqu'un d'autre, probablement son mari.

– Mais maintenant elle est en grave danger, souffla-t-il. Où a-t-elle pu aller ?

– Pas à son appartement. Certainement pas. C'est là qu'ils iraient en premier, pas vrai ?

– Oui, répondit LaMarche d'un ton lugubre.

– Mais c'est tout ce qu'on a, non ? poursuivit Estrella dont l'esprit tournait à toute vitesse. Retrouvez-nous là-bas. Mon mari, Henry, a un revolver. L'endroit où habite Bo, c'est le dernier immeuble d'appartements sur Narragansett, à gauche quand on vient de Sunset Cliffs Boulevard à Ocean Beach.

– Je pars tout de suite, annonça LaMarche.

C'était la première fois en deux décennies qu'il sortait sans chaussettes. Mais il ne le remarqua pas.

26

Pas vraiment tout à fait seuls dans le noir

Selon l'estimation de Bo, Weppo passa, à la manière d'un chimpanzé, plusieurs milliers de fois du siège avant au siège arrière avant que la Route 163 ne devienne la 15, changement dont elle avait commencé à douter. La route lui paraissait étrangère, inconnue.

À chaque saut qui le ramenait sur le siège avant, il lui tirait la manche et lui présentait immanquablement un nouveau crayon ou un nouveau marqueur. Il voulait connaître les signes correspondant aux couleurs, et Bo les lui avaient tous montré avec succès, ne séchant que sur le bleu céruléen et, maintenant, sur le rouge magenta.

Y avait-il un signe pour le magenta ? Elle ne parvenait pas à s'en souvenir. Durant des années elle avait utilisé la langue des signes avec Laurie, et elle avait oublié le magenta. À la faible lueur des lumières du tableau de bord, elle voyait le petit garçon considérer le crayon avec grand sérieux puis faire rapidement aller son index et son majeur de son menton à sa poitrine. Le signe qu'elle lui avait enseigné pour désigner le rose. Il avait trouvé cela tout seul. C'était un miracle, rehaussé comme à la lumière de bougies dans l'habitacle sombre de la voiture.

Elle s'aperçut que le flou s'installait. Elle n'était plus sûre de savoir qui sauvait qui, ni de quoi. L'enfant pâle aux cheveux drus était peut-être un ange. La lumière qui brillait dans ses yeux les propulsait peut-être vers des destinations inconnues. Vers la sécurité. Un ange qui dessinait le signe des couleurs dans une BMW empestant la nicotine qui avait connu des jours meilleurs. Bo se demanda si les anges connaissaient la langue des signes, imagina les hôtes célestes exécutant par signes, dans le ciel noir de Bethléem, le message évangélique de Noël qu'on leur attribue généralement. Leurs mains jetteraient des étincelles et des éclairs comme dans un spectacle de lumières. Comme les mains de Weppo. Cette image fit naître sur son visage un large sourire. Suivi d'un froncement de sourcils.

Une réflexion rationnelle, concrète, avait plus de difficulté à s'imposer dans le noir. Ténue. Chimérique. Son esprit tendait davantage vers la création de représentations imaginaires, et le faisait. Et ses sentiments reflétaient ces représentations et non la réalité. Ou alors, c'était le contraire, et c'était ses sentiments qui engendraient les images fantasques. Que cela fonctionne dans un sens ou dans l'autre, c'était la dernière étape avant la dissolution, la fusion de dix millions de fils minuscules qui la reliaient à l'univers que tout le monde percevait. Et cela ne pouvait pas se produire ! Pas maintenant.

La glace avait fondu dans le Coca trafiqué. Elle fit tourner la faible solution dans son récipient et avala une nouvelle et longue gorgée. Le sédatif ne pouvait pas vraiment agir sur les images en kaléidoscope, sur les torrents d'émotions. Seul le lithium le pourrait, et pas avant d'être passé dans son flux sanguin. Pas avant des semaines.

Weppo fila à nouveau sur le siège arrière et braqua sa lampe de poche sur une feuille de papier. « Bleu », fit-il avec ses doigts avant de faire sortir avec beaucoup d'attention tous les crayons bleus contenus dans la boîte.

– Je t'adore, lança Bo à l'image du garçon dans son rétroviseur. Je veux que tu aies une vie à vivre.

Quelle connerie, ce lithium, avec son effet placide et raisonné ! Elle en avait besoin tout de suite. De toute façon, c'était quoi ? Un élément naturel, obtenu par filtration à partir de la pierre. Elle avait entendu dire que chez 7-UP ils en mettaient dans leurs sodas avant que l'Agence nationale de Contrôle des aliments et médicaments ne régisse ce genre de chose. Une boisson à base de pierre. Était-ce pour les statues ?

Bo voulait être en pierre, elle voulait avoir ce matériau telle une armature dans son corps. Elle pensa aux roches, aux expériences différentes qu'elles avaient par rapport au temps. Des générations pouvaient passer, des guerres être livrées, gagnées, perdues, tandis qu'un rocher restait tout simplement là, à la même place, s'effritant lentement. Merde, pas étonnant qu'il faille si longtemps au lithium. C'était de la pierre, avec une notion de l'urgence digne d'une pierre. Ce qui voulait dire que l'urgence n'existait pas.

Weppo tendit par-dessus le siège une image représentant un taco. Un taco bleu, étonnamment ressemblant.

– Nourriture bleue, fit-il par signes en se levant de telle sorte qu'elle puisse le voir au-dessus de son épaule.

– Oui, fit-elle en réponse avec son poing. Nourriture bleue.

Il était si intelligent, si visiblement doué. Un taco, se rendit-elle compte, était un truc vachement dur à dessiner. Le problème c'était la perspective, les arrondis d'un objet plat sur une surface bidimensionnelle qui était censée paraître tridimensionnelle. Et il avait réussi. Comment ? Qui lui avait appris à dessiner sans lui apprendre à parler ?

Personne, réalisa-t-elle. C'était un don naturel.

Raison de plus pour pas perdre la boule, Bradley. Ce gosse peut tout à fait se révéler être l'équivalent que le vingt et unième siècle aura à opposer à Renoir. Garde-le en vie.

Elle prit une tranche de l'abominable pain aux sept céréales dans son sac à main et en arracha une bouchée. Histoire d'éponger le tranquillisant.

Weppo bâilla et s'allongea sur le sac de couchage, exécutant les signes correspondant aux couleurs de ses crayons avec ses petits doigts pâles.

Devant eux, se dressait le point de contrôle pour endiguer l'immigration, à la frontière entre les comtés de San Diego et de Riverside. Désert. Personne ne cherchait à débusquer les étrangers en situation illégale, cette nuit, et Bo passa sous les panneaux blancs barrés comme une fugitive. Elle avait oublié ce contrôle de l'immigration. Ils n'étaient pas là, Dieu merci.

Des panneaux indiquant la direction de Indio et de Hemet surgirent fugitivement le long de la route, puis arriva la bifurcation de la 215. Était-ce par là qu'elle était déjà passée ? Ça avait l'air d'être ça. Il y avait, pensa-t-elle, quelque chose dans le pain qui lui éclaircissait momentanément les idées.

Les phares d'une voiture, derrière elle, prirent la

215 sur la droite, comme elle. Bizarre. Ces phares, se rendit-elle compte au moment où un morceau de pain se bloquait à mi-chemin dans sa gorge, étaient à une distance constante derrière elle depuis des kilomètres.

27

Une carte sur la lune

Andrew LaMarche n'eut aucun mal à identifier l'appartement de Bo. C'était le seul sur les quatre que comprenait le bâtiment dont la porte était béante, révélant des meubles renversés, des lampes brisées, des livres et des papiers empilés sur le plancher.

Un sixième sens lui dit qu'il n'y avait personne à l'intérieur, mais il entra quand même prudemment. Les assassins avaient su où trouver Bo. Ils s'étaient rendus à son appartement après leur tentative infructueuse contre la vie de l'enfant et avaient laissé l'image d'un chien décapité pour la mettre en garde contre ce qu'ils feraient si elle continuait à se mêler de ce qui ne la regardait pas. Bo était furieuse quand elle était arrivée à l'hôpital la veille, son petit chien à l'abri sous sa veste. Le chien était maintenant en sécurité chez Estrella, mais le danger, pour elle, était mille fois plus grand. LaMarche enfonça ses poings dans ses poches de jean et se demanda si Bo Bradley était sujette à la peur, au même titre que lui, en cet instant précis.

– Yé-sousse ! lâcha une voix derrière lui au

moment où Estrella et Henry Benedict grimpaient les escaliers le souffle court. Ils sont venus ici !

– *Oui*[1], répondit LaMarche d'une voix inquiète. Estrella, vous connaissez Bo. Où a-t-elle pu aller ?

Henry Benedict ferma la porte, la verrouilla, se présenta et commença à rôder dans l'appartement. LaMarche fut soulagé en remarquant l'automatique noir de calibre 45 dans sa main droite.

– Je voudrais pouvoir vous dire quelque chose, soupira Estrella. Mais Bo restait ici la plupart du temps quand elle n'était pas à son travail.

Non sans sous-entendus, elle ajouta :

– Un travail qui ne laisse pas beaucoup de temps pour une vie sociale débridée. Nous travaillons le week-end. Ce n'est jamais fini...

D'un signe de tête poli, LaMarche indiqua qu'il acceptait la leçon.

– Mais là, avec le petit garçon sourd, où a-t-elle pu s'enfuir ?

Estrella l'étudia attentivement, fouillant de ses yeux noirs maquillés au mascara le visage du docteur, son pull et son Levi's, ses chevilles nues et ses mocassins comme à la recherche d'un indice. Elle semblait indécise.

– Qu'y a-t-il ? demanda-t-il.

Elle rejeta ses cheveux noirs en arrière et le regarda dans les yeux. Une décision. Prise.

– Il y a quelque chose que vous ignorez sur Bo, expliqua-t-elle. Il est difficile de savoir où elle est partie parce que, eh bien... Bo est différente. C'est-à-dire que son cerveau fonctionne... différemment.

LaMarche ne savait plus que penser.

Sous un pull en cachemire violet, la carrure d'Es-

1. En français dans le texte.

trella s'accentua sous l'effet d'une profonde aspiration.

– Bo est cyclothymique, déclara-t-elle finalement. Personne n'est au courant à part moi, et Henry. Elle perdrait son boulot. Vous ne devez pas le dire à qui que ce soit.

– Mon Dieu ! s'exclama LaMarche dans un souffle.

Il ne savait pas grand-chose des principales maladies mentales. Un cours, remontant à de nombreuses années, à l'école de médecine. Il était pédiatre, pas psychiatre.

– Lithium.

Ce mot surgi d'un manuel oublié depuis longtemps émergea dans sa conscience.

– Elle en prend quand elle y est obligée, expliqua Estrella. Quand ça commence à devenir trop fort. Elle sait ce qu'il faut faire. Elle en prend, là, mais elle vient de commencer et ça demande...

– Trois semaines. Environ trois semaines, reprit LaMarche pour compléter sa phrase.

Elles lui revenaient, ces connaissances extrêmement limitées qu'il avait mémorisées pour un examen, puis oubliées. *Comment* était-elle donc parvenue à voler au secours de l'enfant, dans ces circonstances ?

Henry Benedict avait appelé la police.

– Une voiture de patrouille sera là d'ici cinq à dix minutes, leur apprit-il. Ils vont prendre nos dépositions. Mais il n'y aura pas d'enquêteur affecté à cette affaire avant lundi.

LaMarche se jeta sur le téléphone. Il connaissait une bonne dizaine de bons psychiatres à San Diego, mais il y avait quelqu'un de mieux.

– Elizabeth ?

Sa sœur, heureusement, était chez elle.

– C'est Andy. Je n'ai pas le temps de t'expliquer. C'est une urgence. Donne-moi juste une idée de ce que pourrait faire quelqu'un de maniaco-dépressif qui aurait pris la fuite devant une situation qui présenterait un danger pour sa vie.

– En phase cyclothymique ou dépressive ? demanda-t-elle aussitôt.

Il se rappela les yeux verts, clairs et intenses, le foudroyant sous l'emprise de la colère, la veille seulement. Bo n'avait montré aucun des signes révélateurs de la dépression, seulement ceux d'une hyper-émotivité.

– Cyclothymique, opta-t-il.

Estrella le lui confirma.

– Bo a surtout des phases d'excitation maniaque. Elle m'a dit qu'elle n'avait plongé dans l'excès inverse qu'une seule fois, après que sa sœur se soit suicidée. Elle a dû... vous savez... aller à l'hôpital. Elle dit que la dépression c'est ce qu'il y a de pire, que c'est comme un poison qui n'a pas la décence de vous tuer.

LaMarche était certain que c'étaient les mots exacts qu'avait prononcés Bo. Le sens du drame, le don de la création.

– Ton maniaque fera ce que n'importe qui d'autre ferait, mais de manière exagérée, expliqua Elizabeth. Cherche quel est le référent symbolique de cette personne... homme ou femme ? Qu'est-ce qui compte pour lui ou elle ? Qu'est-ce qui a de l'importance à ses yeux ? Quel système de croyance le fait aller de l'avant ? Tu sais... par exemple un prêtre en phase d'excitation maniaque pourrait courir se réfugier vers l'église où il a reçu l'ordination, ou un amoureux des paysages vers un de ses endroits préférés dans les bois...

LaMarche tendit le téléphone à Estrella.

– Vous connaissez les réponses, lui dit-il d'un ton pressant. Parlez avec ma sœur. Elle est psychologue. Essayez de voir si vous pouvez trouver où Bo est partie.

LaMarche fureta au hasard dans l'appartement dévasté. Il n'avait aucune idée de ce qu'il cherchait. À côté d'un chevalet renversé il trouva un tableau inachevé. Un mouton bighorn, représenté sous la forme stylisée de traits primitifs. Autour de l'animal on distinguait d'autres silhouettes : spirales, mandalas, représentations humaines dont les corps étaient rectangulaires et dont les têtes ressemblaient à des cibles portant des boucles d'oreilles arrondies. Toutes ces silhouettes donnaient l'impression d'émerger d'un amas de roches. Ou d'être prisonnières d'un amas de roches. LaMarche ne savait pas bien.

La source de lumière présente dans le tableau tombait de la lune. Une pleine lune, sur laquelle une inspection attentive révélait d'autres figurines, par centaines, ensevelies dans la brillance de la peinture blanc-gris. Est-ce que les silhouettes de la lune appelaient les silhouettes des rochers à la vie, ou n'en étaient-elles que des reflets ? Il plongea son regard pris de vertige dans le tableau jeté sur les draps à carreaux multicolores Black Watch. La réponse concernant l'endroit où Bo avait dû partir, comprit-il, se trouvait dans ce tableau. Mais cela aurait été exactement pareil si la toile avait été vierge.

– Bo n'a pas à proprement parler de système de croyance, comme votre sœur me l'a suggéré, expliqua Estrella en s'approchant du tableau. Elle n'est pas quelqu'un de mystique ni rien, vous comprenez. Elle aime raconter des histoires irlandaises, des légendes folkloriques, ce genre de choses. Et depuis quelque temps, c'est ça son truc numéro un, ces peintures d'Indiens.

– De quels Indiens ? demanda-t-il. Où a-t-elle eu connaissance de ces figures ?

– Elle va quelque part dans le désert, répondit Estrella. Elle m'a dit où mais...

– Regardez ça, signala Henry en montrant un livre qu'il avait trouvé sous le lit. C'est sur les Indiens Paiute de la vallée d'Owens du côté de Lone Pine. Avec des images de ces pictogrammes. Certaines pages sont arrachées.

– Lone Pine ! C'est ça ! Bo y est allée, s'écria Estrella.

LaMarche parcourut rapidement le livre.

– Il y a autre chose, poursuivit Estrella en réfléchissant tout haut. Bo m'a dit que la vieille Indienne qui a trouvé le petit garçon puis qui s'est souvenu du numéro d'immatriculation y allait aujourd'hui... à Lone Pine. Votre sœur a dit que Bo allait essayer d'aller trouver quelqu'un en qui elle a confiance, quelqu'un qui est comme une partie du système symbolique.

Les silhouettes du tableau. L'intérêt qu'elle portait au folklore. Tout se mit en place dans l'esprit de LaMarche : Bo avait pris la fuite avec le petit garçon vers les Indiens de Lone Pine, vers une Indienne qui avait déjà une fois sauvé la vie de l'enfant. Une vieille femme, un puissant symbole dans les légendes celtiques qu'elle avait indubitablement entendues dans son enfance. Cela se tenait.

Il jeta un coup d'œil à sa montre. Bo était partie depuis presque deux heures. Il ne pourrait jamais la rattraper. Pas en voiture...

– Écoutez ça, cria Henry dans le salon.

« Je m'appelle Delilah Brasseur. » Une voix noire

s'exprimant dans le patois du Sud profond remplit la pièce lorsque Henry augmenta le volume. « Jusqu'à il y a deux semaines j'étais domestique chez les Rowe... »

Quand le message fut terminé, ils restèrent les yeux fixés sur le répondeur.

– C'est qui, les Rowe, bordel ? éructa Henry.

– Bo en sait davantage que nous ne le pensions, conclut LaMarche. Assurez-vous que la police embarque bien la cassette pour la remettre aux enquêteurs. Restez ici jusqu'à ce qu'ils arrivent. Moi, je pars à la recherche de Bo.

– Comment ? lui demandèrent-ils comme d'une seule voix.

Il y avait une possibilité. Et quelqu'un qui l'aiderait. L'homme qui l'avait couvert au Viêt-nam après la mort de Sylvie. Celui qui avait assuré son service en chirurgie, qui avait menti à leur officier supérieur, et qui l'avait finalement sorti à bras-le-corps d'un bordel de Saigon où Andrew Jacques LaMarche, absent de son unité sans autorisation et ivre pendant deux semaines de suite, se moquait éperdument de ce qui pouvait survenir en premier : la mort ou l'opprobre du renvoi de l'armée. Et LaMarche en était sûr, Rudy Palachek serait plus qu'heureux de l'aider à trouver des individus qui tiraient des balles trempées dans le mercure sur des enfants endormis.

– Ton ami qui est à Pendleton, demanda-t-il à Palachek au téléphone, le pilote d'hélico. Est-ce qu'il peut sortir un taxi et nous prendre sur le toit de l'hôpital dans quarante-cinq minutes ?

Cinq minutes plus tard, Palachek le rappela.

– Affirmatif. Il sera sur l'hélisurface dans une demi-heure. Et, Andy... ?

Le ton de Rudy Palachek était sans réplique :

– C'est moi qui les descends.

28

Arbres de Josué

La voiture, telle une image inverse de ses propres phares, continuait à les suivre. Toujours à une distance précise, comme si elle la tirait en remorque.

Deux heures plus tôt, à vingt et une heures trente, alors qu'elle contournait la ville de Riverside, Bo avait pris une décision définitive. Il n'était pas question de passer la main, de s'en remettre à la police, de confier Weppo à un autre système, encore identique à celui de San Diego, qui serait dans l'incapacité de le protéger. La police de Riverside, éblouie par sa diction à la vitesse incohérente et par son histoire délirante, la conduirait sans aucun doute poliment et rapidement dans l'institution psychiatrique de son comté. Là, une période de mise en observation parfaitement légale de soixante-douze heures la confinerait derrière des portes fermées à clef avec un personnel bien intentionné qui écouterait son récit d'une oreille distraite avant de lui dire : « Essayez de vous reposer, maintenant. » Weppo serait emmené dans une famille d'accueil puis, lundi, ça serait un autre enquêteur, un autre foyer d'accueil. Sauf que d'ici lundi, Weppo serait mort.

De plus, avait-elle essayé de se dire rationnellement, peut-être cette voiture ne les suivait-elle pas, peut-être était-ce l'un de ces conducteurs nocturnes prudents qui aiment rester derrière les feux arrière des autres. Bien entendu, cette approche rationnelle s'était révélée être une illusion rassurante ne possédant aucun lien avec la réalité.

Quelqu'un la suivait. Accélérant et ralentissant en même temps qu'elle. Restant juste assez loin pour qu'elle ne puisse pas identifier la marque de la voiture ou voir ses plaques d'immatriculation.

Mais pourquoi ? La route du désert n'était que fort peu fréquentée. Ils pouvaient la dépasser n'importe où, l'obliger à quitter la chaussée, l'abattre en même temps que Weppo et disparaître tranquillement. Personne ne les verrait. Il n'y avait personne.

À moins que... Dans ce paysage du désert d'altitude, inquiétant et éclairé par la lune, Bo était consciente de la présence de formes torturées. Des armées de ces arbres de Josué tordus aux multiples bras que les mormons nomment les « arbres du diable » en raison de leur grotesque apparence. Une végétation désertique qui met les gens mal à l'aise. Les arbres de Josué, pensa Bo, lui étaient apparentés.

Elle se les représentait, arrachant leurs racines peu profondes et marchant sur les tueurs. Cent arbres de Josué qui se déplaçaient en se traînant sur le sol du désert et qui enserraient deux hommes dans mille bras noirs cactiformes. Les balles au mercure ne leur feraient rien. Ils continueraient à avancer. Ils lacéreraient, écraseraient les chairs humaines, dans la voiture derrière elle. Il ne resterait plus rien qu'une pulpe mutilée accrochée à deux squelettes. Et deux pistolets inutiles.

– Restez avec moi, leur lança-t-elle dans sa tête

tandis que sa voiture avalait kilomètre après kilomètre la route désertique. Il se peut que j'aie besoin de vous.

Les arbres étranges, l'un après l'autre, semblaient marquer leur assentiment en se courbant en avant. Comme si cela faisait des siècles qu'ils savaient que cela allait se produire et qu'ils étaient prêts.

Weppo avait rampé dans le sac de couchage et s'était endormi. Bo voyait des touffes de cheveux flottant au vent que sa fenêtre ouverte laissait entrer. Des cheveux d'ange. Des fils d'or brillants. La matière dont pourrait être tissée la bride digne d'une licorne. Ou un torque pour l'une des filles de Lir.

Bo se souvint des enfants du roi de temps jadis : des enfants transformés en cygnes et condamnés à voler à jamais à travers des pluies de glace au-dessus de lacs d'hiver noirs et battus par les tempêtes, jusqu'au jour où les montagnes s'ouvriraient à nouveau et où les royaumes féeriques perdus seraient restitués au monde.

« Aye, et tu en es un aussi », avait chantonné sa grand-mère tristement. « Toi et la p'tite Laurie. Vous êtes comme des cygnes, les enfants de Lir. »

Bo avait le sentiment d'être un cygne, de voler bas au-dessus du fond d'un lac glacé dans un silence aride. Devant elle les Monts Paso recelaient peut-être, au plus profond de leur immensité préhistorique, un royaume féerique, une race d'êtres magnifiques et bons dont la gaieté et la poésie redonneraient son équilibre à un monde que la cupidité avait fait sombrer dans la folie.

À la bifurcation menant au centre d'armements de la Marine de China Lake (les terres autrefois sacrées d'un peuple disparu qui avait laissé des tapisseries de symboles peintes sur le roc), Bo sentit son moteur s'arrêter puis repartir. Une toux du moteur. Un hoquet.

Tu n'as plus d'essence, idiote ! C'est ça qu'ils attendaient.

Un coup d'œil sur sa jauge le lui confirma. Vide.

Tu es d'une stupidité monstrueuse. Tu es folle. À cause de toi, ils vont le tuer.

La voiture toussa à nouveau, cala à nouveau. Ralentit et s'immobilisa.

À travers des larmes de détresse Bo la rangea au bord de la chaussée, lançant un dernier appel aux arbres surnaturels et aux silhouettes oubliées peintes sur les parois des canyons des milliers d'années auparavant.

– Allez ! les supplia-t-elle au moment où la voiture qui la suivait ralentissait et s'arrêtait.

Une étoile filante, très haut dans le ciel, abandonna un arc fugitif, mais rien d'autre ne bougea. Bo sauta par-dessus le siège et se jeta sur le petit garçon dans le sac de couchage pendant que des bruits de pas se rapprochaient sur le bas-côté gravillonné de la route. Dans le rugissement du sang dans ses oreilles, elle percevait le hurlement de rire de Caillech Bera.

Plutôt un ricanement, en fait.

Des paroles.

– Vous devez être Bo Bradley, déclara joyeusement une voix de femme. Cela fait des heures que je vous suis. Désolée si je vous ai fait peur, mais vous ne vous êtes jamais arrêtée pour prendre de l'essence et je ne voulais pas vous perdre...

Réveillé par cinquante-sept kilos de panique qui l'écrasaient, Weppo ronchonna avec mauvaise humeur et posa un œil sur Bo puis sur l'inconnue.

Une femme qui avait quelques kilos en trop, des cheveux coupés court, blonds tirant sur le roux. Des yeux bleus lumineux. Un jean et un tee-shirt imprégné de sueur qui portait la phrase « Je ne vois pas pourquoi j'irais en enfer quand je mourrai ; je suis déjà allée à Houston ! » Elle ne ressemblait ni à un arbre de Josué ni à un pictogramme.

– Je suis Bo Bradley, c'est vrai, dit l'enquêtrice en cherchant sa respiration, mais vous, qui êtes-vous ?

– Gretchen Tally. De *La Bannière du Bayou.* Vous m'avez appelée à Houston, vous avez laissé un message disant que quelqu'un essayait d'assassiner un enfant Rowe. Mon rédacteur en chef n'a qu'un désir, c'est d'empêcher Tia Rowe de gagner son siège au Sénat. Le mot désir s'écrit avec un D majuscule qui rime avec le P de pourrie, si vous voyez ce que je veux dire. Vous êtes notre dernier espoir de l'empêcher d'accéder au pouvoir. Le journal m'a expédiée ici par la voie des airs en raclant les fonds de tiroir avec pour instruction de n'hésiter devant rien. Alors sur quoi on peut tabler ? Le seul enfant qu'il reste chez les Rowe c'est Kep. Où est-il ?

– Qui est Kep ? demanda Bo d'une voix pâteuse.

Le sédatif sapait sérieusement sa capacité à s'exprimer. Les mots lui donnaient l'impression d'être des boules de poussière collées sur sa langue quand elle descendit de voiture et se retrouva dans l'air glacial du désert. Weppo sortit lui aussi en titubant et, avec des gestes ensommeillés, il alla derrière la voiture pour se soulager. Tally suivit des yeux Bo qui descendait de voiture et fronça les sourcils.

– Qu'est-ce qu'il y a qui ne va pas ? demanda-t-elle sans ménagement.

– Rien que ne puisse guérir une seconde naissance sous l'apparence d'un gnome dans une autre galaxie, répondit Bo. Écoutez, je suis aussi cinglée que le chapelier fou, cyclothymique. Complètement toquée. Je suis sérieuse. Je suis vraiment maniaco-dépressive, et, comme on dit, je ne suis pas au mieux de ma forme, là. Mais il faut que vous me croyiez, quelqu'un essaye de tuer ce gamin. Il faut que vous nous aidiez. Je suis en panne d'essence. J'étais persuadée que vous étiez les assassins. Il faut que nous arrivions à Lone Pine. Delilah Brasseur m'a dit que mardi tout serait terminé...

– Moins vite, moins vite, l'exhorta Gretchen Tally. Je vous crois. Je veux vous aider et aider l'enfant, alors parlez lentement. Vous venez de parler de Deely Brasseur ; elle était domestique chez les Rowe. S'il y a quelque chose de louche dans cette maison, c'est bien elle qui est au courant. Que vous a-t-elle dit ?

Weppo contourna la voiture, frissonnant et gloussant tout en disant avec ses mains : « Nourriture ! Nourriture bleue, nourriture jaune, nourriture rose, nourriture violette... »

Bo prit son sac et le pain aux sept céréales sur le siège avant et fit le signe correspondant au pain.

« Marron », fit-il en réponse, puis il s'attaqua sans enthousiasme à une tranche.

– Il est sourd, expliqua Bo à Gretchen Tally. Personne ne lui a jamais appris la langue des signes. Jusqu'à aujourd'hui.

– Venez dans ma voiture et repartons, proposa la journaliste. Vous m'expliquerez tout ça en route. En attendant, je veux que vous voyiez quelque chose...

Aidée de Tally, Bo transféra le sac de couchage et les jeux de Weppo dans l'autre voiture puis ferma la sienne à clef. Elle se demanda si elle la reverrait jamais, ou si les arbres de Josué se l'approprieraient pour partir se promener là où allaient se promener les arbres de Josué.

– Regardez, fit la journaliste en tendant un journal de Houston à Bo.

Sur la première page il y avait une photo de Tia Rowe vêtue de noir, les yeux cachés derrière un voile de deuil. La manchette disait : « MacLaren Rowe, l'héritier des transports maritimes, succombe à une crise cardiaque. » Sous la photographie, l'article promettait que la veuve, en dépit du chagrin qui l'accablait fort mal à propos, perpétuerait la tradition du nom des Rowe en demeurant dans la course extrêmement disputée au poste de sénateur représentant de l'État qui devait se décider le mardi, le jour auquel les funérailles de Rowe avaient également été fixées.

– Elle l'a gagnée sa saloperie d'élection, grimaça Tally en reprenant la route. Elle va passer en profitant des votes compatissants. À moins que vous n'ayez quelque chose à me dire qui changera la situation. Bon, pour commencer, qu'est-ce que la dénommée Brasseur vous a raconté, qui est ce gamin sourd, et où est Kep Rowe ?

Bo prit une profonde inspiration.

– Ce petit garçon sourd s'appelle Weppo. Il a failli être assassiné hier soir dans une chambre d'hôpital par deux hommes et l'un des deux lui a tiré dessus une balle à charge creuse plongée dans le mercure avec un Smith and Wesson calibre 38 équipé d'un silencieux. (Bo avait récité le tout comme s'il s'agissait d'un seul et unique mot très long). Je n'ai jamais entendu parler de Kep Rowe. Je suppose qu'il a quelque chose à voir avec Tia Rowe, ce que la ville de Houston a produit qui se rapproche le plus de déchets radioactifs. La femme aux yeux de serpent à sonnette. La seule personne qui puisse vraiment trouver du boulot comme décoratrice de toilettes dans les gares routières du tiers-monde. Celle...

– D'accord ! fit Gretchen Tally en riant. Seigneur, dommage que je n'aie pas un magnétophone. Est-ce que vous pouvez ralentir un peu le rythme ?

– Probablement pas.

Elle avait une confiance totale dans la journaliste : le radar de ses phases maniaques était maintenant totalement déployé et ne captait rien d'autre qu'intelligence solide et compétence chez cette femme courtaude. Mais de se sentir libérée de ses responsabilités ainsi que l'y autorisait Tally ne favorisait pas son emprise sur la réalité.

– Je suis vraiment en train de craquer, avoua-t-elle à la journaliste. Je vais prendre un peu d'un autre sédatif mais je vais probablement être dans les vapes pendant un moment. Conduisez-nous jusqu'à Lone Pine, O.K. ? Il faut que nous trouvions une femme qui s'appelle Annie Garcia. Elle est Paiute. C'est elle qui a découvert Weppo attaché à un matelas sur la réserve...

Elle trouva les gélules dans son sac et vida à nouveau plus de la moitié de l'une d'elles dans le cendrier de la voiture.

– Voilà un Coca pour vous aider à l'avaler, dit Tally en lui présentant une boîte sortie d'une petite glacière placée entre les sièges. Mais restez éveillée assez longtemps pour me dire quel rapport Weppo peut bien avoir avec Tia Rowe. Kep Rowe est son fils, soit dit en passant.

– J'ai trouvé un reçu d'épicerie venant de Jamail's, commença Bo après avoir avalé sa gélule, près de l'endroit où une voiture, dont nous avons ultérieurement découvert qu'elle avait été volée à Houston et qu'un ivrogne ait trouvé un drogué mort à l'intérieur, était garée...

Les mots ne paraissaient pas s'associer normalement, la syntaxe semblait déficiente.

– Ce que je raconte n'est pas très compréhensible, hein ? demanda-t-elle à Gretchen Tally.

– Suffisamment. Continuez avant d'être complètement partie.

– Après avoir tiré sur Weppo, les flics m'ont dit que personne n'allait mener d'enquête avant la semaine prochaine, et je savais qu'il n'y avait pas le temps alors j'ai pris l'avion pour Houston et j'ai trouvé que le reçu était celui des Rowe, et la bonne n'a pas voulu me laisser entrer, mais il y avait la photo, la vieille photo sur le mur (consternant leur papier peint) qui représente un petit garçon, fin du dix-neuvième, début du vingtième... et on dirait exactement Weppo ! Ils sont exactement pareils, quoi. Et...

– C'est probablement le célèbre Wilhelm Marievski, le père de Tia, glissa Gretchen. L'artiste polonais. Il faisait de l'art abstrait. Il avait sa propre « école » à Chicago. Ses toiles valent une fortune aujourd'hui. Tia (son vrai nom, c'est Skiltia) était fille unique.

Bo sentait la drogue l'entraîner vers le sommeil, mais elle résistait. « Wilhelm. » Il y avait quelque chose dans ce nom... Elle força sa bouche à le prononcer lentement puis se regarda dans le rétroviseur extérieur latéral de la voiture. C'était ça ! En lisant sur ses propres lèvres, elle vit les syllabes : « We-eh-po ! »

– C'est le nom de Weppo ! dit-elle à Tally. Il s'appelle Wilhelm !

– Je ne vois toujours pas le lien avec Tia. Elle et son pitoyable poivrot de mari n'ont eu que deux enfants : Kep et Julie. Julie est morte, il y a quatre ans environ. Je n'étais pas dans le coin à l'époque. Je n'avais pas encore fini mes études (de journalisme, à l'université d'Indiana), mais j'ai été dénicher les vieilles coupures de presse. À ce qu'il paraît, c'était une tumeur au cerveau. Mais il y a quelque chose de bizarre dans cette histoire. Et Kep, c'est le portrait craché de son père, à part que pour lui, son truc, c'est la drogue et pas l'alcool. Hé, vous n'avez pas parlé d'un drogué trouvé mort ?

Bo était incapable de demeurer éveillée plus longtemps.

– Le drogué trouvé mort c'était le père de Weppo. J'en suis certaine, parvint-elle à prononcer. Les tueurs sont toujours aux trousses du petit. Danger... conduisez-nous juste à Lone Pine... trouver Annie... s'il arrive quelque chose... arbres de Josué...

Bo était ailleurs, écroulée sur le siège comme une enveloppe humide.

– C'est comme si on y était, dit Gretchen Tally pour se rassurer plus que pour rassurer Bo.

Il fallait qu'elle trouve un téléphone. Si ce petit garçon sourd était le fils de Kep Rowe... Elle frissonna et brancha le chauffage. L'histoire qui prenait forme dans sa tête dépassait les compétences d'une jeune journaliste inexpérimentée. Il fallait qu'elle appelle son rédacteur en chef. Mais non... c'était impossible. Personne ne pouvait pousser l'ignominie à ce point. Personne.

29

La candidate

Un gros charançon des palmiers, d'un noir huileux comme la vase préhistorique dans laquelle avaient folâtré ses ancêtres, frôla dans son vol le papier mural jaune de chrome à motifs en boutons de roses et vint se poser juste sous une aquarelle, entourée d'un cadre chargé, qui représentait des saules sous un pont romain. L'insecte agita ses antennes semblables à du verre, de plus de deux centimètres de long, en direction d'une femme assise à une coiffeuse qui épilait des sourcils à l'arrondi déjà parfait.

Tia Rowe ne prêta pas plus d'attention à l'insecte qu'elle ne l'avait fait pour nombre de ses semblables par le passé. Les cafards gigantesques font partie de tout paysage domestique, à Houston. Les gens apprennent à vivre avec eux. Et Tia Rowe était capable de vivre avec *n'importe quoi* à la condition que ça lui rapporte quelque chose. C'était là une évidence. N'avait-elle pas vécu vingt-cinq ans avec cet ivrogne, ce clown dont elle venait d'organiser la cérémonie funèbre ?

Le directeur des pompes funèbres, débordant d'onctuosité, avait fait remarquer plusieurs fois de trop qu'un service funéraire organisé le jour de l'élection pourrait être considéré comme « inopportun » par maintes « familles anciennes et respectables » espérées pour cette cérémonie. Tia avait voûté un peu plus ses épaules sous une cape noire étouffante revêtue pour l'occasion, et avait reniflé dans un mouchoir en dentelle. C'était une question de dispositions prises pour les voyages, de parents vivant dans une autre ville, de cousin très proche (le meilleur ami de Mac, en fait, qui ne pouvait absolument pas trouver les correspondances pour rentrer de la Barbade en étant prévenu aussi tard, à condition qu'il y parvienne). Il fallait absolument qu'il figure au nombre de ceux qui porteraient le cercueil, bien sûr. À moins qu'il ne puisse vraiment pas y parvenir. Et qui donc le directeur du salon mortuaire proposait-il pour le remplacer ?

Elle était parvenue à paraître éplorée, un peu égarée, mais déterminée. Précisément l'image qu'elle souhaitait donner. Son interlocuteur avait capitulé, même sur la chapelle ardente qui devait se tenir lundi entre quinze heures et dix-huit heures.

La veille des élections, Tia se tiendrait à côté du cercueil en acajou de son mari et recevrait solennellement les condoléances de la haute société de Houston. De temps en temps elle se retirerait courtoisement avec un dignitaire... le maire, un représentant de l'État, un évêque, afin de converser à voix basse.

Elle avait déjà indiqué aux photographes des deux journaux les plus importants où ils devaient se placer pour immortaliser ces moments en vue des éditions du soir. Tout électeur du comté de Harris capable de lire un journal lundi soir se rendrait aux urnes le mardi marqué par l'image de Tia Rowe, celle d'une aristocrate, d'une femme de tempérament, capable de tenir le cap face aux éléments déchaînés.

De toute sa vie, Mac Rowe n'avait pas eu de meilleure attention à son égard que celle de mourir trois jours avant le scrutin.

Elle se passa une brosse en argent et ébène dans les cheveux à grands gestes énergiques puis étala avec des mouvements précis de la crème à la cire d'abeille autour de ses yeux. Dommage qu'elle n'ait pas pu savoir à l'avance que Mac allait choisir ce jour particulier pour mourir, exactement comme le docteur l'en avait avertie sept mois auparavant.

– Votre mari sera mort d'une importante hémorragie interne avant la fin de l'année, lui avait tranquillement annoncé Foster Rhynders après un dîner au club, à moins qu'il n'arrête de boire.

Elle regrettait de ne pas avoir su que c'était pour aujourd'hui. Elle n'aurait pas paniqué à l'idée de perdre l'élection. Elle n'aurait pas eu un besoin aussi pressant de trouver l'argent pour payer certaines des dépenses astronomiques de sa campagne et d'obtenir les crédits pour mener onze heures durant la guerre des ondes qui, selon ses conseillers, lui était nécessaire pour vaincre cette assommante mère popote de Yannick.

Mais tout était réglé comme du papier à musique, maintenant. À l'exception de tout ce gâchis, en Californie. Et cela serait liquidé ce soir même, lui avaient-ils dit. Vu ce qu'elle les payait pour ça, il y avait intérêt.

Tia Rowe fixa son regard sur l'immense insecte posé sur son mur et pensa à Deely Brasseur. La domestique qu'elle n'avait gardée que parce qu'il fallait bien qu'il y ait quelqu'un pour nettoyer derrière Mac et ses répugnantes cochonneries d'ivrogne. Ce n'était pas Tia qui risquait de le faire, et aucune des personnes qu'elle pouvait employer n'aurait accepté de le faire non plus. Deely s'en acquittait afin de pouvoir passer la moitié de sa vie là-haut, dans le grenier, à couvrir de caresses le rejeton de Julie, un débile qui aurait dû être avorté. Qui *devait l'être*, maintenant.

Elle se demanda comment Deely avait tout deviné, quand elle lui avait annoncé que les Rowe n'auraient plus besoin de ses services. Avait-elle vu les sacs de chaux vive entassés dans le garage ? Qu'est-ce que cela pouvait bien signifier aux yeux d'une vieille bonne noire ignorante ? Non, Deely n'avait pas pu savoir la raison pour laquelle elle avait besoin de soixante livres d'oxyde de calcium. Personne ne pouvait le savoir.

Et ça aurait été tellement facile, une fois Deely partie. Une simple dose trop forte de la Thorazine qu'elle utilisait pour que le gamin reste calme là-haut. Elle se rendait à Brownsville tous les trois ou quatre mois et passait discrètement la frontière pour aller à Matamoros où elle pouvait se procurer ce médicament sans ordonnance. Personne n'aurait posé de questions. Intraçable. *Tellement* facile. Et le corps aurait pu rester dans le grenier jusqu'à ce que Mac finisse par mourir et qu'elle puisse agir. La chaux aurait dévoré les restes de l'enfant de quatre ans en moins d'une semaine. Tel avait été son plan. Jusqu'à ce qu'une stupide bonne qui traînait les pieds ne pige le truc, ne fasse intervenir Kep avant de s'enfuir et de se cacher. Il faudrait réduire Deely au silence. Mais cela pouvait attendre.

Personne, elle en était certaine, ne croirait Deely Brasseur, même si elle révélait ce qu'elle savait.

– Un enfant dans le grenier ? répéterait-elle en fronçant les sourcils.

Puis, dans un murmure, elle dirait :

– Vous savez, nous avons été obligés de laisser partir Deely, la pauvre, juste après le décès de Mac. Elle n'est, heu... pas bien dans sa tête, vous comprenez ? Mais bien sûr, vous êtes libres d'aller regarder dans le grenier, si vous en avez envie...

Kep n'avait pas posé le moindre problème jusqu'à ce que Deely l'entraîne dans cette histoire stupide avec l'enfant. C'était un drogué, complètement ailleurs la plupart du temps. En sa qualité de mère, elle aurait pu le faire enfermer et veiller sur la fortune dont il devait hériter à l'âge de vingt-trois ans, et cela quand elle aurait voulu. Elle n'avait pas véritablement désiré qu'il meure, en tout cas, pas au début. Juste le gosse débile, celui de sa fille qui était morte en le mettant au monde. Un monstre mentalement attardé dont l'existence inutile pouvait tout fiche en l'air.

Choisissant dans son placard une chemise de nuit agréable, elle débrancha le téléphone et se coula entre ses draps de satin crème. Il n'y aurait plus de message codé ce soir. Et demain, tout serait terminé.

Elle se demanda combien de temps il faudrait avant que quelqu'un identifie le corps maintenant rangé et étiqueté dans une morgue de San Diego comme étant celui de son fils. Peut-être personne n'y arriverait-il jamais. Ça n'avait pas grande importance. Ce qui en avait, c'était d'être convaincante dans le rôle de veuve au chagrin vaillamment contenu qu'elle allait jouer le lendemain. Et pour cela, il lui fallait une bonne nuit de sommeil.

30

Bureaucratie

– Je crains que nous n'ayons pas d'autre choix que de mettre un terme à la présence de Bo dans nos services, déclara Madge Aldenhoven à Estrella Benedict d'une voix sans réplique. Je sais qu'elle a peut-être sauvé la vie du petit garçon chez la famille d'accueil, mais cette attitude mélodramatique instaure un précédent que d'autres vont se sentir obligés d'imiter. Bo n'est pas la seule employée à avoir à sa charge un enfant en danger, vous savez. Tous ces enfants sont en danger, sans quoi nous n'aurions pas besoin de nous occuper d'eux. Je suis sûre que vous comprenez...

– C'est invraisemblable ! cria Estrella dans le téléphone de sa cuisine pendant que Henry arpentait la pièce derrière elle. Je vous appelle pour vous expliquer ce qui se passe et vous me répondez que vous allez la fiche à la porte ! Au moment où je vous parle, elle est quelque part dans la nature à risquer sa vie pour préserver celle de l'enfant et vous...

Estrella ne pouvait continuer.

– Elle est quelque part dans la nature à jouer les *héros* à la manque en dépit de mes instructions très claires lui enjoignant de ne plus se mêler de cette affaire, poursuivit Aldenhoven avec colère. Il y a davantage de choses en jeu, en l'occurrence, qu'un seul enfant. Il y a plus de six cents personnes qui travaillent dans cette organisation et toutes sans exception ont affaire à des enfants qui risquent d'être tués ! La règle de base consiste à ne jamais s'impliquer émotionnellement dans aucun cas. Et nous savons tous que Bo éprouve des difficultés à conserver des réactions émotionnelles adéquates...

– Ce que vous êtes en train de me dire, fit Estrella qui bouillait, c'est que le système passe avant les enfants. Que Bo aurait dû laisser ce petit garçon se faire tuer plutôt que de trangresser le règlement. C'est bien ça ?

– Si vous tenez à l'exprimer en ces termes, répliqua Madge d'une voix mal assurée. Vous n'ignorez pas que personnellement j'apprécie vraiment Bo...

– Mais vous essayez de la flanquer à la porte parce qu'elle tente de sauver la vie d'un enfant ? Enfin, si elle n'est pas déjà morte ? Vous êtes *loca*, Madge ! Vous êtes dans le système depuis tellement longtemps que vous pensez que c'est une religion à la con, mais ce n'est pas vrai. Ce n'est qu'un putain de boulot de merde. Et Bo est un héros ! Elle...

– Elle est incapable de suivre des instructions, et c'est ce qui compte dans ce putain de boulot de merde ! répondit Aldenhoven dans un hurlement incontrôlé. Ma décision est définitive.

– Vous vous en fichez totalement qu'elle se fasse tuer, sanglota Estrella.

Mais Aldenhoven avait raccroché.

31

Fleur Blanche qui s'Enroule

Un vent fantomatique et glacé rabattait l'odeur de la neige de la Sierra et la faisait pénétrer à travers un interstice de la fenêtre d'une pièce exiguë dans laquelle Annie Garcia était allongée sur le lit de son arrière-petite-fille. Elle ne dormait pas, se contentait simplement d'attendre. Quelque chose venait du désert, de Coso où les Anciens peignaient leur magie sur les parois des canyons, de Bitter Lake où les Paiutes avaient fini par perdre une bataille sans espoir pour cette terre étrange et aride.

La jeune fille dormait avec des amis dans une tente au dehors (une nouvelle version de la hutte en rameaux entrelacés sous laquelle avait dormi la grand-mère d'Annie, lors d'un lointain printemps, et où elle avait pris le nom de Fleur Blanche en référence à la clématite qui s'enroule autour des autres plantes). Jadis, les jeunes filles prenaient le nom d'une fleur pour le rite qui marquait leur passage à l'âge adulte, et Charlie avait encouragé sa fille à faire de même.

– Fleur Rouge du Désert, alors.

Elle avait choisi la plante du désert rouge orangé qu'elle adorait. Et elle avait consciencieusement empilé des tas de bois à l'extérieur de la tente cinq fois par jour. Des piles de bois à la mesure de sa propre taille, comme le voulait la tradition. Personne n'avait exécuté pareil rituel depuis la naissance d'Annie, mais Charlie s'était procuré des livres à la bibliothèque. Les livres disaient que c'était ce que faisaient les jeunes filles paiutes. Annie voyait le sens caché derrière cette activité : soulever le bois, le hisser sur les piles permettait d'atténuer les douleurs menstruelles.

Annie rit avec le vent neigeux dans la petite pièce. Le vent qui venait d'un lieu où sa grand-mère avait vécu. Charlie voulait se conformer aux traditions, mais pas complètement. Il ne voulait pas que les jeunes gens portant des plumes d'aigles viennent s'accroupir en silence au pied des couvertures de sa fille, demandant sa main en mariage maintenant qu'elle était femme. Charlie avait occulté cet élément. Non que cela pût faire la moindre différence. La vie suivait son cours, et ce serait elle qui prévaudrait. Dans le vent neigeux Annie sentait le souffle de sa grand-mère qui descendait sur elle en l'environnant, se mêlait à son rire, s'avançant plus loin dans le futur à travers la jeune fille, dehors, qui allait s'appeler Fleur Rouge du Désert. C'était bon, quelle qu'en soit la signification.

Mais la chose qui venait du désert n'était pas bonne, elle. C'était quelque chose de terrifiant, de complexe. Comme un panier tressé qui se déferait. Le besoin de retrouver le schéma constructeur, de colmater la faille avant même que tout ne se désintègre. Impossible.

Quand elle était enfant, là-haut dans le vent neigeux, Annie avait reçu le nom de Voit-dans-la-Nuit. Elle voyait, là, et elle était prête.

32

Lone Pine

Bo sortit d'un rêve dans lequel son dos se rompait sous le poids d'une chaîne de montagne tout entière. En se redressant, elle comprit qu'elle avait perdu conscience, pliée en deux avec la tête appuyée contre le tableau de bord. Le martèlement de douleur qui en résultait entre ses tempes fit surgir en elle l'idée de continents qui se séparent, de tremblements de terre, de lames de fond. Où diable était-elle, d'ailleurs ?

De la voiture de Gretchen Tally, garée sur l'aire gravillonnée d'une station-service, elle vit ce qui lui sembla être une ville fantôme envahie de broussailles. Des maisons sans lumière. Les silhouettes de voitures ramassées sur elles-mêmes et plongées dans l'obscurité d'une rue grisâtre éclairée à contre-jour. Un décor de cinéma. Si elle descendait de voiture, les silhouettes se révéleraient être des découpes faites dans du carton. Une ville en trompe l'œil, miroitant de manière trompeuse sous l'immense œil aveugle de la lune. Sur le siège arrière, un halo de cheveux frisés jaillit d'un sac de couchage qu'elle reconnut comme étant le sien. Weppo !

Il est là. Il va bien. Arrête de t'imaginer des choses. Reprends-toi.

Dans une cabine téléphonique qui semblait tout à fait réelle, Bo distinguait Gretchen Tally plongée dans un annuaire de l'épaisseur d'un crayon tout en tenant entre ses dents une lampe de la taille d'un farfadet. Son visage, illuminé par en dessous à partir du nez ressemblait à une lune de comptine enfantine.

– Hé, diddle, diddle... fredonna Bo.

Ça va pas, ça, Bradley. Fais le ménage dans tout ça.

Mais il n'y avait pas moyen de faire le ménage. Images, distorsions, manifestations étranges menaçaient Bo de toutes parts. Des choses qui étaient à la fois ce qu'elles étaient et ce qu'elles signifiaient, ou pouvaient signifier. En même temps, distillées, tangentielles. Gretchen Tally dans la cabine téléphonique était maintenant une diseuse de bonne aventure naine de carnaval. Inquiétante et sinistre. Un cauchemar d'enfant.

Merde ! Bouffe quelque chose ! Prends quelque chose ! Fais quelque chose ! Ce n'est pas comme ça que tu vas arrêter ça. Tu ne peux pas te permettre de devenir folle... pas encore !

– J'ai trouvé un Charlie Garcia dans l'annuaire, cria Gretchen lorsque Bo bondit hors de la voiture et en fit le tour au pas de course. Pourquoi vous courez autour de la voiture ?

– Ça m'éclaircit les idées, prononça Bo le souffle court.

Dans ses poumons, au contact de sa peau, l'air était semblable à de l'eau glacée. Probablement une bonne idée. Autrefois, se souvint-elle avoir lu dans un manuel de cours, on jetait les psychotiques dans des lacs glacés. Ceux qui ne mouraient pas de commotion ou de froid tiraient souvent profit de cette expérience. Tout au moins était-ce la théorie. Bo battit des bras et accéléra le rythme de sa course.

– Et j'ai appelé mon rédacteur en chef, poursuivit Tally. Il faut que vous répondiez à plusieurs questions et qu'après je le rappelle. Pendant ce temps il vérifie quelques trucs. Remontez dans la voiture, Bo. Vous allez attraper une pneumonie, à rester là.

Bo se glissa à nouveau dans la voiture en frissonnant.

– Quelles questions ?

– D'où connaissez-vous Delilah Brasseur et que vous a-t-elle dit ?

Bo tendit la main vers le siège arrière et caressa les cheveux de Weppo. Serré dans son poing se trouvait un feutre de couleur rouge.

– Je ne la connais pas, fit Bo avec un soupir. Elle a laissé un message pour moi. Elle m'a dit que je devrais prendre Weppo, « le petit », c'est le mot qu'elle a employé, et aller quelque part où personne ne pourra le trouver d'ici mardi. Elle a dit que tout ça serait terminé mardi.

Des comparaisons avec des messages apportés par des anges et encourageant à fuir l'Égypte étaient inévitables. Bo résista à l'envie d'expliquer que Delilah Brasseur était peut-être l'un de ces anges, et qu'elle-même était peut-être l'élue choisie par Dieu pour emporter l'enfant loin du danger qui le menaçait. Le mot qui caractérisait ce genre de délire était celui de « fabulation ». Et ce sentiment que l'on était destinée à remplir une mission divine, l'indice révélateur de l'état maniaco-dépressif.

– Brasseur a été la bonne des Rowe pendant des années, expliqua Tally. La vieille servante de la maisonnée.

– Elle m'a dit qu'elle était au courant pour Weppo,

poursuivit Bo. Elle m'a dit qu'elle avait appelé le « papa » et qu'il était venu et avait emmené Weppo. Elle avait peur, vraiment peur. Elle m'a dit...

Bo s'interrompit pour contrôler le ton de sa voix.

– ... que tout dépendait de moi.

– Mais comment se fait-il qu'elle vous connaisse, vous ? insista Tally.

– Je ne sais pas. J'ai laissé ma carte de visite à la bonne, à la maison des Rowe, mais ce n'était pas Delilah Brasseur. J'ai la mémoire des voix. La bonne était une femme beaucoup plus jeune.

– Mais elle connaissait peut-être Brasseur. Elle devait la connaître. La bonne a donné votre carte à Brasseur qui vous a appelée.

– Je suppose que oui, reconnut Bo.

La réalité était terne comparée à la voix divine fantasmatique de son répondeur.

« Seule existe la réalité ! » l'avertit une voix germanique bien connue dans sa tête.

– D'accord, d'accord, réagit Bo.

– Comment ça, d'accord ?

– D'accord, alors Brasseur m'a appelée, biaisa Bo, mais nous ne savons toujours rien.

– Elle a dit que tout serait terminé mardi. Mardi, c'est la date de l'élection. Les attaques dirigées contre votre Wilhelm, là derrière, sont liées à l'élection. Tia Rowe et l'élection. Mais comment ?

Bo leva les yeux vers le plafond rembourré de la voiture.

– C'est à moi que vous demandez ça ? Moi qui suis probablement la seule candidate vraiment mûre pour la camisole de force dans un rayon de six cents kilomètres ? Tout ce que je sais, c'est qu'il fallait que je sauve Weppo. Je veux qu'il apprenne la langue des signes, qu'il aille à l'Institut d'Art Gallaudet et qu'il devienne le premier président des États-Unis à être sourd.

– Vous êtes cinglée, remarqua Tally, mais vous avez du cran. Je vais aller vous mettre en sécurité chez les Indiens, vous et le gamin, à condition qu'on les trouve, puis je vais revenir à cette cabine téléphonique. Si nous parvenons à reconstituer toute cette affaire, nous pouvons peut-être faire échec à Tia Rowe.

Les phares de Tally coupèrent à travers les ténèbres d'une rue principale silencieuse et vinrent s'immobiliser sur un hôtel minable de deux étages. Bo se représenta l'établissement à la grande époque, les chevaux attachés devant la façade, des prospecteurs endurcis par le soleil avec leurs pépites d'or dans des bourses liées secrètement autour de leur cou. Y avait-il des mines d'or par ici ? Elle pensa que oui. Lone Pine avait l'aspect d'une ville minière dont l'apogée passée était dissimulée sous des couches de poussière et de peinture décolorée.

– Il y a forcément un réceptionniste de nuit à l'hôtel, fit logiquement remarquer Tally. Il saura où se trouve la rue de Garcia.

Laissant le moteur tourner, elle entra en coup de vent dans le bâtiment sombre.

Bo orienta le miroir vers elle et passa une brosse dans ses cheveux. Elle trouva qu'elle n'avait pas si mauvaise mine que ça. Épuisée, mais pas avec des yeux hallucinés. Pas encore. Au milieu des ombres à la périphérie de l'image reflétée par le miroir, quelque chose bougea. Bo pivota sur elle-même à temps pour voir les roues arrière d'une voiture disparaître à un coin de rue. Pas de feux de position. Elle roulait tous feux éteints. Pourquoi quelqu'un parcourrait-il les rues mornes de la petite ville de Lone Pine, en

Californie, au milieu de la nuit, tous feux éteints ? La terreur s'empara d'elle tel un iceberg qui ferait surface en remontant des profondeurs glaciales de l'océan. C'était eux ! Ça ne pouvait être qu'eux.

Se glissant sur le siège du conducteur, elle enclencha une vitesse et appuya sur le klaxon. Derrière une fenêtre du premier étage recouverte d'une couche de poussière, une lumière apparut et s'éteignit aussitôt.

– Montez ! hurla Bo lorsque Gretchen Tally émergea du hall de l'hôtel avec l'air stupéfait. Ils sont ici !

– Qui est ici ? interrogea Tally en plongeant dans la voiture en mouvement.

– Les assassins. Ce sont eux. J'ai vu une voiture là-bas, derrière nous, dans le rétroviseur. Tous feux éteints. Ils sont ici !

L'expression de Tally était circonspecte, compatissante.

– Je ne vois pas de voiture, moi. Je crois que c'est l'effet de votre imagination. Essayez de vous calmer. J'ai les renseignements pour aller à la maison du dénommé Charlie Garcia. Et il y a un pow-wow qui se tient en ce moment, et donc il se peut qu'on soit au bon endroit...

– Ce n'est pas l'effet de mon imagination ! insista Bo.

– C'est bon. Tournez à droite à ce carrefour et suivez la route qui monte dans les collines pendant trois kilomètres. Ensuite il y a un chemin de terre appelé la Fourche du Coyote qui part sur la droite.

Bo éteignit les lumières et engagea la voiture sur une longue pente qui menait aux contreforts massifs de la montagne, devant elles.

– Les Indiens disent que les montagnes marchent la nuit, énonça-t-elle.

Devant la voiture, les silhouettes violettes semblaient s'éveiller, frissonner légèrement comme si elles repoussaient le sommeil. Que l'une d'entre elles se fût déplacée, lentement, de toute son énorme masse, vers la Vallée de la Mort à l'est ou le lac Mono au nord dont les piliers de cristaux de sel déchiquetés jaillissaient des eaux troubles, Bo n'en eût pas été surprise. Les montagnes qui marchent pouvaient tout à fait être une donnée naturelle. Tuer un enfant n'en était pas une.

Tally prenait frénétiquement des notes dans un minuscule carnet à spirales.

– Alors vous avez trouvé un reçu de chez Jamail's par terre à côté de l'endroit où l'enfant a été abandonné, c'est ça ?

– Ouais, répondit Bo d'un air distrait.

Elle se souvenait qu'un ranger, lors de sa précédente visite, avait signalé dans son exposé que les collines qui s'étalaient à l'ouest de Lone Pine avaient deux cent millions d'années. Ce chiffre échappait à la compréhension. Rien ne pouvait vraiment avoir d'importance, quand on comparaît avec un âge aussi prodigieux.

– Et après l'attaque perpétrée contre le garçon à l'hôpital, vous avez pris l'avion pour Houston où une employée de chez Jamail's vous a dit que ce reçu portait un numéro de compte dont le code pointe vers les Rowe. De là vous vous êtes rendue au manoir de la famille à River Oaks, où vous avez remis votre carte de visite à une bonne avant de partir. C'est bien ça ?

– Oui, répondit Bo d'un ton neutre.

Les mots employés par la journaliste n'étaient pas vraiment fidèles aux événements. Ils semblaient ridicules, creux.

– J'ai vu des panneaux électoraux de Tia Rowe, tenta-t-elle d'expliquer. Ses yeux... il y a quelque chose d'anormal chez elle. Elle n'est pas... humaine.

– Si vous commencez à me raconter que Tia Rowe est une créature venue d'ailleurs tout droit sortie d'un vieil épisode de *Star Trek* ou d'une autre série, je vais être obligée d'en conclure que vous n'êtes pas ce que nous nommons un informateur digne de confiance. (Tally fit une grimace.) Je vais être obligée de conclure que je me trouve au milieu de nulle part en compagnie d'une femme sérieusement dérangée qui a kidnappé un petit garçon. Je suis, de fait, complice de ce kidnapping. Vous n'allez pas me dire que Tia est une envahisseuse venue de la nébuleuse du Crabe, hein, Bo ?

– Non, répondit Bo, rien de semblable.

Les gens, remarqua-t-elle peut-être pour la millionième fois de sa vie, affectaient d'un coefficient différent les paroles prononcées par ceux qui avaient eu des problèmes d'ordre psychologique. Il fallait faire preuve d'une précision détachée, éviter les tournures de phrases originales. Sinon on avait droit à un échange de regards éloquent, après quoi on se retrouvait rejeté comme un jouet plein de charme mais inutilisable. Et même Gretchen Tally, si digne de confiance, était de leur nombre, de ceux qui tenaient les rênes de la réalité.

– Je suis convaincue, déclara Bo en appliquant la syntaxe dépourvue de ponctuation d'une voix générée par ordinateur, que Weppo était dans cette maison jusqu'à ce que Delilah Brasseur découvre quelque chose qui l'a amenée à croire qu'il courait un grand danger. Elle a appelé le père de Weppo pour qu'il vienne à son secours. Je pense que le père a volé une voiture à Houston puis qu'il a fait toute la route jusqu'à San Diego et qu'il s'est caché pendant quelques jours avec Weppo dans une cabane de la réserve Barona. Je pense que c'est le père qui l'a attaché là à un matelas puis qui est parti avec l'intention de revenir. Mais il n'est jamais revenu parce qu'il est mort d'une overdose d'une drogue quelconque vendue dans les rues.

– On croirait entendre un ordinateur, remarqua Tally avec un mouvement de recul. Ça me donne la chair de poule. Mais je crois que vous avez raison. Je crois que le père de Weppo était Kep Rowe. Mon rédacteur en chef est en train de vérifier ça auprès de la police de San Diego. Kep a été arrêté à Houston, et plus d'une fois, pour des délits liés à la drogue. Ses empreintes sont en ce moment en route pour San Diego par fax. Si c'est Kep, nous tenons notre article.

– Quelle raison pourrait-on avoir de tuer le petit-fils de Tia Rowe ? demanda Bo en négociant d'extrême justesse un virage à droite pour emprunter une piste de terre que seule une indication peinte sur un rocher au blanc de chaux identifiait comme étant la Fourche du Coyote.

– La question, médita Tally, c'est pourquoi personne ne savait que les Rowe avaient un petit-fils ?

– Une histoire de sexe, supposa Bo. Un enfant illégitime. N'est-ce pas le genre de chose qu'on continue à cacher dans le Sud ?

– Peut-être, concéda la journaliste. Mais Delilah Brasseur a appelé Kep pour qu'il arrache l'enfant au danger qui le menaçait à Houston. Ce qui veut dire que le gosse était à Houston pour commencer. Caché à Houston. Mais le sauver de quoi ? Le cacher pourquoi ? Et où est la mère ?

Au cœur d'un désordre d'affleurements de masses granitiques plus ou moins circulaires, Bo distingua une maison en parpaings entourée de voitures et de pick-up trucks. Certains de ces petits camions étaient équipés d'un habitacle de camping. D'autres étaient garés de manière à abriter des tentes contre le vent. Le pow-wow.

– Je ne sais rien de plus que ce que je vous ai dit, acheva Bo de sa voix monocorde.

Le paysage aurait pu se trouver sur la lune.

– J'espère que c'est le bon endroit, fit Tally. Vous êtes sûre que ces Indiens vont vous laisser rester ? Vous serez en sécurité ?

– Nous ne sommes en sécurité nulle part, répliqua Bo. Mais Annie va nous aider. Je le sais.

Au moment où Bo glissait doucement la voiture parmi les véhicules garés, une silhouette se déplaça vers l'arrière de la maison. Une femme très âgée portant des jupes longues et un manteau d'homme. Elle sortit lentement des ombres et se contenta de rester sans bouger dans le cercle de rochers éclairé par la lune.

Bo prit soudain conscience que cette enceinte semblable à un paysage de rêve ne contenait pas qu'une seule paire d'yeux, attentifs et vigilants, mais cinquante. Ces présences somnambulesques masquaient un profond intérêt, et une solidarité qui étaient palpables dans l'air. Ils avaient attendu. Annie et les gens de son peuple savaient qu'ils arrivaient, et ils les attendaient en silence.

En transe, Bo récupéra le petit garçon endormi dans la voiture de Tally et s'approcha de la vieille femme.

– Bonne chance, murmura la journaliste.

Bo hocha la tête tandis que Gretchen Tally se glissait sur le siège du conducteur et tournait pour repartir.

– Soyez les bienvenus, prononça Annie Garcia d'une voix douce. Je savais que vous viendriez. Il y a encore beaucoup de danger, sans quoi vous ne seriez pas venue jusqu'ici. Mon petit-fils Charlie, il connaît un endroit où vous cacher.

Bo regarda un petit camion aménagé pour dormir s'ébranler et s'avancer vers elle. Au volant il y avait un homme qui avait les pommettes d'Annie et son crâne large, mais qui était beaucoup plus jeune.

– Il y a des manteaux, des couvertures, de la nourriture qui vous attendent, dit-il. Montez. Nous allons vous cacher.

Bo garda Weppo au chaud contre son corps pendant que le petit-fils d'Annie Garcia délaissait une piste de terre et prenait la direction des collines au nord. Dans ce décor alkalin baigné de clair de lune, Bo chercha la réalité de Lois Bittner mais ne la trouva pas.

Ce qu'elle trouva, ce fut des décombres planétaires. Une terre délaissée, abandonnée, où des choses infiniment plus anciennes que la méduse à squelette nommée « humaine » respiraient et avaient une vie. De quoi pouvait-il s'agir sinon d'un schéma dans lequel elle ne faisait que remplir une fonction ? Elle se sentit agitée d'un léger bercement. Le mouvement rassurant, primitif, des tout-petits, des très vieux, et de ceux qui souffrent de très graves troubles mentaux.

– Nous y serons dans environ une demi-heure, lui dit son compagnon. Il y a des puits de mine, là-haut dans ces collines, on pourrait s'y cacher indéfiniment.

Ce mot se répercuta comme une lumière sur l'enchevêtrement de roches au-dehors. « Indéfiniment, indéfiniment. » Ce serait très bien, de vivre au sein de ces roches déchiquetées par la lune. De devenir autre chose, de retourner à un moi cristallin au plus profond de son être, d'être une pierre.

Weppo bougea contre elle, sa tête chaude appuyant contre sa poitrine.

Mais pas lui. Il faut qu'il ait une vie. Tu dois t'accrocher, pour lui.

Au bout d'un moment, le camion s'arrêta dans un grincement de freins sur une colline au milieu d'autres collines identiques, brillante, perdue.

– Là-haut, fit Charlie Garcia en désignant un petit trou dans une coulée de rocailles. Vous pouvez vous cacher. Personne ne vous trouvera. Quand il n'y aura plus de danger, nous viendrons vous chercher.

Bo enfila avec difficulté un blouson de cuir et mit à son épaule le sac à dos que Charlie Garcia lui tendait. Weppo émit un gémissement ensommeillé lorsqu'elle l'enveloppa dans un autre blouson et le jeta sur son épaule. Il s'agrippa à elle comme un singe grognon.

Tandis que le camion s'éloignait, elle se demanda ce que Lois Bittner aurait dit de tout ça, et se prit à rire. Sur un rocher proche de l'entrée du tunnel de la mine fila précipitamment une forme humaine dont elle aurait juré qu'il s'agissait de sa sœur décédée, Laurie.

33

Ombres du désert

Andrew LaMarche aspira de l'air entre ses dents et regarda la route en contrebas. Quelques voitures, pick-up trucks, de loin en loin un gros camion à dix-huit roues emportant ses produits sur la route difficile et montagneuse du Nevada. Jusque-là, pas de BMW d'un bleu terne avec une Irlandaise fantasque aux commandes et un petit garçon sourd.

De temps à autre, le pilote de l'hélicoptère faisait un crochet au-dessus du désert et balayait de ses projecteurs les étendues monotones et désolées comme s'il cherchait vraiment quelque chose parmi les cactus chollas et le granite brisé. C'était une ruse suggérée par Rudy Palachek, afin d'expliquer la présence d'un hélicoptère du Corps des Marines patrouillant le long d'une route publique au milieu de la nuit. N'importe quel observateur, même un observateur officiel comme les membres de la police des autoroutes de Californie, en conclurait qu'il s'agissait d'une mission de patrouille obéissant à des ordres fédéraux, probablement dans le but de suivre une cargaison de drogue importée du Mexique. Projecteurs venus du ciel et bruit de rotor d'hélicoptère fendant l'air étaient des événements nocturnes courants dans le sud de la Californie. Personne, à l'exception de ceux que les faisceaux lumineux traquaient, n'y accordait beaucoup d'attention.

LaMarche embrassait d'un regard sombre le paysage désertique. Un sol bizarre couvert de déchets minéraux et de plantes piquantes résineuses. Des ombres aux contours acérés projetées par la pleine lune transformaient la terre en dessous d'eux en un quilt noir et argent aux formes fantasques. Quel aspect cela prenait-il pour Bo ? Pour une femme se démenant contre une affection mentale semblable à une pieuvre dont l'étreinte ne ferait qu'exacerber le caractère inquiétant du désert ? Et ces arbres de Josué hideux. Un souvenir de laboratoire de microbiologie lui revint : ils ressemblaient aux organismes d'eau douce dotés de tentacules que l'on appelle des hydres. Les serpents de mer dont parle la mythologie grecque. Quand Hercule tranchait l'une de leurs neuf têtes, deux la remplaçaient. Une mer asséchée, peuplée de monstres. Était-ce ainsi que Bo percevait tout cela ? Était-elle terrifiée, seule avec le petit garçon, dans cette immensité ? N'étant pas accoutumé à s'abandonner à des pensées créatrices, il trouvait cela plutôt agréable. Mais ça ne devait pas être le cas de Bo. Pas en ce moment.

– Hé, là, une minute, hurla Rudy Palachek pour couvrir le bruit des rotors. Je crois qu'on a quelque chose.

LaMarche remarqua que la large main de Palachek plongeait pour se refermer sur la crosse d'un fusil M-14 posé par terre. La lunette de visée Leupold Vari-X III montée sur le canon lui conférerait un avantage incontestable sur des hommes armés de pistolets. Et dans le désert frais éclairé par le clair de lune, il n'y aurait nulle distorsion causée par des brumes de chaleur. Rudy Palachek était capable d'abattre un assassin dénué d'âme à une grande, une très grande distance. Et s'il en avait l'occasion, il ne s'en priverait pas.

Mais la voiture en dessous d'eux était abandonnée. Laissée sur le bord de la route. L'hélicoptère descendit en décrivant un cercle et atterrit sur du sable tassé à dix mètres de là.

LaMarche prit ses jambes à son cou sous les pales qui fouettaient l'air et s'approcha de la voiture silencieuse, Rudy derrière lui. Sous sa main droite, le capot était froid.

– Ils sont partis depuis au moins une heure, probablement davantage, cria-t-il.

Rudy tenta d'ouvrir une portière puis se recula et fit voler l'une des fenêtres arrière en éclats avec le M-14.

À l'intérieur jonché de débris de verre, LaMarche trouva des crayons de couleur, des livres de coloriage et un dessin représentant un taco, colorié en bleu. Des serviettes venant d'un restaurant mexicain de San Diego. Une douzaine de cassettes audio environ, du Bach pour la plupart. Une odeur de cigarettes françaises et de shampooing. Il se faisait penser à un chapardeur, un individu malsain qui faisait irruption dans un lieu privé appartenant à une femme qui lui était inconnue. Une femme qui aimait Bach et qui était prête à risquer sa vie pour protéger un enfant anonyme. Il s'aperçut qu'il aimerait bien être invité à entrer dans la vie d'une telle femme. Plus que cela, il en serait honoré. Mais tout d'abord, il fallait qu'il la trouve. Si elle était encore en vie.

– On dirait que quelqu'un d'autre est venu ici, cria Rudy Palachek en montrant des traces dans le bas-côté sableux derrière la voiture de Bo.

Les contours nets de traces de pneus. Des petites zones dégagées, au milieu de fragments de cailloux, qui indiquaient la présence de pieds. Mais pas de sang. Pas de trous en forme de cratères où explosent les balles. Et pas de traces menant dans le désert.

– Quelqu'un l'a rattrapée ici, mais ne l'a pas tuée, fut la théorie énoncée par LaMarche. Mais qui ? Pourquoi ? Pourquoi a-t-elle bien pu laisser sa voiture et partir avec quelqu'un d'autre ? Les tueurs les auraient tous les deux exécutés sur place. C'était quelqu'un d'autre.

– Le réservoir est vide, remarqua Rudy après avoir vérifié avec une branche de buisson de créosote. Elle est tombée en panne d'essence. Peut-être que quelqu'un les a simplement pris en stop. Qui ne le ferait pas ? Une femme et un gamin ici ? N'importe qui s'arrêterait et les emmènerait quelque part.

Bo avait laissé sa voiture tomber en panne d'essence. Pourquoi ? LaMarche ne parvenait pas à trouver une raison valable. Elle avait eu la présence d'esprit de nourrir le petit, même de lui procurer des jeux. Comment avait-elle pu oublier de ré-approvisionner en carburant un véhicule qui représentait leur unique moyen de fuite ?

– Elle va aller à Lone Pine, retrouver cette vieille Indienne, déclara-t-il à haute voix. Si elle fait du stop en ce moment avec le gamin, c'est quand même là qu'elle va.

– Nous y serons dans vingt minutes, prédit un Palachek aux lèvres serrées. Mais les rois de la gâchette ont de l'avance sur nous. En route !

Tandis que l'hélicoptère s'élevait bruyamment au-dessus de ce néant jonché de roches, LaMarche prit conscience que sa vie tout entière, depuis la mort de Sylvie, pouvait se comparer à ce désert. Mais plus maintenant.

34

Cul de sac

La forme humaine qui pouvait être Laurie, ou pouvait être une illusion causée par la lune et l'ombre oppressante, disparut entre le moment où Bo baissa les yeux pour s'assurer de l'endroit où elle posait le pied sur le sol rocailleux et celui où elle les releva. Les battements de son cœur étaient rapides ; elle se sentait un peu étourdie d'avoir grimpé vers la petite niche sombre à flanc de colline au-dessus d'elle. Mais ce n'était pas un problème. Ce n'était jamais un problème de marcher, de grimper, de bouger. C'était nécessaire, même.

Derrière la colline, la lune avait dépassé son zénith et commencé à redescendre vers la face cachée du ciel. Un avertissement. L'approche du moment où chaque nuit le mouvement s'inverse vers le bas, d'une zone mortelle dissimulée comme un œuf au cœur de chacun des cycles des ténèbres. Un moment où même les créatures de la nuit cessent leurs hurlements, leurs déplacements vifs et feutrés sur le million de pistes qui s'entrelacent dans le désert. Les heures de terreur pendant lesquelles rien ne bouge.

À l'exception de certains endroits peu connus,

pensa Bo. Les salles de garde des infirmières, éclairées telles des fanaux dans les couloirs silencieux des cliniques psychiatriques. Des oasis de lumière dans lesquels, l'un après l'autre, des malades tourmentés et échevelés en pyjamas s'assemblent brièvement, discutent du film de la veille au soir ou du menu du petit déjeuner du lendemain comme s'il était parfaitement ordinaire d'échanger des civilités à trois heures du matin. Le besoin d'entendre le son d'une voix humaine. La soif de réconfort. Jamais aussi puissante que chez ceux qui ne parviennent pas à dormir durant ces heures creuses.

Mais il n'y aurait pas, ici, de soutien psychiatrique chaleureux. Pas d'infirmière de nuit prête à s'intéresser plus tard à ses courbes de température et à bavarder sur un article de *Time*, ou sur l'endroit où on peut trouver des pneus radiaux au meilleur prix. Ici il n'y avait que roches, cailloux, pierres de toutes les compositions possibles et imaginables : une exhalaison de matière plus ancienne que la respiration même. Et le poids mort d'un enfant endormi.

Tu vas faire exactement ce que l'Indien t'a dit, Bradley. Tu vas te cacher.

L'escalade qui menait au tunnel de la mine en empruntant l'éboulis de rocaille était traître. Chaque prise que trouvaient ses pieds déclenchait une avalanche de pierres et de terre qui prenait les accents d'un stand de tir dans le silence du désert. Bo se demanda si cela était grave. Assurément, il ne pouvait y avoir personne d'autre dans cette région désolée. Les tueurs eux-mêmes ne pouvaient venir jusqu'ici. Et néanmoins, elle avait le sentiment que quelque chose, quelqu'*un* observait. Un veilleur au plus creux de la nuit ? Impossible. Mais le sentiment était présent. Ce qui, comprit-elle, n'était pas plus inexplicable que sa propre venue en ce lieu. Une présence consciente, partageant ce royaume aride.

Bo contrôla un tremblement de frayeur qui lui courait par tout le corps. Elle l'emprisonna solidement dans les muscles de son dos et de son ventre.

Pas de panique. Absolument pas question !

Elle fit passer Weppo et le sac à dos par-dessus le bord du tunnel et s'écroula à l'intérieur. Silence. Ce n'était pas une caverne de pierre à chaux suintant l'eau, ici, avec des stalactites laiteuses suspendues au plafond. Juste un tuyau vide qui serpentait sous la colline pour donner accès à ses gisements, or, fer, plomb. Des gisements de métaux lavés à grandes eaux dans les tréfonds de la terre avant que les ptérodactyles ne planent dans des cieux vaporeux. Avant que la terre ne se refroidisse et ne se ride, projetant dans les airs ces montagnes tels les plis d'une couverture. Une galerie de mine, rien d'autre. Plongée dans le silence et à l'abri du danger.

Bo prit la mesure de son environnement. Le tunnel était de forme ovale, avec un sol plat. Environ un mètre quatre-vingts de haut. Pas de structure de soutien en bois. Des rochers, certains arrondis, d'autres déchiquetés, dépassaient de l'intérieur évidé de la colline selon tous les angles imaginables. La plupart avaient une teinte jaunâtre, des stries d'un marron orangé. Une odeur de fer.

Bo libéra la couverture attachée sous le paquetage, l'étendit sur le sol du tunnel et y déposa doucement Weppo. Quelque peu réveillé par les secousses de l'escalade, il la contempla d'un œil vague. Elle désigna une pierre piquetée de jaune-marron près de la tête du garçon.

« Pierre », fit-elle avec ses mains en abaissant son poing droit sur le dos du gauche dans le geste que tout enfant apprend en jouant au jeu de ciseau, papier, pierre. « Nous – sommes – dans – une – maison – de – pierre. »

Weppo fit oui de la tête.

– Ma-mie, chantonna-t-il contre la couverture rêche. Ma-mie.

Dans son sommeil, il prononçait aisément ce terme affectueux servant à désigner une grand-mère. Il avait donc eu une tatie qui lui avait appris à l'appeler de la sorte, à prononcer les deux syllabes inaudibles à voix haute. Probablement pour qu'il puisse l'appeler. Pour qu'elle puisse l'entendre. Mais qui était-ce ?

Si Gretchen Tally avait raison, Tia Rowe était la grand-mère de Weppo. Bo était incapable, même en faisant appel au délire imaginatif des phases maniaques, de se représenter la candidate au sénat sous les traits d'une mamie avec ses yeux de reptile. Il y avait des choses qui n'étaient tout simplement pas possibles, point final. Et c'en était une.

Puis, comme une mesure oubliée d'un concerto de Bach, une voix profonde chanta, « ... je sais pour le bébé, le petit garçon... » Delilah Brasseur ! Cette voix était celle de Mamie. Bo l'aurait parié. L'affection qui y vibrait. L'amour.

S'installant à côté de l'enfant assoupi, le dos appuyé contre un affleurement de pyrite, Bo fit un effort pour se détendre. S'étira. Secoua les muscles noués de ses épaules. Se gratta la tête. Ça ne marchait pas. L'inactivité produisait ses propres distractions. Le cerveau en phase maniaque exècre l'ennui.

Sur les parois rocheuses du tunnel, Bo vit des lueurs scintiller. Des points lumineux, faibles et brouillés qui disparurent quand elle bougea la tête, pour en révéler d'autres. Surtout près de l'ouverture du passage, là où la lumière de la lune pénétrait encore. De la pyrite, toujours. Des traces de sulfure de fer qui réfléchissaient faiblement la lumière. Cette galerie était véritablement fascinante.

Avec un briquet trouvé dans le blouson de cuir, elle fit naître une bulle de brume d'or qui s'enflammait et brillait sur un million de surfaces. Du grès, du porphyre, du gneiss. Mentalement, elle récita des mots oubliés surgis d'un cours de géologie. Y avait-il de la pierre ponce, ici ? Elle pourrait faire ses ongles. Et de la sidérite ? Il y en avait forcément. Cet endroit sentait la fonderie. Et les minuscules étincelles jaunes ? Pas de la pyrite, mais du quartz fumé. Le quartz jaune dont était fait un bracelet de sa grand-mère. Chacune des pierres gravée d'un symbole celtique. Chacune des pierres du bracelet avait sa propre histoire. Comme un rosaire.

Dans les ombres ondulantes au-delà de la bulle de lumière, elle crut voir une photographie, incrustée, aurait-on dit, dans le granite. Une photographie de Laurie avant sa mort. Laurie qui parlait avec ses mains, qui essayait de lui dire quelque chose. Laurie avant la robe grise et le col de dentelle, ô combien immobile. Laurie portant un pantalon à chevrons et un pull irlandais très ample, et elle parlait par signes. Mais une minute. Ces vêtements étaient les siens à elle, ceux qu'elle portait quand tout avait commencé. Quand elle avait vu Weppo et qu'elle avait compris qu'il était sourd.

Son pouce s'écarta brusquement du briquet surchauffé et les ténèbres engloutirent cette apparition. En suçant sa brûlure, elle essaya dans sa tête de déchiffrer les signes aperçus. Mais ils n'avaient aucun sens. Était-ce là l'esprit de Laurie ? Comment l'esprit de Laurie pourrait-il bien la trouver en ce lieu ? Weppo changea de position sur le sol pierreux, faisant se tendre la couverture indienne comme un papillon de nuit dans son cocon. Bien sûr ! Laurie pouvait la trouver par l'intermédiaire de Weppo. Deux enfants sourds, liés par le silence. Si ce n'est que l'une des deux n'était pas une enfant, qu'elle n'était pas même vivante. Mais cela pouvait-il avoir de l'importance ? Laurie était une enfant quand Bo était partie à l'université, pour n'en jamais revenir. Elle n'avait que dix ans. Et l'esprit de Laurie était venu dire à Bo que ça ne faisait rien. Que ça ne faisait rien si elle avait quitté par honte une petite sœur que ses amis disaient « débile ». Que ça ne faisait rien si elle avait oublié les anniversaires. Que ça ne faisait rien, même, de ne pas avoir demandé à une adolescente maladroite de quinze ans de venir à son mariage.

Bo ralluma le briquet et ne vit que des rochers à l'endroit où s'était trouvée Laurie. Pas de photographie animée. Juste une uniformité de rochers parmi lesquels cent, pris au hasard, pouvaient en remplacer cent autres sans que cela ne change rien.

« Seule la réalité existe », prononça Lois Bittner d'une voix aussi distincte que si elle était assise dans la galerie.

Alors c'était ça, la réalité. Des rochers.

Tu es assise dans un tunnel près de Lone Pine. Tu t'y caches avec Weppo jusqu'à ce que le danger soit passé et que le petit-fils d'Annie vienne. Laurie est morte. Pas Weppo. Bouge-toi. Garde la tête sur les épaules.

Elle se leva et s'enfonça prudemment dans les profondeurs de la galerie, se retournant tous les deux pas pour jeter un regard sur l'enfant endormi. Un petit vent frais lui signala la présence d'un second couloir à cent cinquante mètres dans la colline, avant même qu'elle ne l'atteigne. C'était un boyau plus court et plus accidenté que celui dans lequel Weppo était profondément endormi, qui était orienté à travers la face nord de la colline et présentait une vue de la piste de terre par laquelle, supposa-t-elle, ils étaient arrivés en ce lieu. Par le trou de lumière à l'extrémité de la plus petite des deux galeries, Bo vit quelque chose d'étrange sur la route. Quelque chose de plus sombre que les rochers, dont les contours ne rappelaient pas ceux des rochers. Une voiture.

Se hâtant d'atteindre l'ouverture sans faire de bruit, elle s'allongea à plat ventre et scruta l'endroit. C'était une voiture. Immobile. Personne dedans. Personne alentour.

Puis elle vit, venant de l'intérieur d'une autre galerie creusée dans la colline, de l'autre côté de la route, le vif éclat jaune bleuté d'une lanterne au butane. Qui adressait un message à quelqu'un, tout près. Quelqu'un qui se trouvait sur le flanc de la colline, en dessous d'elle. Quelqu'un qui était coiffé d'un Stetson et qui parcourait sa colline à la recherche d'ouvertures.

Le cœur de Bo se rétracta dans sa poitrine, cédant la place à un gémissement.

Ne crie pas ! Quoi que tu fasses, ne crie pas. Et n'allume pas le briquet. Ne fais aucun bruit. Va chercher Weppo et enfonce-toi en courant dans la colline. Elle est criblée de galeries. Ils ne te trouveront pas. Ils ne peuvent pas !

Paniquée, elle trébucha sur un rocher et tomba violemment sur les mains. Une douleur fulgurante lui transperça le poignet droit. Sa main devint humide. Du sang. Mais ses doigts bougeaient toujours. Elle s'était déchirée la main mais le poignet n'était pas cassé.

Bravo ! Maintenant tu vas perdre tout ton sang.

Panse-la avec quelque chose mais ne t'arrête pas. Cette fois c'est la bonne. Ta dernière chance.

Elle tira violemment sur son sweat-shirt et se rendit compte qu'il ne se déchirerait pas. Le blouson en cuir, alors. La doublure céda facilement et elle noua le tissu autour de sa main en courant. Mais le nylon n'était pas très efficace pour arrêter le sang qui coulait.

C'est comme si tu laissais des miettes de pain pour marquer ton passage. Ils vont le voir, ce satané sang.

Weppo, réveillé sans ménagement par les bras de Bo, se débattit en donnant des coups de pied.

– Chuuut, chuchota-t-elle contre sa tête aux cheveux drus.

Ça ne servait à rien. Il ne pouvait l'entendre. Et il commença à hurler. Un hurlement rauque, hululant, égaré. Un hurlement qu'elle avait entendu toute sa vie.

Il n'y avait rien d'autre à faire que courir. Courir dans les ténèbres à travers les roches déchiquetées qui griffaient et déchiraient. Tenant de son bras gauche l'enfant qui se tordait en tous sens, elle tendait la main droite pour sentir la paroi du tunnel. Des lettres démesurées en braille, sans début ni fin, qui ne lui fournissaient aucun enseignement. Sa main saignait toujours. Derrière elle, elle entendit une voix masculine :

– Par ici !

Puis autre chose.

Des pas dans son dos, plus proches que la voix. La sensation qu'il y avait une autre présence. Laurie. Ça ne pouvait être que Laurie qui s'accrochait à elle comme d'habitude. Ce cri rauque et perçant.

La galerie s'incurva vers le haut, se rétrécit. Bo courba les épaules pour échapper aux éclats de granite, au-dessus de sa tête, qui la menaçaient, invisibles dans le noir. Les pas, les pas de Laurie, la suivaient.

– Va-t'en ! cria Bo comme elle l'avait fait mille fois. T'es suante. Laisse-moi tranquille !

Sa main droite, s'aperçut-elle avec un élan de douleur, traduisait les mots en même temps qu'elle les prononçait.

Une faible lumière, devant elle, signalait une nouvelle galerie qui s'enfonçait sur la droite, vers le flanc sud de la colline. Partiellement effondrée, elle n'offrait aucune échappatoire. En son centre, au-dessus d'un mètre vingt d'éboulis, elle aperçut une griffure de ciel, et elle entendit un bruit semblable à celui d'un marteau-piqueur géant fonctionnant au ralenti. Le bruit semblait provenir du ciel. Est-ce qu'ils étaient en train de forer la colline ? D'installer des bâtons de dynamite ? Est-ce qu'ils allaient la faire sauter, condamner toutes les galeries dans l'explosion, les laisser à l'intérieur face à leur mort ? Que pouvaient-ils faire d'autre avec un marteau-piqueur ? Le bruit cessa tandis qu'elle écoutait.

Remplacé par la voix masculine, plus proche.

– Elle va par là. C'est dans la poche !

Tout en remontant à tâtons le tunnel principal qui se rétrécissait, et n'était plus maintenant qu'un chenal étouffant, elle vit son erreur. Le passage prenait fin ! Elle aurait dû essayer de passer par-dessus le tas de scories de la galerie effondrée. Elle aurait au moins dû expédier Weppo de l'autre côté, lui donner une dernière chance de vivre.

Se faufilant pour franchir les derniers mètres accidentés du tunnel, elle fit passer Weppo derrière elle et le bloqua avec son corps. Puis, s'attaquant des pieds et des ongles aux parois elle essaya de faire écrouler sur eux leur petit refuge. De les enterrer sous des débris granitiques qui pourraient détourner les balles empoisonnées, gagner suffisamment de temps pour que Charlie Garcia arrive. Pour que quelqu'un arrive. Mais la colline, emeurée intacte au-delà de ce point, tenait bon, rendue compacte par des milliers d'années de forces naturelles. Quelques pierres se détachèrent et tombèrent, mais trop peu pour les ensevelir.

Tandis qu'elle attirait à elle les décombres pour les empiler, elle entendait le hurlement de Weppo, sentait la présence de l'autre. De Laurie, qui ne voulait pas partir. Qui allait devoir mourir deux fois.

Ce n'est pas comme ça que ça devait se passer. Pas comme ça.

Recroquevillée derrière son petit tas de roches, avec Weppo hystérique qui hurlait dans son dos, Bo vit une lumière d'un jaune bleuté emplir l'espace qu'elle avait traversé dans les ténèbres. Un homme derrière la lumière. Maigre. Petit. Courbé dans l'espace restreint. Dans sa main droite, un pistolet avec un cylindre noir fixé à l'extrémité. Un large sourire aux lèvres.

– Là-haut ! cria-t-il au-dessus de son épaule. On entend l'autre débile !

De sa main couverte de sang, Bo trouva une pierre coupante et l'entoura de ses doigts. L'homme ne l'avait pas encore vue. Il lui restait encore une chance pratiquement illusoire. Elle s'écarta de derrière le tas de cailloux afin de donner à son bras suffisamment de place pour lancer le projectile, s'offrit carrément à sa vue.

Mais Laurie fut plus prompte.

Bondissant du coude que faisait la galerie orientée au sud, le fantôme de sa sœur jeta un arc de cercle de poussière de roche et de petits cailloux dans le visage du tueur. Puis une explosion se répercuta en cercles, arrachant poussière, terre, roche aux parois de la galerie.

Bo vit la forme humaine écroulée sur le sol. Une forme familière. Qui portait une jupe qu'elle aurait pu porter quand elle était écolière. Mais ce n'était pas Laurie. Les cheveux étaient blancs et en désordre. Le crâne large. La peau plus sombre que celle de n'importe quelle petite Irlandaise, et patinée comme du vieux bois. À sa poitrine s'ouvrait un cratère béant par lequel la vie d'Annie Garcia s'écoulait en rivières silencieuses.

– Nooooon !

Un hurlement déchira la gorge de Bo tandis qu'elle jetait la pierre qu'elle tenait à la main. Elle atteignit le tueur au cou. Il poussa un grondement, leva son arme, puis tomba lorsque la moitié de son crâne vola en lambeaux pour éclabousser les murs de rochers primitifs. Quelque chose, un son, se réverbéra tel un tourbillon à travers l'espace, arrachant une pluie de terre et de pierres. Un second coup de feu. Plus retentissant que le précédant. Mortel pour l'homme au pistolet.

Bo était incapable de fermer les yeux, de mettre un terme à une paralysie qui transformait ses jambes en coton. Toute tremblante, elle s'appuya contre Weppo, tout juste capable de respirer tandis que Rudy Palachek, le fusil à la main, s'avançait en trébuchant dans la galerie ténébreuse et envahie de poussière.

– Madame Bradley ? s'enquit-il d'une voix étouffée avec une courtoisie irrationnelle. Tout va bien. Nous avons eu l'autre, là, juste derrière.

Il fit un geste avec son fusil, précisa :

– Avec un couteau. Une jolie petite entaille, pendant qu'Andy lui brisait le poignet pour lui prendre son arme. Mais il ne va pas crever, il parlera, soyez tranquille. Vous pouvez sortir de là, maintenant. Faites sortir le garçon. Tout va bien.

Bo essaya de bouger et en fut incapable. Chacun de ses muscles était noué. Son corps tout entier, un cri silencieux qui refusait de bouger. Derrière elle, les hurlements de Weppo s'atténuaient dans un enrouement.

« Je crie parce que je suis un oiseau. »

Le chant paiute envahit ses oreilles tandis que son regard restait fixé sur la vieille femme, sur le sol rocheux.

« L'enfant se lèvera. »

Alors que les larmes embuaient sa vision, Bo commença à se balancer d'avant en arrière. À peine, mais suffisamment pour rompre sa paralysie. Weppo se glissa sous son bras puis se cramponna à elle, oscillant doucement à son côté.

– Uhhhh...

Elle tenta de parler mais seul un croassement émergea de sa gorge.

Derrière Rudy apparut Andy LaMarche, le souffle court, dans un crépitement de pierres délogées.

– Oh, Seigneur, murmura-t-il d'une voix entrecoupée, Bo. Tout va bien. Vous l'avez sauvé. Regardez. Il est juste à côté de vous. Il est vivant. Et vous aussi.

Bo sentit le petit corps chaud tout contre elle, le sentit qui se levait et courait vers Rudy Palachek qui attrapa l'enfant dans ses bras démesurés et le serra contre lui. Sur le visage du petit garçon elle vit Laurie sourire brièvement puis disparaître.

Andrew LaMarche la tenait, la tirait doucement à lui, l'arrachant à cette crevasse déchiquetée dont elle avait cru qu'elle allait être sa tombe. Et celle de Weppo.

– Venez, l'encouragea-t-il d'une voix calme. On va vous sortir d'ici. Ça ira mieux dehors.

Debout, enfin, elle s'arrêta pour toucher le visage d'Annie Garcia. Même dans la mort, ses yeux âgés ne témoignaient d'aucune peur, seulement de cette mystérieuse férocité, au déclin maintenant bien visible, qui, dans l'expérience de Bo, était la marque distinctive des gens qui vivent pleinement. Abaissant les paupières de bronze de sa main pâle couverte de taches de rousseur, Bo eut le sentiment que l'esprit de l'Indienne l'enveloppait une dernière fois avant l'éclipse de la mort. Dans l'air glacial de la galerie, elle sentit une notion qui se perdait et que ceux de son peuple nommaient Cally Berry... Caillech Bera, la vérité irréfutable de la mort. Sombrement, elle se releva et se laissa guider à l'extérieur de la longue galerie. Il lui sembla entendre sourdre des murs de roches antédiluviennes la voix d'une fillette qui n'avait jamais parlé. Elle disait : « Au revoir, Bo. Tout va bien, maintenant. Je sais que tu m'aimais. Au revoir. »

35

Les Saints Innocents

Tia Rowe se réveilla sensiblement plus tôt qu'à son habitude, six heures du matin en général, et se leva pour ouvrir les rideaux brodés, régénérée par un sommeil profond et paisible. La fille qu'elle avait engagée après le départ de Deely avait disparu elle aussi, mais cela n'avait aucune importance. Skiltia Marievski savait faire son café toute seule. Et construire son avenir toute seule.

En déshabillé de soie écrue qui rehaussait la couleur caramel de ses yeux, elle se rendit à la cuisine d'un pas décidé et posa le regard sur son répondeur. L'enfant attardé mental avait hérité de ses yeux, les yeux des Marievski qu'elle se souvenait avoir vu briller de mille feux dans le visage vieillissant de son père quand il lui avait dit ce qu'il avait fait.

– Tu nous détestes depuis le jour de ta naissance, avait-il dit au comble de la fureur. Tu as brisé le cœur de ta mère avec ta haine. Je te plains parce que tu es incapable de ressentir le moindre amour, mais je ne remettrai pas le fruit d'une vie de travail entre tes mains. Tu n'hériteras rien de moi ! Les tableaux et tout ce qui m'appartient seront préservés pour mes petits-enfants, Kep et Julie, et pour leurs enfants à eux. Rien pour toi, Skiltia, parce que tu ne nous as rien donné !

Le vieil homme était mort trois semaines plus tard.

Quel idiot de s'imaginer qu'elle ne finirait pas un jour par avoir ce qu'elle voulait.

Mais le voyant du répondeur ne clignotait pas. Personne n'avait appelé pendant la nuit. Ils auraient dû, auraient dû laisser le message codé qui lui aurait annoncé que c'en était fini. Que l'enfant monstre, cette erreur qui se dressait entre elle et vingt-six millions de dollars, était mort.

Enfin, ils finiraient bien par appeler. Ça ne servait à rien de perdre son temps à s'en faire pour ça. Elle se fit chauffer un croissant dans le four et évalua la meilleure utilisation à faire de la matinée.

C'était dimanche. Difficile d'accomplir grand-chose un dimanche. Les gens étaient à l'église... À l'église ! Parfait.

Elle but son café et reposa vivement la tasse en faïence de Quimper sur sa soucoupe. Une messe, tôt le matin. La veuve solitaire, cherchant force et consolation dans la prière. Elle serait en noir, bien sûr, mais pas son tailleur Givenchy. Elle le gardait pour le salon mortuaire, l'après-midi. Quelque chose de strict, alors ? Non. Quelque chose d'un peu vaporeux, de féminin. Quelque chose qui suggère un cœur brisé de chagrin.

Ayant sélectionné une église catholique dans les pages jaunes, Tia laissa des messages à deux photographes, spécifiant le lieu et l'heure, puis se dépêcha de trouver son chemisier en soie gris orné de dentelle blanche à l'encolure et aux poignets. Sous sa cape noire, ça serait parfait.

Vingt minutes plus tard, elle vit l'un des photographes vautré dans une voiture garée en face du presbytère de l'église des Saints-Innocents. Il quitta sa voiture d'un pas tranquille lorsqu'elle se gara près d'un bouquet de jeunes pins de Géorgie qui délimitaient le terrain appartenant à l'église. Une poignée de personnes, paisibles, bien habillées, échangeaient quelques mots sur les marches de pierre de la petite église avant d'entrer. Tia se couvrit la tête de la capuche de sa cape et fit semblant de ne pas voir le photographe en s'avançant avec une modestie affectée vers les portes ouvertes.

– Madame Rowe ? lança-t-il comme elle s'y attendait.

La photo surprise, gravée par un journaliste vigilant à un moment inhabituel. Sous sa cape, elle jeta un regard morne au jeune homme qui se tenait à côté des marches.

– Oui ?

– Vous êtes en état d'arrestation, lui parvint une voix dans son dos au moment où deux des hommes bien habillés qui musardaient sur les marches de l'église lui tiraient les bras derrière le dos et refermaient une paire de menottes sur les ornements de dentelle blanche.

Le photographe prit la photo avec les portes de l'église pour cadre.

– Il y a une erreur, articula-t-elle d'un ton pressant. Vous n'avez pas le droit de faire ça !

– Il n'y a pas d'erreur, m'dame, lui répondit-on calmement. Si vous voulez bien nous accompagner...

C'était impossible qu'une telle chose se produise ! Le plan était à toute épreuve. C'était trois fois rien. Il suffisait de se débarrasser de ce foutu môme, d'hériter de l'argent et de remporter l'élection. Tout, elle le savait parfaitement, peut être acheté. Seul l'argent a de l'importance. L'argent et le pouvoir ! Elle était passée juste à côté des deux.

– Les gars que vous avez recrutés ont parlé, signala le membre de la police de Houston en tendant sa main à Tia pour la faire monter dans une voiture de patrouille qui l'attendait, dans les collines de l'arrière pays californien. L'un des deux est mort. L'autre a parlé. Et le petit... eh bien, il va très bien.

Le petit. Un déchirement brutal se produisit dans le cerveau de Tia qui se referma sur lui-même dans un paroxysme de haine. Un crétin qu'elle aurait dû étouffer à sa naissance ! À cause de cette chose qu'elle avait gardée dans son grenier, tout était fichu. C'était insensé que ses plans soient anéantis à cause d'un monstre au cerveau dérangé, rien moins qu'humain, dont la vie ne pouvait déboucher sur rien.

– J'exige de parler sur-le-champ à mon avocat, dit-elle à l'agent en uniforme qui conduisait la voiture.

– Au poste de police, m'dame, lui répondit-il.

Derrière eux, les lourdes portes de chêne de l'église des Saints-Innocents se refermèrent.

36

Weppo

Bo s'éveilla lentement avec un mal de tête qu'elle reconnut immédiatement comme la répercussion des calmants. Dans un lit. Avec des draps propres. Un horrible couvre-lit à fleurs orange, mais pas dans cette serge durable universellement retenue par les hôpitaux psychiatriques. Elle n'était peut-être pas dans un hôpital. Mais alors pourquoi y avait-il des fleurs partout ?

À travers les fentes étroites de ses yeux elle trouva la fenêtre. D'horribles rideaux orange, pour aller avec le couvre-lit. Mais pas de barreaux.

D'accord, ce n'est pas un hôpital, mais qu'est-ce que c'est ? Où es-tu ? Et où est Weppo ?

Au prix d'un effort qui provoqua de vagues pointes de douleur dans sa main bandée, elle se releva sur un coude et fut stupéfaite de voir Estrella Benedict sur une chaise à côté du lit, un sourire aux lèvres.

– Es ? Qu'est-ce que tu fais là ? Où est-ce que je suis ? Où est Weppo ?

Estrella sembla hésiter quelque part entre les larmes et le rire.

– Le docteur LaMarche m'a appelée tôt ce matin.

Henry et moi sommes tout de suite venus en voiture. Tu as dormi toute la journée. Nous sommes à Bishop, à soixante-cinq kilomètres de Lone Pine. C'est le seul endroit où LaMarche a pu trouver un motel à peu près convenable.

C'était donc un motel. Bien sûr. En quel autre endroit peut-on trouver un mobilier style « méditerranéen » en plastique avec des gravures représentant la Vallée de la Mort sous la neige ? Bo sentit des larmes couler de ses yeux.

– J'ai cru... commença-t-elle.

– Non, non, chantonna sa copine de bureau en la serrant à bras-le-corps. Tu n'es pas dans un hôpital. LaMarche t'a mise sous calmants lui-même. Tout va bien. Tout ce qu'il te faut c'est du repos pendant quelques semaines, prendre ton lithium. Tout est arrangé. Et attends de savoir ce que cette journaliste...

– Weppo, se souvint Bo. Où est Weppo ?

Estrella remit de l'ordre dans les cheveux indisciplinés de son amie.

– Tu n'as jamais entendu parler d'après-shampooing ? fit-elle en riant. Weppo va bien. Il est quelque part avec Rudy, il joue les touristes. Je pense qu'ils sont en train de jouer au golf miniature pour l'instant. Ne t'en fais pas. C'est terminé tout ça.

Bo se remémora la galerie de la mine, Annie Garcia gisant par terre avec un trou dans la poitrine.

– Annie est morte, énonça-t-elle. Je l'avais prise pour Laurie, mais...

– Essaye de ne pas revenir sans arrêt sur ce qui s'est passé, l'avertit Estrella. Ce sont les ordres de la sœur de LaMarche qui habite en Louisiane. Elle est psychiatre, quelque chose comme ça. Il passe des heures pendu au téléphone à lui parler, à essayer de savoir ce qu'il doit faire de toi...

– Ce qu'il doit *faire* de moi ! fulmina Bo. Qu'est-ce qu'il s'imagine avoir besoin de *faire* de moi, bon Dieu ?

Elle était debout en dépit de sa migraine.

– Parce que c'est ce qu'il veut, fit Estrella avec un large sourire. Je crois que tu lui plais, Bo.

– Comme c'est flatteur, mordit Bo.

Es se contenta d'un sourire lascif.

– Il est presque temps, Bo.

Dans un petit refrigérateur sous l'étagère aux bagages, Bo trouva du jus de fruits, des éclairs au chocolat et du Coca. Estrella lui tendit une petite bouteille de cachets d'aspirine.

– Qui est responsable de tout ça ? demanda Bo en incluant les fleurs d'un geste circulaire de sa main bandée.

– LaMarche. Le petit-fils d'Annie. La journaliste, là, Gretchen Tally. Tout le monde. Tu es le héros de l'histoire. Tout le monde veut faire quelque chose pour toi.

– Et Madge, alors ? fit Bo qui dans un sursaut reprenait conscience de la réalité. Je suppose que je me retrouve sans boulot.

– Eh non. Grâce à ta journaliste de Houston. Seigneur, elle est vraiment bonne ! Elle a menacé Madge d'une couverture nationale dans les médias : « Les services sociaux de San Diego licencient l'enquêtrice vedette qui a sauvé un petit garçon sourd traqué par des tueurs à gages ! Reportage sur place à onze heures ! » Madge, ça l'a complètement achevée quand elle s'est rendu compte qu'en te fichant à la porte elle allait ternir l'image du service. Elle a même décidé que tu as été victime d'un accident du travail justifiant trois semaines de congé avec salaire. C'est LaMarche qui a eu l'idée. *Muy astuto*, non ?

– *Muy*, reconnut Bo.

C'était génial.

– Et la femme qui t'a appelée de Houston ? poursuivit Estrella avec enthousiasme. Delilah Brasseur ?

Bo se souvint :

– Est-ce qu'elle sait que Weppo va bien ? Est-ce que quelqu'un lui a dit ?

La mamie devait être éperdue de frayeur.

– Le journal de Tally lui a fait parvenir un message par l'intermédiaire du pasteur de son église. Elle se terrait quelque part, par crainte de cette *femme*...

– Tia Rowe, précisa Bo.

La question restée sans réponse.

– Ces fleurs ont été envoyées par Brasseur, fit Estrella en montrant un bouquet d'œillets roses et de gypsophiles sur la table de nuit.

Bo ouvrit la carte.

« Dieu vous bénisse », y avait-il simplement d'écrit, « de la part de Deely Brasseur. »

Bo se laissa retomber sur le lit. Les aspirines avaient un aspect bénéfique sur son mal de tête mais lui rappelaient également qu'en vingt-quatre heures elle n'avait rien mangé d'autre que du pain aux sept céréales. Elle espérait ne plus revoir une tranche de pain aux sept céréales de toute sa vie.

Une agitation dans le couloir attira l'attention d'Estrella qui se leva pour répondre à la porte.

– Ça doit être l'équipe de télévision, fit-elle en souriant. Je suis heureuse que tu ailles bien, Bo. Putain, le bureau, sans toi, ça aurait été l'enfer.

Un petit garçon, vêtu d'un sweat-shirt rouge et or portant l'inscription « USMC » floquée sur la poitrine, bondit dans la pièce et se jeta dans les bras de Bo.

– Je t'aime ! fit-elle avec ses mains avant de le serrer fort contre elle, incapable de le laisser partir.

Il se tortilla entre ses bras puis leva vers elle un regard interrogateur.

– Manger ? demanda-t-il par signes en souriant.

Un petit garçon intelligent. Heureux. Affamé.

La réalité. Lois Bittner avait raison. Il ne pouvait rien y avoir de mieux. Comment quelqu'un avait-il pu vouloir étouffer cette jeune vie, l'effacer, la tuer ?

Rudy Palachek, LaMarche, Henry Benedict et Gretchen Tally se répandirent dans la chambre au milieu des félicitations.

– Des filles comme toi, il n'y en a pas deux !

C'était Tally qui la portait aux nues :

– Je passe juste te dire au revoir. Il faut que je retourne à Houston, que je prépare le reportage sur la victoire de Bea Yannick, mardi, en l'absence de toute opposition. Il y a des gens qui vont dire qu'elle n'a pas vraiment gagné. Elle va avoir besoin de notre soutien.

L'incompréhension de Bo était évidente.

– J'ai dormi toute la journée, dit-elle. Qu'est-ce qui s'est passé ?

– Elle est aux chiottes, Tia ! pavoisa la jeune journaliste. Grâce à toi, à Deely Brasseur, et à ta Paiute, Annie Garcia. Le docteur te donnera tous les détails. J'ai un vol régulier pour San Francisco qui part dans vingt minutes. La correspondance me ramènera à Houston avant minuit. Et Bo...

Le regard de la jeune femme était sincère :

– ... il n'y aura rien, dans tout notre reportage sur cette affaire, concernant ton problème maniaco-dépressif, rien qui puisse te blesser.

– Je le savais, fit Bo en réponse. Je savais que tu es quelqu'un à qui on peut faire confiance, même si je souhaiterais que tous ces secrets ne soient pas nécessaires. Personne n'est obligé de mentir parce qu'il a du diabète, un glaucome, voire la lèpre.

Bo savait qu'elle était lancée dans un sermon, et elle s'en moquait complètement.

– Je sais que tu as raison, l'interrompit Tally en partant. Un jour, les gens se débarrasseront de l'idée que les troubles mentaux sont l'œuvre du diable. Ce qui est important c'est que nous ayons arrêté le *vrai* diable avant qu'elle s'en soit tirée ni vu ni connu. À plus !

– Tia Rowe est une créature sortie des contes de Poe, commenta Andrew LaMarche en refermant la porte. D'après ma sœur, elle est ce que l'on appelait avant une sociopathe : une personne dénuée de toute capacité à ressentir loyauté, amour, fraternité pour ses semblables. Incapable de quoi que ce soit qui n'aille pas dans le sens de son intérêt personnel. Quelqu'un de manipulateur, de déloyal.

– Je l'ai su dès que j'ai vu ses photos sur les affiches électorales, soupira Bo. Mais qu'est-ce que ça change ? Personne ne les enferme, eux.

– Et personne ne va vous enfermer non plus, affirma LaMarche avec plus de sentiment qu'il n'en avait eu l'intention. Charlie Garcia insiste pour que vous et le garçon vous assistiez à une sorte de cérémonie à la mémoire d'Annie ce soir. Je ne trouve pas que ce soit une bonne idée mais...

– On y sera, répondit-elle.

Ça semblait normal et juste, cette idée de se joindre à un rite consacré à la vieille femme sage dont la vie avait touché la sienne et celle de Weppo de manière si profonde. La vieille femme sage qui avait, littéralement, donné sa vie pour la leur.

– Et après, poursuivit-elle, il faut que je rentre chez moi, que je reste seule un moment jusqu'à ce que le lithium atteigne le bon niveau dans mon sang, à condition que ce soit ça qui se passe. Je veux vraiment couper à l'hôpital, cette fois.

Andrew LaMarche avait l'air si sérieux qu'il aurait pu vendre des Bibles à des pingouins. Bo ne put s'empêcher de rire.

– Vous ne comprenez pas, dit-elle avec un sourire forcé. Les maniaco-dépressifs causent de la gêne, de l'embarras pour tous ceux qui les entourent, mais ce n'est pas dangereux, en tout cas, pas au début. On ne peut pas dormir, on parle tout le temps, on rit et on pleure. Les idées s'envolent tels des oiseaux sauvages s'échappant de leur cage. Il est impossible de se concentrer. On a envie de bouger tout le temps. Si ce n'est pas contrôlé, ça prend des proportions effrayantes. On devient psychotique. Mais j'avale déjà ces saloperies de pilules. Ça va aller. C'est la dépression qui est dangereuse. Les gens se tuent plutôt que de vivre ça à nouveau. Une souffrance que vous ne pouvez imaginer. C'est là qu'on a besoin d'aller à l'hôpital. Vous comprenez ?

– Pas vraiment, reconnut LaMarche. Mais vous savez de quoi vous parlez. Je veux seulement que vous alliez bien.

Ce bel homme aux cheveux grisonnants qui était une autorité internationalement reconnue dans le domaine des enfants martyrs semblait à peu près aussi sûr de lui qu'un mouton égaré. Il avait cet air inquiet et troublé que l'on voit sur les visages de ceux qui ne tourneront pas le dos, avec terreur et révulsion, à une fille schizophrène, à un mari déprimé en proie à des tendances suicidaires. Bo l'avait déjà vu, mais jamais pour elle. Jamais. L'expression d'Andrew LaMarche la touchait si profondément qu'elle redoutait de fondre en larmes et de ne pouvoir jamais s'arrêter.

– J'irai très bien quand j'aurai avalé quelque chose d'autre que du pain, plaisanta-t-elle en étouffant ce sentiment.

Rudy Palachek tendit une main qui avait tout de la patte d'un ours.

– Henry et moi allons nous en retourner à San Diego, maintenant, expliqua-t-il, avec sa voiture. Nous nous arrêterons à China Lake pour récupérer la vôtre et je la ramènerai à San Diego. Ceux qui restent, vous rentrerez ce soir par vol charter après la cérémonie pour Annie. J'espère vous revoir, Bo Bradley. Je suis fier de vous connaître.

Bo accepta le compliment avec un hochement de tête puis jeta ses bras autour du marine au teint coloré.

– Toi aussi, Henry, fit-elle à travers ses larmes en serrant le mari d'Estrella contre elle. Merci d'avoir amené Es et de la laisser avec moi.

L'épuisement émotionnel était trop fort. Il fallait qu'elle allège cette pression sans quoi elle perdrait complètement les pédales.

Au moment où les deux hommes quittaient la pièce, un téléphone commença à sonner sur la table.

Quoi, encore ?

– Couvent de la Perruche Perpétuelle, annonça Bo dans l'appareil pour dissiper la tension.

– Bo ? Ça ne peut être que vous !

La voix de Madge Aldenhoven, gaie comme un pinson.

– Alors, c'est que ça doit être vrai, répondit Bo. Madge. J'ai cru que vous n'appelleriez jamais.

– Le docteur LaMarche m'a dit que vous alliez vous réveiller vers six heures, expliqua la chef de service comme si elle n'avait jamais envisagé de reléguer son employée aux soupes populaires. Je suis heureuse qu'on ait trouvé un moyen de contourner les règlements. Je suis heureuse de savoir que vous reviendrez. Nous avons besoin de vous.

Maniaco-dépressive ou pas, Bo ne savait plus quoi dire. Enfin presque.

– Qu'avez-vous fait de la vraie Madge Aldenhoven ? demanda-t-elle en riant. Le brillant fanal des administrations du monde entier ?

– Toujours fidèle au poste, vint la réponse de Madge accompagnée d'un authentique éclat de rire. Et à propos, j'ai pensé que vous seriez contente de l'apprendre : Angela Reavey va s'en sortir. À dans trois semaines !

– Le monde est bizarre, conclut Bo avant de s'adresser par signes à Weppo : Allons manger.

Pendant le dîner, LaMarche expliqua le problème de l'héritage Marievski que le père de Tia Rowe avait destiné à ses petits-enfants.

– Le montant en a quadruplé depuis la mort de l'artiste, précisa-t-il. Il y a eu un regain d'intérêt pour son travail. Les originaux, dans les ventes aux enchères, dépassent le million de dollars. Et Weppo est maintenant propriétaire de *centaines* d'œuvres originales.

L'arrière grand-père artiste dont le garçon avait hérité le talent en même temps que les yeux couleur caramel.

– Et c'était Kep Rowe son père ? C'était lui le drogué mort retrouvé dans la voiture volée, comme le pensait Gretchen Tally ?

– La réponse est oui aux deux questions.

LaMarche baissa les yeux dans l'attente de la question suivante.

– Et la mère... demanda-t-elle.

– La mère de Weppo est morte, répondit-il d'une voix douce. C'était Julie Rowe, la sœur de Kep. Elle est morte en lui donnant naissance dans leur maison, dans un grenier où Tia l'avait cachée afin que personne n'apprenne sa grossesse. Tia n'avait pas l'intention de faire connaître ce nouvel obstacle qui la séparait de la fortune de Marievski. Mais Deely Brasseur était là. Elle a tout raconté à Gretchen Tally, cet après-midi au téléphone, pendant que vous dormiez.

LaMarche aspira profondément et poursuivit :

– Tia Rowe n'a jamais su que c'était Kep le père de Weppo. Julie a menti à ce sujet, elle a inventé le nom d'un autre. Deely était la seule à connaître la vérité. C'est pour ça qu'elle a appelé Kep quand elle a surpris Tia qui disait à un créancier qu'elle allait hériter d'une fortune dans un futur proche. Deely a vu des sacs de chaux vive entassés dans le garage. Elle avait toujours soupçonné que Tia pourrait tuer l'enfant une fois que son mari, Mac, ne serait plus là pour la gêner. Quand Tia l'a mise à la porte, Deely a su très exactement ce qu'elle avait l'intention de faire.

Bo commença à trembler et serra ses bras autour de son corps pour contrôler ce tremblement.

– *De la chaux vive ?*

– N'y pense pas, l'enjoignit Estrella. *Non*, n'y pense pas ! Regarde. Il est ici, et il va très bien.

Weppo, en engloutissant un burger et des frites, n'arrêtait pas de dire « bon » par signes.

Bo se souvint de la fenêtre incongrue en aluminium sur l'avant-toit de la demeure des Rowe. Il s'était déroulé dans ce grenier plus de choses qu'on n'en pouvait mesurer.

– Cette mère inhumaine, un père alcoolique, considéra Estrella. Les deux adolescents se sont tournés l'un vers l'autre pour trouver de l'amour puisqu'il n'y en avait nulle part ailleurs, et le résultat c'est Weppo.

– Oui, fit Bo en souriant au petit enfant pâle de l'autre côté de la table en Formica. Mais son vrai nom, c'est Wilhelm. À partir de maintenant, appelons-le Willy.

– Va pour Willy, déclara joyeusement LaMarche d'une voix tonitruante. Et pendant que j'y pense, Bo, j'ai contacté mon avocat à San Diego. J'ai sollicité la garde de Wep... de Willy. Les papiers vont être déposés devant le tribunal demain matin à la première heure. Aldenhoven ne pensait pas qu'il y aurait le moindre problème avec le D.S.S. Rudy et sa femme, Mary, vont s'occuper de notre garçon en attendant qu'on lui trouve des parents adoptifs dignes de...

– Des parents adoptifs sourds, insista Bo. Un foyer où tout le monde s'exprime par signes et où on puisse aller le voir.

– Je vous fais confiance pour ça, acquiesça LaMarche avec un large sourire.

Elle en était capable, entrerait en contact avec toutes les associations de sourds de Californie, trouverait un jeune couple qui donneraient leur amour et partageraient leur vie avec le petit garçon. Il y avait une excellente école qui enseignait la langue des signes à côté de San Francisco... et après, ce serait Gallaudet !

– Il ne sera *probablement* pas le premier sourd à devenir président des États-Unis, médita-t-elle à haute voix. C'est un artiste. Mais il sera exposé dans les *meilleures* galeries.

LaMarche et Estrella éclatèrent de rire.

Tout allait très bien se passer !

37

La Danse des Larmes

Dès l'embranchement où l'on prenait la Fourche du Coyote pour se rendre à la maison de Charlie Garcia, Bo distingua les flammes. Des traînées de vapeur orange bondissaient en se changeant en fumée qui montait vers le ciel. Lorsque LaMarche immobilisa en douceur la voiture de location près du rassemblement de véhicules déjà garés, les silhouettes des danseurs devinrent visibles : un cercle de gens, agglutinés pour lutter contre le froid, tournant autour du feu dans le sens contraire des aiguilles d'une montre en traînant les pieds sur le sol. La voix d'un vieil homme, psalmodiant dans une langue que Bo n'avait jamais entendue. Hypnotique, la tonalité de sa voix montait à la fin de chaque phrase puis recommençait. Sans trêve. Une mélopée, triste et paisible.

Tandis qu'Estrella extirpait le petit garçon curieux du siège arrière de la voiture et que Bo enfilait le blouson de cuir qu'elle avait porté dans le tunnel, une silhouette se détacha du cercle des danseurs et s'approcha d'eux.

Charlie Garcia, qui portait une veste de laine à carreaux et un chapeau avec ruban et plume.

– C'est pour nous un honneur que vous soyez venue, dit-il en s'adressant cérémonieusement à Bo. C'est la Danse des Larmes de ma grand-mère, la manière paiute de libérer l'esprit de quelqu'un qui n'est plus. Ma grand-mère s'était cachée dans le camion, pour rester avec vous et l'enfant, pour vous défendre. Elle savait qu'elle allait mourir ; elle le savait depuis longtemps. C'était la tâche qui occupait son esprit, et elle s'en est très bien acquittée. Son histoire, votre histoire, sera racontée à nos enfants. Pour cela, le petit garçon et vous êtes invités à danser avec nous.

Bo sentit une vague de chaleur et de lumière en elle, qui l'appelait vers le feu.

– Merci, répondit-elle avec simplicité.

Et elle prit l'enfant qui s'appelait désormais Willy des bras d'Estrella, le déposa par terre à côté d'elle.

« Danse », lui indiqua-t-elle du geste en faisant un rond avec deux de ses doigts au-dessus de la paume ouverte de sa main gauche.

« Nous... dansons. »

Charlie les escorta vers le cercle éclairé par le feu où les visages sombres, tour à tour, les acceptèrent d'un signe de tête. Les danseurs, un homme succédant à une femme, un garçon à une fille, firent une place dans le cercle à Bo et à l'enfant. Il n'eut aucune difficulté à assimiler leur pas traînant, et regarda le feu en dansant. Bo se sentit gauche et intimidée au début, mais elle se détendit quand elle se rendit compte que personne ne les regardait plus. Ils étaient tous perdus dans la danse, dans le chant répétitif et sonore.

De temps à autre quelqu'un poussait un cri ou émettait un petit jappement qui s'élevait avec la fumée vers les cieux éclairés par la lune. De l'autre côté du cercle, Bo vit Maria et Joe Bigger Fox qui avaient dû venir à Lone Pine le matin même après avoir appris la mort d'Annie. Comme de nombreux danseurs, ils tenaient dans leurs mains des vêtements. À un moment, Joe poussa ce petit jappement puis Maria et lui lancèrent ce qu'ils tenaient à la main dans les flammes.

Bo comprit qu'il s'agissait des vêtements d'Annie. Maria et Joe s'étaient occupés d'Annie dans son grand âge, ils lui avaient donné une place empreinte de dignité dans une caravane sur la réserve, au-dessus de San Diego. Maintenant ils transmettaient cette responsabilité à l'esprit d'Annie, dans un autre royaume. Mais Bo, elle, qu'avait-elle à transmettre ?

Elle se sentit tirée par son blouson et découvrit une jeune fille, une adolescente en plein épanouissement avec des fleurs tressées dans sa chevelure foncée.

– Je suis Fleur Rouge du Désert, murmura-t-elle avec fierté, arrière-petite-fille de Voit-Dans-la-Nuit, qui est morte pour vous sauver. Tenez.

Elle mit quelque chose, une jupe, dans la main de Bo, et se recula. Une jupe longue en velours comme celle que Bo avait portée quand elle était à l'école. Tachée, du sang d'Annie Garcia.

Bo appuya le vêtement contre son estomac et pleura. À côté d'elle, une petite tête frisée sautillait d'un côté ou de l'autre au rythme lent de la danse. Et le chant s'insinuait dans son être, sans cesse répété, jusqu'à ce que ses pieds, les autres, le feu, la terre, ne fassent plus qu'un dans un instant qui n'avait ni commencement ni fin. Juste présents, en ce lieu, hors du temps.

Bio sentit que Laurie était de cet instant. Paisible et affectueuse comme une brise nocturne.

Elle ne savait comment, tout était terminé.

– Aiyee-ip !

Ce cri enfla et s'échappa de ses lèvres sans qu'elle en prenne conscience au moment où elle lança le vêtement d'Annie dans le feu.

Tout était terminé.

Elle prit le garçon par la main, fit demi-tour pour s'éloigner lentement du feu, se dirigeant vers Estrella et Andrew LaMarche.

Un petit garçon sourd allait vivre, et elle aussi.

Tout était, vraiment, terminé.

Rivages / noir
Dernières parutions

André Allemand	*Au cœur de l'île rouge* (n° 329) *Un crime en Algérie* (n° 384)
Claude Amoz	*L'Ancien Crime* (n° 321) *Bois-Brûlé* (n° 423)
Cesare Battisti	*Dernières cartouches* (n° 354)
William Bayer	*Labyrinthe de miroirs* (n° 281)
Marc Behm	*Crabe* (n° 275) *Tout un roman !* (n° 327)
Marc Behm/Paco Ignacio Taibo II	*Hurler à la lune* (n° 457)
Bruce Benderson	*Toxico* (n° 306)
A.-H. Benotman	*Les Forcenés* (n° 362)
Stéphanie Benson	*Un meurtre de corbeaux* (n° 326) *Le Dossier Lazare* (n° 390)
James C. Blake	*L'Homme aux pistolets* (n° 432)
Michel Boujut	*Souffler n'est pas jouer* (n° 349)
Daniel Brajkovic	*Chiens féroces* (n° 307)
Wolfgang Brenner	*Welcome Ossi !* (n° 308)
Yves Buin	*Kapitza* (n° 320) *Borggi* (n° 373)
Edward Bunker	*Les Hommes de proie* (n° 344)
James Lee Burke	*Le Bagnard* (n° 272) *Une tache sur l'éternité* (n° 293) *Dans la brume électrique avec les morts confédérés* (n° 314) *La Pluie de néon* (n° 339) *Dixie City* (n° 371) *Le Brasier de l'ange* (n° 420) *La Rose du Cimarron* (n° 461) *Cadillac Juke-box* (n° 462)
J.-J. Busino	*Le Bal des capons* (n° 278) *La Dette du diable* (n° 311) *Le Théorème de l'autre* (n° 358)

Daniel Chavarría	*Un thé en Amazonie* (n° 302)
	L'Œil de Cybèle (n° 378)
D.Chavarría/J. Vasco	*Boomerang* (n° 322)
George Chesbro	*Les Cantiques de l'Archange* (n° 251)
	Les Bêtes du Walhalla (n° 252)
	L'Odeur froide de la pierre sacrée (n° 291)
	Le Second Cavalier de l'Apocalypse (n° 336)
	Le Langage des cannibales (n° 368)
	Veil (n° 369)
	Crying Freeman (n° 403)
	Le Chapiteau de la peur aux dents longues (n° 411)
	Chant funèbre en rouge majeur (n° 439)
Andrew Coburn	*Sans retour* (n° 448)
Piero Colaprico	*Kriminalbar* (n° 416)
Michael Collins	*Rosa la Rouge* (n° 267)
Robin Cook	*Bombe surprise* (n° 260)
	Mémoire vive (n° 374)
Peter Corris	*Le Grand Plongeon* (n° 394)
Hélène Couturier	*Sarah* (n° 341)
Jay Cronley	*Le Casse du siècle* (n° 468)
J.-P. Demure	*Fin de chasse* (n° 289)
	Les Jours défaits (n° 351)
	Noir Rivage (n° 429)
J.-C. Derey	*Black Cendrillon* (n° 323)
	Toubab or not toubab (n° 379)
	L'Alpha et l'oméga (n° 469)
Pascal Dessaint	*Bouche d'ombre* (n° 255)
	À trop courber l'échine (n° 280)
	Du bruit sous le silence (n° 312)
	Une pieuvre dans la tête (n° 363)
	On y va tout droit (n° 382)
James Ellroy	*American Tabloid* (n° 282)
	Ma part d'ombre (n° 319)
	Crimes en série (n° 388)
Kinky Friedman	*Elvis, Jésus et Coca-Cola* (n° 264)
	Dieu bénisse John Wayne (n° 348)
	N le Maudit (n° 385)

Barry Gifford	*Rude journée pour l'Homme Léopard* (n° 253) *La Légende de Marble Lesson* (n° 387)
A. Gimenez Bartlett	*Rites de mort* (n° 352) *Le Jour des chiens* (n° 421) *Les Messagers de la nuit* (n° 458)
James Grady	*Tonnerre* (n° 254) *Steeltown* (n° 353) *Comme une flamme blanche* (n° 445)
Russell H. Greenan	*Un cœur en or massif* (n° 262)
Salah Guemriche	*L'Homme de la première phrase* (n° 357)
Wolf Haas	*Vienne la mort* (n° 417)
Joseph Hansen	*En haut des marches* (n° 342)
John Harvey	*Lumière froide* (n° 337) *Preuve vivante* (n° 360) *Proie facile* (n° 409)
Vicki Hendricks	*Miami Purity* (n° 304)
George V. Higgins	*Paris risqués* (n° 287)
Tony Hillerman	*Moon* (n° 292) *Un homme est tombé* (n° 350) *Le Premier Aigle* (n° 404) *Blaireau se cache* (n° 442)
Craig Holden	*Les Quatre coins de la nuit* (n° 447)
Eugene Izzi	*Chicago en flammes* (n° 441) *Le Criminaliste* (n° 456)
Bill James	*Retour après la nuit* (n° 310) *Lolita Man* (n° 355) *Raid sur la ville* (n° 440)
Stuart Kaminsky	*Il est minuit, Charlie Chaplin* (n° 451)
Thomas Kelly	*Le Ventre de New York* (n° 396)
W. Kotzwinkle	*Le Jeu des Trente* (n° 301) *Book of Love* (n° 332)
Jake Lamar	*Le Caméléon noir* (n° 460)
Terrill Lankford	*Shooters* (n° 372)
Michael Larsen	*Incertitude* (n° 397) *Le Serpent de Sydney* (n° 455)

Cornelius Lehane *Prends garde au buveur solitaire* (n° 431)

Dennis Lehane *Un dernier verre avant la guerre* (n° 380)
Ténèbres, prenez-moi la main (n° 424)
Sacré (n° 466)

Christian Lehmann *Un monde sans crime* (n° 316)
La Folie Kennaway (n° 406)
Une question de confiance (n° 446)
La Tribu (n° 463)

Elmore Leonard *Punch Créole* (n° 294)
Pronto (n° 367)
Les Chasseurs de primes (n° 391)
Beyrouth Miami (n° 412)
Loin des yeux (n° 436)
Le Zoulou de l'Ouest (n° 437)

Ted Lewis *Plender* (n° 258)
Billy Rags (n° 426)

J.-P. Manchette *La Princesse du sang* (n° 324)

D. Manotti *À nos chevaux !* (n° 330)
Kop (n° 383)

Ed McBain *Leçons de conduite* (n° 413)

Marc Menonville *Walkyrie vendredi* (n° 250)
Dies Irae en rouge (n° 279)

Tobie Nathan *Dieu-Dope* (n° 271)

Jim Nisbet *Sous le signe du rasoir* (n° 273)
Prélude à un cri (n° 399)

Jack O'Connell *Porno Palace* (n° 376)
Et le verbe s'est fait chair (n° 454)

Renato Olivieri *L'Affaire Kodra* (n° 402)
Fichu 15 août (n° 443)

J.-H. Oppel *Ténèbre* (n° 285)
Cartago (n° 346)
Chaton : Trilogie (n° 418)

Abigail Padgett *Le Visage de paille* (n° 265)
Oiseau de Lune (n° 334)
Poupées brisées (n° 435)

Hugues Pagan *Last Affair* (n° 270)
L'Eau du bocal (n° 295)

	Vaines Recherches (n° 338) *Dernière Station avant l'autoroute* (n° 356) *Tarif de groupe* (n° 401) *Je suis un soir d'été* (n° 453)
Pierre Pelot	*Natural Killer* (n° 343) *Le Méchant qui danse* (n° 370) *Si loin de Caïn* (n° 430) *Les Chiens qui traversent la nuit* (n° 459)
Anne Perry	*Un plat qui se mange froid* (n° 425)
Andrea G. Pinketts	*Le Vice de l'agneau* (n° 408)
Michel Quint	*Le Bélier noir* (n° 263) *L'Éternité sans faute* (n° 359) *À l'encre rouge* (n° 427)
Hugh Rae	*Skinner* (n° 407)
John Ridley	*Ici commence l'enfer* (n° 405)
Louis Sanders	*Février* (n° 315) *Comme des hommes* (n° 366) *Passe-temps pour les âmes ignobles* (n° 449)
G. Scerbanenco	*Le sable ne se souvient pas* (n° 464)
Budd Schulberg	*Sur les quais* (n° 335)
Roger Simon	*La Côte perdue* (n° 305)
Pierre Siniac	*Le Tourbillon* (n° 256) *Femmes blafardes* (n° 274) *L'Orchestre d'acier* (n° 303) *Luj Inferman' et La Cloducque* (n° 325) *De l'horrifique chez les tarés* (n° 364) *Bon cauchemar les petits...* (n° 389) *Ferdinaud Céline* (n° 419) *Carton blême* (n° 467)
Neville Smith	*Gumshoe* (n° 377)
Les Standiford	*Johnny Deal* (n° 259) *Johnny Deal dans la tourmente* (n° 328) *Une rose pour Johnny Deal* (n° 345)
Richard Stark	*Comeback* (n° 415)
Richard Stratton	*L'Idole des camés* (n° 257)
Paco I. Taibo II	*Pas de fin heureuse* (n° 268) *Même ville sous la pluie* (n° 297)

	La Bicyclette de Léonard (n° 298)
	Jours de combat (n° 361)
	Rêves de frontière (n° 438)
	Le Trésor fantôme (n° 465)
Ross Thomas	*Crépuscule chez Mac* (n° 276)
	Traîtrise ! (n° 317)
	Voodoo, Ltd (n° 318)
Brian Thompson	*L'Échelle des anges* (n° 395)
Jim Thompson	*Avant l'orage* (n° 300)
Suso De Toro	*Land Rover* (n° 386)
Marc Villard	*Cœur sombre* (n° 283)
	Du béton dans la tête (n° 284)
	Made in Taïwan (n° 333)
John Wessel	*Le Point limite* (n° 428)
Donald Westlake	*Faites-moi confiance* (n° 309)
	Trop humains (n° 340)
	Histoire d'os (n° 347)
	Le Couperet (n° 375)
	Smoke (n° 400)
	361 (n° 414)
	Moi, mentir ? (n° 422)
J. Van De Wetering	*Retour au Maine* (n° 286)
	Le Papou d'Amsterdam (n° 313)
	Maria de Curaçao (n° 331)
	L'Ange au regard vide (n° 410)
	Mangrove Mama (n° 452)
Charles Willeford	*Les Grands Prêtres de Californie* (n° 365)
	La Messe noire du frère Springer (n° 392)
	L'Île flottante infestée de requins (n°393)
John Williams	*Gueule de bois* (n° 444)
Colin Wilson	*Le Tueur* (n° 398)
	L'Assassin aux deux visages (n° 450)
Daniel Woodrell	*Faites-nous la bise* (n° 296)
	La Fille aux cheveux rouge tomate (n° 381)
	La Mort du petit cœur (n° 433)
	Chevauchée avec le diable (n° 434)

Achevé d'imprimer sur rotative
par l'Imprimerie Darantiere
à Dijon-Quetigny
en avril 2003

Dépôt légal : février 1995
N° d'impression : 23-0407

Imprimé en France